rororo

Robert B. Parker wurde 1932 in Springfield, Massachussetts, geboren. Er studierte in Boston und unterrichtete bis 1979 an der Northeastern University Literatur. Seit seinem Debüt sind über dreißig Kriminalromane erschienen, zum größten Teil mit dem legendären Schnüffler Spenser. 1976 erhielt Parker für seinen Roman «Auf eigene Rechnung» von der Vereinigung amerikanischer Krimi-Autoren den begehrten Edgar Allan Poe Award. Heute lebt er mit seiner Frau in Boston.

«Eine der vitalsten amerikanischen Detektivfiguren ist Spenser von Robert B. Parker. Die Stärke der Spenser-Krimis sind die glaubhaft gezeichneten Figuren. Da werden knappe Gespräche geführt voll Witz, Schlagfertigkeit und Schärfe. Sie sind die Würze, die auch diesen neuen Fall zu einer Schlaf raubenden Lektüre machen. Mehr davon!»

Südwestrundfunk Stuttgart

Robert B. Parker

Der Preis des Schweigens

Ein Fall für Spenser

Deutsch von
Robert Brack

Rowohlt Taschenbuch Verlag

Deutsche Erstausgabe
Veröffentlicht im Rowohlt Taschenbuch Verlag GmbH,
Reinbek bei Hamburg, August 2000

Die Originalausgabe erschien 1999
unter dem Titel «Hush Money»
bei G. T. Putnam's Sons, New York

Umschlaggestaltung Notburga Stelzer
(Foto: The Image Bank / Steve Dunwell)
Satz Palatino PostScript, PageOne
Gesamtherstellung Clausen & Bosse, Leck
Printed in Germany
ISBN 3 499 22815 7

Die Schreibweise entspricht
den Regeln der neuen Rechtschreibung.

Für Joan: Den ganzen Tag und die ganze Nacht

1

Draußen vor meinem Fenster verwandelte sich der Schneeregen auf der Berkeley Street in Matsch. Ich hörte mir ein Frühjahrstraining zwischen den Sox und den Blue Jays an, das in Florida stattfand. Joe Castiglione und Jerry Trupiano moderierten das Spiel und schlugen sich tapfer mit den ganzen Werbeeinblendungen herum, die der Sender verkauft hatte. Sie kamen so gut wie jeder andere damit zurecht, aber Red Barber oder Mel Allen hätten ihre Probleme mit dieser Anzahl von Unterbrechungen gehabt. Der langsame Rhythmus des Baseball war ja extra fürs Radio erfunden worden. Er erlaubte den Moderatoren, das Spiel in genauer rhythmischer Übereinstimmung mit dem Ablauf des Geschehens zu begleiten. Wir hörten nicht bloß zu, um mitzubekommen, was passierte, sondern weil es für uns wie Musik war. Der Klang einer Begegnung zwischen zwei Mannschaften von der Küste an einem Sonntagnachmittag im August, wenn man sich gerade auf dem Weg vom Strand nach Hause befand. Die Geräusche der Zuschauer leise im Hintergrund, die Stimmen der Berichterstatter, die das lahme Spiel wortreich ausschmückten. Heutzutage bleibt nur wenig Zeit für dieses typische Baseball-Gerede. Und kaum Zeit für eine echte Direktübertragung. Die Musik ist verschwunden. Trotzdem klang es immerhin nach Frühling und nahm damit dem Schneeregen dort draußen ein wenig von seinem Schrecken.

Kurz nachdem sie am fünften Inning angekommen waren, trat Hawk in mein Büro, zusammen mit einem ziemlich kleinen Mann mit Kurzhaarschnitt, der einen Dreiteiler trug und einen roten Schlips mit weißen Punkten. Seine Haut war blauschwarz und schien sich um seinen Körper zu spannen. Ich stellte das Radio leise, aber nicht ganz aus.

«Ein Klient», sagte Hawk.

«Ich hoffe wie immer», sagte ich.

Ich kannte diesen kleinen Typen. Er hieß Robinson Nevins. Er war Professor an der Universität, Autor von einem guten Dutzend Bücher, gelegentlicher Gast in Fernsehshows und eine allseits bekannte Persönlichkeit der so genannten Black Community. Von *Time* war er mal als «Löwe der Akademie» bezeichnet worden.

«Ich bin Robinson Nevins», sagte er und streckte die Hand aus. Ich beugte mich vor und schüttelte sie ohne aufzustehen. «Hawk war vielleicht ein bisschen voreilig, mich als Klient vorzustellen. Wir müssen uns erst mal unterhalten. Vor allem müssen wir herausfinden, ob wir miteinander klarkommen.»

«Auf wessen Rechnung?»

«Du kriegst die Hälfte von dem, was ich einsacke», sagte Hawk.

«So viel.»

«Ich kann nicht sehr viel erübrigen», sagte Nevins.

«Vielleicht kommen wir nicht miteinander klar.»

«Ich muss größtenteils mit einem Universitätsgehalt

auskommen. Und wie Sie sich denken können, ist das kein sonderlich großer Betrag.»

«Hängt immer davon ab, was man gewohnt ist», sagte ich. «Wie laufen denn die Bücher so?»

«Die Bücher werden gut aufgenommen und haben hoffentlich trotz der bescheidenen Verkaufszahlen eine wichtige Funktion. Ich verdiene etwas Geld mit Vortragsreisen, aber meistens nehme ich eine solche Einladung an, weil mir die Sache wichtiger ist als das Geld.»

«Hassen Sie sich nicht manchmal dafür?», fragte ich.

Nevins lächelte, aber nicht so, als fände er das wirklich witzig.

«Welche bescheidene Summe würden Sie mir denn anbieten?», fragte ich.

«Man hat mir die Festanstellung verweigert», sagte Nevins.

Ich starrte ihn an.

«Die Festanstellung?»

«Ja. Zu Unrecht.»

«Und darüber soll ich Nachforschungen anstellen?»

«Ja.»

«Festanstellung.»

«Ja.»

Ich schwieg. Nevins sagte ebenfalls nichts mehr. Ich sah Hawk an.

«Meinst du, ich soll das tun?», fragte ich ihn.

«Ja.»

Ich war sprachlos.

«Ich verstehe Ihre Reaktion», sagte Nevins. «Das klingt, als ob ich geizig bin. Außerdem denken Sie wahrscheinlich, dass es Wichtigeres gibt als die Festanstellung eines Professors.»

Ich deutete mit dem Finger auf ihn und sagte: «Bingo.»

«Wenn ich Sie wäre, würde ich genauso reagieren. Aber es geht nicht nur darum, dass mir die Festanstellung verweigert wurde und ich deshalb gehen muss. Ich kann leicht einen anderen Posten finden. Tatsache ist, dass man mir die Festanstellung nicht hätte verweigern dürfen. Ich bin besser qualifiziert als die meisten Mitglieder des Personalausschusses. Besser qualifiziert als die meisten, die eine Anstellung auf Lebenszeit bekommen haben.»

«Vermuten Sie rassistische Motive?»

«Das wäre eine einfache Erklärung, die oft genug ja auch zutrifft. Aber in diesem Fall bin ich mir da nicht so sicher.»

«Was dann?»

«Ich weiß es nicht. Ich bin ein eher untypischer schwarzer Akademiker. Ich bin relativ konservativ.»

«Was ist ihr Arbeitsgebiet?»

«Amerikanische Literatur.»

«Aus schwarzer Perspektive betrachtet?»

«Na ja, aus meiner Perspektive betrachtet. Ich befasse mich mit schwarzen Autoren genauso wie mit einer ganzen Reihe toter weißer.»

«Ganz schön mutig.»

«Wussten Sie, dass wir Studenten einen Abschluss geben, die nie in ihrem Leben Milton gelesen haben?»

«Wusste ich nicht», sagte ich. «Glauben Sie, Sie wurden geschasst, weil sie politisch nicht korrekt waren?»

«Das wäre möglich», sagte Nevins. «Ich weiß es nicht. Ich weiß nur, dass die Angelegenheit von einer Schmutzkampagne begleitet wurde, die mich die Stellung gekostet hat.»

«Und ich soll herausfinden, wer diese Kampagne gestartet hat?»

«Ja.»

Wieder blickte ich Hawk an. Er nickte.

«Wäre es nicht logischer, sich in dieser Sache an einen Anwalt zu wenden?»

«Es geht nicht um meine Professorenstelle. Es geht mir darum, herauszufinden, was dahinter steckt.»

«Würden Sie die Sache auf sich beruhen lassen, wenn Sie Ihre Stellung zurückbekämen?»

Nevins verzog das Gesicht zu einem Lächeln.

«Sie können einen ganz schön in die Enge treiben, was?»

«Ich weiß gern Bescheid.»

«Zum Beispiel darüber, ob ich wirklich herausfinden will, was dahinter steckt?»

«Wäre doch gut zu wissen.»

«Wenn man mir die Stelle anbieten würde, müsste ich das Angebot genau prüfen. Aber selbst wenn ich annehmen würde, wäre trotzdem eine Menge falsch gelaufen.»

«Um was ging es denn in dieser Schmutzkampagne?»

Hawk schien auf die kaum hörbare Übertragung des Baseball-Spiels im Radio zu achten. Er tat es wirklich. Wenn man ihn jetzt fragen würde, könnte er den exakten Spielstand mitteilen. Außerdem würde er jedes Detail meiner Unterhaltung mit Nevins referieren können und sämtliche Nuancen in unserem Tonfall und den Gesichtsausdruck.

«Ein junger Mann, ein Student, hat im vergangenen Semester Selbstmord verübt. Man behauptet, der Anlass sei eine sexuelle Beziehung zu mir gewesen.»

«Wie hieß der Student?»

«Prentice Lamont.»

«Und stimmt die Behauptung?»

«Nicht im Geringsten.»

Ich nickte.

«Ich nehme an, Sie möchten auch diese Behauptung aus der Welt schaffen.»

«Ja.»

«In Ordnung.»

«Heißt das, Sie übernehmen den Fall?»

«Yep.»

Nevins schien einigermaßen erstaunt zu sein.

«Einfach so?»

«Yep.»

«Und Sie fragen mich nicht, ob ich schwul bin?»

«Nein.»

«Warum nicht?»

«Weil's mir egal ist.»

Nevins runzelte die Stirn: «Aber es könnte doch wichtig sein.»

«Falls es das werden sollte, frage ich danach.»

Nevins machte den Mund auf, dann wieder zu und lehnte sich zurück. Dann zog er ein grünes Scheckbuch aus der Innentasche seines Jacketts.

«Wie viel Vorschuss brauchen Sie?»

«Vorschuss ist nicht nötig.»

«Oh, aber ich muss darauf bestehen. Ich möchte nicht, dass mir jemand einen Gefallen tut.»

Hawk sah aus dem Fenster auf den Schneematsch, der

sich um die Designerstiefel der Mädels ansammelte, die jetzt zur Mittagspause aus dem Eingang des Versicherungsbüros gegenüber traten.

Ohne sich umzudrehen, sagte er: «Er tut mir einen Gefallen, Robinson.»

Nevins war nicht schwer von Begriff. Er warf einen Blick auf Hawk, dann auf mich, dann nickte er. Er steckte das Scheckbuch wieder in seine Jackentasche und stand auf.

«Müssen Sie noch irgendetwas wissen?», fragte er.

«Nein. Ich schnüffel ein bisschen herum und warte ab, was passiert.»

«Ich höre dann von Ihnen?»

«Ja.»

«Wirst du auch an den Ermittlungen beteiligt sein, Hawk?»

Hawk wandte sich vom Fenster ab und grinste Nevins an.

«Klar», sagte er. «Ich helf ihm, wenn's brenzlig wird.»

Nevins hielt mir die Hand hin. «Ich weiß das sehr zu schätzen. Wem auch immer Sie einen Gefallen tun.»

Ich schüttelte seine Hand.

«Soll ich dich irgendwohin mitnehmen?», fragte er Hawk.

Hawk schüttelte den Kopf. Nevins nickte, als würde ihm das irgendetwas bestätigen, was er gerade gedacht hatte, und ging. Hawk sah wieder aus dem Fenster. Das Baseball-Spiel war leise bis zum achten Inning vorangeschritten. Draußen kam jetzt größtenteils Regen herunter. Hawk drehte sich um und blickte mich ausdruckslos an.

«Eine Uni-Intrige?»

Hawk grinste.

«Scheint so.»

2

In regelmäßigen Abständen unternahm Susan immer wieder den Versuch, mein Büro etwas wohnlicher zu gestalten. Ihre erfolgreichste Aktion in dieser Hinsicht war die kürzliche Installierung einer Kaffeemaschine inklusive Kaffeedosen und farblich zueinander passenden Kaffeebechern. Die Milch für den Kaffee musste natürlich in einem kleinen Kühlschrank frisch gehalten werden, den ich auch mal für mein Bier nutzen konnte, falls Not am Mann war. Der Kühlschrank passte farblich selbstverständlich zu den Bechern, den Dosen, der Zuckerschale und dem Milchkännchen. Die Kaffeefilter und das Besteck lagen in einer Schublade in dem Schränkchen, das ich extra nach ihren Vorstellungen hatte anfertigen lassen, um den Kühlschrank darauf zu stellen. Hawk grinste immer, wenn er es ansah. Genauso wie jetzt, als er uns einen Kaffee machte.

«Wundert mich, dass Susan bisher keine farblich passende Munition für dich gefunden hat», sagte er.

«Ja, am liebsten ist ihr der .357er, weil da die Farbe der Bleikugeln so schön mit dem glänzenden Edelstahl der Trommel kontrastiert.»

«Wer Geschmack im Detail zeigt», sagte Hawk, «zeigt immer Geschmack.»

Er füllte Wasser in die Kaffeemaschine und stellte sie an.

«Erzähl mir was über Robinson Nevins», sagte ich.

«Er ist der Sohn von Bobby Nevins.»

«Dem Trainer?»

«Hmhm.»

Wir sahen zu, wie der Kaffee ganz langsam in die Kanne tropfte.

«Wenn wir ihn beobachten, wird er nie fertig», sagte ich.

«Wird schon werden.»

«Du kennst also Bobby Nevins?», fragte ich.

«Ja.»

«War er mal dein Trainer?»

«Sozusagen.»

«Deshalb kennst du auch seinen Sohn.»

«Hmhm.»

Die Kanne füllte sich ganz langsam mit Kaffee.

«Hab doch gesagt, es wird schon werden», sagte Hawk.

«Verdammt, ich war mir so sicher.»

Hawk nahm die Kanne und schenkte uns zwei Becher ein.

«Ganz schön häuslich», sagte ich, als er mir den Becher reichte.

«Meine Vorfahren waren Küchensklaven. Alles eine Frage der Gene.»

«Wie gut kennst du Robinson Nevins?», fragte ich.

«Bobby war mehr Vater für mich als sonst irgendjemand», sagte Hawk.

«Also kennst du Robinson schon dein ganzes Leben lang.»

«Ja.»

«Und?»

«Nein, nicht wirklich. Er war halt immer in der Nähe.»

«Aber zu dir kam er immer, wenn er Ärger hatte.»

Hawk schüttelte den Kopf: «Bobby kam immer.»

«Lebt er noch?»

«Ja. Er ist jetzt 82, immer noch topfit, treibt sich in der Trainingshalle herum und sucht Nachwuchs.»

«Also hat er Robinson erst ziemlich spät bekommen.»

«Ja, sein einziger Sohn. Die Eltern ließen sich scheiden, als Robinson noch recht klein war. Unangenehme Sache. Keine Ahnung, wo seine Mutter jetzt ist.»

«Wie ist Bobbys Verhältnis zu seinem Sohn?»

«Bobby liebt den Jungen», sagte Hawk. «Aber er wuchs vor allem bei seiner Mutter auf. Bobby zahlte und durfte den Jungen sehen, wenn er wollte. Als der Sohn Professor wurde, lief Bobby herum und gab damit an, als sei er Schwergewichtsweltmeister geworden. Keine Ahnung, ob Bobby jemals zur Schule gegangen ist. Ich frage mich, ob er überhaupt lesen und schreiben kann.»

«Wie ist es mit Robinson? Wie steht er zu seinem Vater?»

«Ich glaube, er schämt sich ein bisschen für ihn. Er war eher auf seine Mutter fixiert, und die hat kein gutes Haar an Bobby gelassen.»

Ich nickte.

«Was weißt du von dieser ganzen Geschichte?», fragte ich.

«Nur das, was er gerade erzählt hat.»

«Was hältst du davon?»

«Von der Entlassung oder vom Selbstmord oder von was?»

«Alles.»

«Ich hab keine Ahnung von Professoren. Aber der Junge, der gestorben ist, war hundertfünfzigprozentig schwul. Ich bin mir ziemlich sicher, dass Robinson ihn kannte. Aber ich weiß nicht, ob Robinson schwul ist.»

«Was heißt hundertfünfzigprozentig schwul?»

«Schwuler Aktivist. Gab so ein Blättchen heraus, mit dem er andere outete.»

«Wie nett. Und was ist das für ein Gerücht über ihn und Robinson?»

«Angeblich hatten sie eine heftige Affäre, und Robinson brach die Beziehung ab, weshalb der Junge sich umgebracht hat.»

«Verschmähte Liebe?»

«So heißt es.»

«Weiß Bobby Nevins davon?»

«Ja.»

«Und was sagt er dazu?»

«Er sagt, bring das in Ordnung. Er will, dass sein Sohn die Festanstellung bekommt.»

«Hat Bobby Geld?»

Hawk schüttelte den Kopf. Er hielt den Becher mit beiden Händen fest und lehnte mit der Hüfte gegen das farbabgestimmte Kaffeeschränkchen. Der Dampf der Kaffeemaschine stieg vor seinem Gesicht auf.

«Also machen wir das hier für 'n Appel und 'n Ei», stellte ich fest.

Hawk nickte lächelnd und sah aus wie eine schwarze Mona Lisa – falls Mona Lisa einen kahlen Kopf, einen 50-cm-Bizeps, eine 75-cm-Hüfte und sehr wenig Gewissen gehabt hätte.

«Und wie soll das jetzt funktionieren», fragte ich. «Du übernimmst einen Job umsonst, und ich bekomme die Hälfte des Gewinns?»

«Du bist doch der Detektiv.»

«Stimmt.»

«Ich dagegen bin bloß ein einfacher Ganove.»

«Stimmt auch.»

«Und du bist mein Freund.»

«Peinlich, aber wahr.»

«Also.» Hawk spreizte die Hände, wobei er den Becher mit der Rechten festhielt, als wollte er sagen: Bitte sehr. «Ich versuche halt, so viele Aufträge wie möglich ranzuschaffen.»

«Solche wie diesen hier.»

«Genau. Ich werde dir sogar dabei helfen.»

«Super.»

«Womit fangen wir an?»

«Wir trinken noch ein bisschen Kaffee», sagte ich.

Hawk nickte: «Guter Anfang. Und was machen wir dann, Meister?»

«Verpassen wir dir Sprechunterricht. Immer wenn du mich richtig hart rannimmst, klingst du wie Mantan Moreland.»

«Mantan Moreland?»

«Wundert mich selbst, wie ich auf den gekommen bin», sagte ich. «Wo hat dieser Lamont denn seinen Selbstmord verübt?»

«Er hatte eine Wohnung in South End.»

«Gut, dann ist die Mordkommission von Boston zuständig. Quirk und Belson.»

«Also unterhalten wir uns erst mal mit denen.»

«Ich werde mit ihnen reden. Dich würden sie gleich verhaften.»

«Diese Fanatiker», sagte Hawk.

3

Ich war bei Susan in Cambridge. Wir brachten den Hof hinter dem Haus an der Linnaean Street in Ordnung, wo sich ihre Wohnung und Praxis befanden. Pearl, der Wachhund, versuchte auf der Terrasse einige Sonnenstrahlen zu erhaschen, während wir arbeiteten. Da einiges von dem, was wir beiseite schaffen mussten, von Pearl stammte, war es nur gerecht, dass sie dabei war.

In einer Ecke des Hofs hatte ich ein großes Loch in die gerade aufgetaute Erde gegraben und schaufelte nun den ganzen Dreck, den Susan in kleinen Haufen aufgeschichtet hatte, dort hinein. Sie trug fingerlose Arbeitshandschuhe, sah aus wie eine jüdische Prinzessin und schuftete wie ein bulgarischer Bauer. Sie wurde nie müde. Ich warf eine weitere Schaufel voll Dreck in das Loch und schichtete etwas Erde darüber.

«Erinnert mich an meinen Beruf», sagte ich.

«Hinterher aufräumen?»

«Ja.»

Zusätzlich zu ihren Arbeitshandschuhen trug Susan schwarze Strumpfhosen, eine hüftlange gelbe Jacke und eine schwarze Polomütze. Arbeitswütig wie sie war, hatte sie Designer-Boots aus schwarzem Leder mit silbernen Haken und Ösen angezogen, die zusammen mit den Strumpfhosen ziemlich übertrieben, aber gut aussahen.

«Das erinnert einen daran, dass das Leben grundsätzlich schmutzig ist.»

«Pearls Leben.»

«Kommt aufs Gleiche raus.»

Pearl hob bei Erwähnung ihres Namens den Kopf und blickte dann leicht pikiert drein, als sie merkte, dass es falscher Alarm war. Laut seufzend legte sie ihren Kopf wieder auf die Vorderpfoten. Die Sonne schien hell und die Erde war aufgetaut, aber in den dunklen Ecken direkt am Zaun und unter einigen Immergrün-Sträuchern lag noch etwas Schnee wie die Überreste eines schmutzigen Geheimnisses. Und obwohl die Temperatur deutlich über zehn Grad lag, machte uns ein eisiger Hauch in der Luft klar, dass es noch nicht Zeit zum Aussäen war.

Als wir fertig waren und ich die Erde über das Loch geschaufelt und festgetreten hatte, setzten wir uns auf die vorletzte Treppenstufe direkt unterhalb von Pearl.

«Wirst du diesen Uni-Fall übernehmen?», fragte Susan.

«Ja.»

Sie lächelte.

«Was denn?», fragte ich.

«Ich hab mir nur gerade vorgestellt, wie du den Personalausschuss aufmischst.»

«Aufmischen? Ich kann so feinfühlig sein wie ein Neurochirurg, wenn's sein muss.»

«Ich schätze, die meisten Personalausschüsse an Universitäten bieten sich zum Aufmischen an.»

«Ich gebe ja zu, dass diese Art der Herangehensweise mir mehr liegt.»

Ganz plötzlich und nur nachvollziehbar für einen anderen Hund, stand Pearl auf und begann, mir das Gesicht zu lecken. Ich ließ es geschehen, bis sie genug davon hatte und sich Susan zuwandte.

«Woher weißt du von dem Fall?»

Sie versuchte, sich gegen Pearl zu wehren, aber es dauerte eine Weile, bis sie antworten konnte. Doch schließlich ließ Pearl von ihr ab, ohne das Make-up gänzlich zerstört zu haben, und Susan sagte: «Hawk hat mit mir darüber gesprochen, bevor er sich an dich wandte.»

«Mit dir?»

«Er wollte wissen, ob er womöglich mehr von dir verlangen würde, als du geben könntest.»

«Und was hast du gesagt?»

«Ich hab ihm erklärt, dass er das Recht hätte, alles von dir zu verlangen, genauso wie umgekehrt.»

«Was hat er gesagt?»

Susan lächelte.

«Er stimmte mir zu.»

Ich nickte.

«Ist Hawks Freund schwul?», fragte Susan.

«Weiß ich nicht.»

«Aber wäre eindeutiges heterosexuelles Verhalten nicht eine gute Verteidigung gegen die Anschuldigung, dass ein Student sich wegen einer Affäre mit Professor Nevins umgebracht hat?»

«Wahrscheinlich schon.»

«Hast du ihn danach gefragt?»

«Nein.»

«Ich verstehe, warum du es nicht getan hast, aber sollte man das nicht trotzdem überprüfen?»

«Kann man so etwas denn überprüfen? Nach meiner Erfahrung ist das nicht so eindeutig feststellbar.»

Susan stemmte ihre Ellbogen auf die obere Stufe und legte ihren Kopf gegen Pearls Brustkorb. Sie dachte einen Moment über meine Frage nach, während ich ihren Oberkörper betrachtete, der in dieser Stellung ihre Jacke spannte.

«Betrachtest du meine Titten?», fragte Susan.

«Ich versuche, es zu vermeiden. Aber manchmal geht es nicht anders.»

«Und die Titten?»

«Spitzenklasse. Was war mit dieser Frage?»

«Eine gute Frage», sagte Susan. «Und wesentlich komplizierter als allgemein angenommen.»

«Dann bin ich ja an der richtigen Adresse.»

«Ja.» Susan lächelte mich an. Es war eins von diesen Lächeln, die eine ganze Menge bewirken können. «Komplikationen sind unser Geschäft.»

Sie rieb ihren Rücken an Pearl.

«Sexualität ist nicht so eindeutig festgelegt, wie das immer angenommen wird. Die Diskussion darüber ist inzwischen allerdings so politisiert worden, dass ich diese Aussage, die ich eben gemacht habe, in der Öffentlichkeit sofort dementieren würde.»

«Auch wenn kein Schwanz danach kräht?»

«Ich wusste gar nicht, dass er krähen kann.»

«Egal», sagte ich. «Lass uns über Sex sprechen.»

Susan lächelte, unterließ aber eine weitere Anspielung.

Stattdessen sagte sie: «Ich habe Leute behandelt, die sich am Anfang der Therapie als Homosexuelle verstanden und am Ende ihre Heterosexualität entdeckten.» Susan wog ihre Worte genau ab. «Ich habe andere Leute behandelt, die sich am Anfang als heterosexuell empfanden und am Ende als homosexuell.»

«Was wäre, wenn du diese Aussage publizieren würdest?»

«Ein Sturm der Entrüstung würde losbrechen.»

«Weil du behaupten würdest, dass sexuelles Verhalten sich therapieren lässt?»

«Ich spreche hier nur von meiner Erfahrung. Natürlich gehe ich von einer vorbelasteten Stichprobe aus: Die Leute, die eine Therapie besuchen, kommen vielleicht gerade deshalb, weil sie unsicher sind und mit ihrem Sexualleben unzufrieden. Es springt nicht unbedingt sofort ins Auge, und nicht immer wollen sich die Patienten damit auseinander setzen. Manche kommen, um von ihrer Homosexualität ‹geheilt› zu werden und sind am Schluss so weit, sie ohne Einschränkung zu akzeptieren.»

Ich nickte. Während ihrer Ausführungen hatte Susan aufgehört, Pearls Brustkorb mit ihrem Kopf zu reiben, und Pearl stupste sie mit der Schnauze. Susan begann sie zu streicheln.

«Aber unter Therapeuten ist dieser Ansatz verpönt?», fragte ich.

«Ich weiß nicht, wie es in anderen Ländern ist, aber hier bei uns würde das, was ich gerade gesagt habe, einen Aufruhr erzeugen.»

«Du hast doch noch nie Angst vor Aufruhr gehabt.»

«Stimmt. Manchmal mag ich so ein Durcheinander sogar, aber in diesem Fall würde es meine Arbeit beeinträchtigen. Und meine Arbeit mag ich mehr als jeden Aufruhr.»

«Wie sieht's mit mir aus? Magst du mich auch mehr als jeden Aufruhr?»

«Du bist der personifizierte Aufruhr», sagte Susan.

4

Ich sprach mit Frank Belson in seiner schicken Büronische im schicken neuen Hauptquartier der Polizei an der Tremont Street in Roxbury.

«Wahnsinn», sagte ich, als ich mich hinsetzte.

«Jawoll», sagte Belson.

«Das wird dem Verbrechen aber den Rest geben, was?»

«Jede Wette.»

Er machte einen gemütlichen Eindruck, war aber hart im Nehmen. Zufällig wusste ich, dass er sich zweimal täglich rasierte. Trotzdem hatte er immer einen leichten Bartansatz.

«Haben sie dir auch eine hübsche neue Kanone geschenkt, als ihr umgezogen seid?»

«Soll ich die PR-Abteilung anrufen?», fragte Belson. «Eine von den Damen wird dich bestimmt gern herumführen.»

«Vielleicht später. Kannst du mir was über den Selbstmord eines Jungen namens Prentice Lamont erzählen?»

«Dieser Student?»

«Ja.»

«Hat einen Brody aus dem Fenster seiner Wohnung gemacht. Zehntes Stockwerk.»

«Einen Brody?»

«Ja. Letzte Woche hab ich einen alten Film mit George Raft gesehen. So hat er es ausgedrückt. Ich fand's gut und hab's mir gemerkt.»

«Warum?»

«Warum er einen Brody gemacht hat?» Belson grinste. «Im Computer war ein Abschiedsbrief. Darin stand, glaube ich: ‹Ich kann nicht weitermachen. Einer wird mich verstehen.›»

«Was soll denn das für ein Abschiedsbrief sein?»

«Wieso denn? Gibt's für so was denn Formblätter?», fragte Belson. «Im Schreibwarenladen? Zutreffendes bitte ankreuzen.›»

«Hat er ihn unterschrieben?»

«Im Computer?»

«Schon gut. Hat er seinen Namen druntergetippt?»

«Ja.»

«Habt ihr mal drüber nachgedacht, dass sein Brody nicht ganz freiwillig war?»

«Klar. An so was denkt man doch immer. Aber es gibt keine Hinweise darauf. Und wenn dem so ist, schließen wir einen Fall gerne ab.»

«Gibt's sonst noch irgendwelche Informationen?»

«Man hat uns erzählt, er sei verzweifelt gewesen, wegen einer tragischen Liebesgeschichte.»

«Mit wem?»

«Das ist vertraulich.»

«Wer hat euch das erzählt?»

«Auch vertraulich.»

Er griff in die linke Schublade seines Aktenschrankes, brachte einige Ordner durcheinander und zog schließlich einen hervor, den er auf den Schreibtisch legte.

«Deshalb heften wir das alles in diesem Ordner für vertrauliche Informationen ab. Hier, siehst du? Da steht's geschrieben: Scheiß-ver-traulich.»

Er legte den blauen Ordner auf den Schreibtisch und schob ihn genau in die Mitte seines grünen Schreibtischschoners.

«Ich geh mal den Korridor lang auf den Topf», sagte Belson. «Dürfte so zehn Minuten dauern. Ich möchte nicht, dass du in diesem Ordner mit den vertraulichen Informationen über den Lamont-Fall blätterst, während ich weg bin. Und vor allem möchte ich nicht, dass du diesen Fotokopierer dort drüben neben dem Trinkwasserbehälter benutzt.»

«Sie können sich auf mich verlassen, Sergeant.»

Belson stand auf und verließ das Büro. Ich beugte mich über den Schreibtisch, zog den Ordner zu mir und klappte ihn auf. Der Bericht war zehn Seiten lang. Ich nahm den Ordner, ging rüber zum Kopierer und kopierte. Dann spazierte ich wieder in Belsons Büronische.

Als Belson zurückkam, steckten die Kopien längsseitig gefaltet in der Innentasche meiner Jacke, und der Ordner lag wieder genau in der Mitte von Belsons Schreibtischschoner. Er nahm ihn und legte ihn kommentarlos in die Schublade.

«Mal ganz inoffiziell», sagte ich. «Hast du dir irgendwelche Gedanken über diese Sache gemacht?»

«Ich bin nie inoffiziell», sagte Belson. «Sogar wenn ich bumse, bumse ich ganz offiziell.»

«Wie schön für Lisa.»

Belson grinste.

«Ich kann nichts Ungewöhnliches an diesem Fall erkennen», sagte er. «Der Junge war schwul, hatte offenbar eine Affäre mit einem älteren Mann, der ihn sitzen ließ, und deshalb hat er den, äh, Brody gemacht.»

«Hast du den älteren Mann befragt?»

«Ja.»

«Hat er die Affäre zugegeben?»

«Nein. Er war Professor an der Uni. Hat jetzt wohl Probleme mit der Anstellung auf Lebenszeit.»

«Er hätte also gute Gründe, die Affäre zu leugnen.»

«Ich weiß ja nicht, was so ein Personalausschuss davon hält, dass ein Professor seinen Studenten bumst. Du etwa?»

«Schätze, es wird wohl als unangebracht angesehen.»

«Wahrscheinlich.»

«Hast du danach gefragt?»

Belson senkte die Stimme: «Die Beratungen des Ausschusses sind streng vertraulich.»

«Also dürfen sie dir nicht erzählen, ob Sex mit einem Studenten eine Rolle spielen würde.»

«Bei manchen, mit denen ich gesprochen habe, schien Sex mit egal was auf jeden Fall eine Rolle zu spielen.»

«Aber die Ausschussmitglieder haben nichts gesagt.»

«Nein.»

«Und wenn du sie an ihren Talaren auf ein Gespräch hierher zerren würdest?»

«Talaren?»

«Es wirkt sich doch immer gut aus, wenn ein Typ mit einer Jüdin zusammen ist.»

«Ich dachte eigentlich, der Plural würde Talari lauten», sagte Belson.

«Weil du nicht mit einer Jüdin zusammen bist», sagte

ich. «Hattest du denn gar keine Lust, diese Typen ein bisschen aufzumischen?»

«Wir hatten keinen Grund, diese Geschichte als etwas anderes als einen ganz normalen Selbstmord zu betrachten.» Er lächelte: «Quirk wollte sie herzitieren, weil sie ihn genervt haben. Aber sie hatten den Rechtsberater der Uni dabei, und wie gesagt, es gab keinen Grund.»

«Aber es wäre sicher lustig geworden.»

Belson grinste und schenkte sich eine Antwort. Stattdessen sagte er: «Was interessiert dich denn an dem Fall? Glaubst du, es war gar kein Selbstmord?»

«Ich hab keine Meinung dazu. Ich wurde engagiert, um herauszufinden, warum man Robinson Nevins die Anstellung auf Lebenszeit verweigert hat.»

«Echt wahr?»

«Er behauptet, das Opfer einer üblen Schmutzkampagne zu sein, die nur auf Unwahrheiten basiert, genau wie die Beobachtung, er sei der Professor, wegen dem Lamont den Brody gemacht hat.»

«Siehst du?», sagte Belson. «Ich wusste, dass dir dieses Wort gefallen würde. Hat er was zugegeben?»

«Alles bestritten.»

Belson zuckte mit den Schultern.

«Dürfte nicht schwer sein zu überprüfen, ob sie eine Affäre hatten.»

«Eher schon zu beweisen, dass sie keine hatten.»

«Yep.»

Ich stand auf.

«Also, deine neue Bude ist jedenfalls echt super», sagte ich.

«Finde ich auch.»

«Aber es ist ziemlich weit von der Berkeley Street bis hierher. Was machst du, wenn du mal Hilfe brauchst?»

«Es gibt immer ein Telefon in der Nähe, von dem aus ich dich anrufen kann.»

«Das ist bestimmt tröstlich für dich.»

«Sehr tröstlich», sagte Belson.

5

Gegen zwei Uhr nachmittags lag die Temperatur bei knapp 20 Grad, die Sonne schien und es ging ein sanfter Wind. Ein perfekter Sommertag, allerdings war gerade mal der 29. März. Ich hatte meine Füße hoch gelegt und las die Zeitung.

Susan betrat mein Büro. Sie trug weiße Shorts, ein dunkelblaues, ärmelloses Oberteil und führte Pearl an der Leine.

«Es ist Sommer», sagte sie zur Begrüßung. «Wir sollten rausgehen und spielen.»

«Hast du heute keine Patienten?»

«Nicht heute Nachmittag. Heute ist doch mein Seminar.»

«Und?»

«Ich hab das Seminar abgesagt, weil es so schön draußen ist.»

«Vielleicht kommt ein Klient», sagte ich.

Susan sah sich im Büro um. «Hmhm.»

«Vielleicht sichte ich gerade wichtige Informationen.»

Sie trat hinter den Schreibtisch und warf einen Blick über meine Schulter.

«Tank McNamara», sagte sie.

«Vielleicht ist da irgendwo ein Hinweis versteckt. Man weiß ja nie.»

Susan warf mir einen Blick zu, der vernichtend gewesen wäre, wenn ihre Zuneigung ihn nicht etwas entschärft hätte. Ich faltete die Zeitung sorgfältig zusammen und legte sie auf den Schreibtisch.

«Also», sagte ich, «worauf hast du jetzt Lust?»

«Du kennst nicht zufällig eine große Wiese mit vielen blühenden Osterglocken?»

«Susan, es ist Ende März.»

«Na gut, dann gehen wir eben am Fluss spazieren.»

«Du bist ja richtig anpassungsfähig.»

«Na klar.»

«Ich mag das.»

«Ich weiß.»

Wir überquerten gerade eine Fußgängerbrücke, als Susan sagte: «Hättest du vielleicht noch etwas Zeit zwischen dem Robinson-Nevins-Fall und deiner Beschäftigung mit Tank McNamara, um einer Freundin von mir einen Gefallen zu tun?»

Hätte ich, sagte ich.

«KC Roth», sagte Susan. «KC ist natürlich das Kürzel, tatsächlich heißt sie Katherine Carole. Sie ist kürzlich geschieden worden, und sie wird belästigt.»

«Vom Ex-Mann?»

«Glaubt sie, aber sie hat ihn nicht dabei ertappt.»

«Woher weiß sie denn, dass sie belästigt wird?»

Wir hatten die Esplanade erreicht, und Pearl lief flussaufwärts voran.

«Das Telefon klingelt, sie nimmt ab, am anderen Ende

meldet sich keiner», sagte Susan. «Ein platter Reifen, in dem ein Nagel steckt; merkwürdige Musik auf ihrem Anrufbeantworter; ein Typ, mit dem sie sich verabredet hatte, bekam einen Drohbrief.»

«Anonym.»

«Natürlich.»

«Hat er ihn aufgehoben?»

«Weiß ich nicht. Sie hat ihn seitdem nicht mehr getroffen.»

«Wahre Liebe soll nicht rosten», sagte ich.

Pearl bemerkte einen Cockerspaniel, der auf der Esplanade entgegenkam. Sie knurrte. Ihr Fell sträubte sich.

«Das ist aber wirklich kein netter Hund», sagte ich.

«Zu uns ist er doch nett.»

«Mehr kann man nicht verlangen», gab ich zu. «Was du mir da beschrieben hast, würde ich nicht bloß Belästigung nennen. Da benimmt sich jemand gewaltig daneben.»

«Ich weiß.»

«Hat ihr Ehemann sie schlecht behandelt, als sie noch zusammen waren?»

«Ich hab sie danach gefragt. Sie sagt nein.»

«Warum haben sie sich scheiden lassen?»

«Sie hat ihn wegen eines anderen verlassen.»

«Und was ist mit dem?»

«Hat nicht funktioniert.»

«Wieso glaubt sie dann nicht, dass es auch der andere sein könnte, der sie belästigt?»

«Er hat sie sitzen lassen.»

«In dem Moment, als sie frei war?»

«Ja.»

«Weißt du, wie er heißt?»

«Nein. Sie wollte mir den Namen nicht nennen. Er ist verheiratet.»

«Und hat ihr im Bett erzählt, wie schön das Leben sein könnte, wenn sie beide frei wären, und sie hat ihm geglaubt und sich scheiden lassen.»

«Ich weiß nicht, was passiert ist», sagte Susan. «Aber solche Sachen kommen vor.»

Der Spaniel ging vorbei und wich seinem Herrchen nicht von der Seite. Pearl blickte sehnsüchtig hinterher, hörte auf zu knurren und machte sich dann wieder auf den Weg.

«Wie heißt ihr Ex-Mann?», fragte ich.

«Burt – Burton. Burton Roth.»

«Kennst du ihn?»

«Er machte einen ganz netten Eindruck.»

«Kinder?»

«Eine Tochter. Sie lebt bei ihrem Vater.»

«Hm.»

«Hm?»

«Hm.»

«Was soll dieses Hm denn bedeuten?»

«Das bedeutet, dass ich jetzt zwei Fälle ohne Bezahlung habe.»

«Na ja, in diesem Fall arbeitest du nicht völlig ohne Bezahlung», sagte Susan.

«Ich hab schon verstanden.»

6

Ich saß zusammen mit Hawk auf einer Bank am Schwanensee im Stadtpark. Es war ein schöner Frühlingstag, 22 Grad Celsius, die Sonne schien, und die Schwanenboote schaukelten auf dem Wasser. Wir lasen die Kopien des vertraulichen Berichts zum Fall Belson durch.

«Tja», sagte Hawk, als wir fertig waren. «Niemand, außer diesen beiden Professoren, hat Robinson oder Lamont zusammen gesehen.»

Ich warf nochmal einen Blick auf den Bericht.

«Lillian Temple und Amir Abdullah», las ich vor.

«Amir», sagte Hawk.

Ich beobachtete ein Eichhörnchen, das sich hopsend näherte, wieder weglief, nichts zu futtern bekam und uns mit diesem panischen Blick beobachtete, der Eichhörnchen nun mal eigen ist.

«Kennst du diesen Amir?», fragte ich.

«Ja, ich kenne ihn.»

«Was ist das für einer?»

Ein Mann in zu großem Zweireiher ging vorüber und aß Erdnüsse aus einer Tüte.

«Geben Sie mir bitte eine Erdnuss», sagte Hawk.

Der Mann im Anzug schreckte zusammen und sagte: «Aber gern», und hielt Hawk seine Tüte hin. Hawk nahm sich eine Erdnuss und sagte «Vielen Dank». Der große Anzug lächelte gequält und ging weiter. Hawk warf dem Eichhörnchen die Erdnuss hin und wiederholte: «Amir.»

Ich wartete ab.

«Amir ist es total peinlich, dass er nicht aus einem armen Elternhaus kommt. Ihm ist es peinlich, dass er in einer Gegend aufwuchs, wo auch Weiße lebten, und dass er sein Leben lang für Geld geschuftet hat.»

«Geht's uns nicht allen so?»

«Amir fehlt das Ghetto, aus dem er sich hätte empor arbeiten können. Die Weißen haben ihn immer anständig behandelt, er wurde Akademiker, hatte Erfolg an der Uni, verdiente nicht schlecht und jetzt ist er sogar Professor auf Lebenszeit und kann auch das nicht ertragen.»

«Armer Kerl.»

«Kurzum», sagte Hawk. «Amir ist so kaputt, dass nicht mal ich ihn verstehe, wenn er was sagt.»

«Dann wird er sich ja freuen, dass er mir bei den Ermittlungen helfen darf.»

«Wir werden kaum kaschieren können, dass du ein blauäugiger Teufel bist», sagte Hawk. «Aber du kannst mitkommen, wenn ich mit ihm rede. Verleiht dir Glaubwürdigkeit.»

Das hyperaktive Eichhörnchen kam wieder und starrte Hawk an. Auf den Hinterpfoten hockend, balancierte es mit seinem großen Schwanz.

«Gib einem Eichhörchen eine Erdnuss, und du machst es für einen kurzen Moment satt», sagte ich. «Aber wenn du ihm beibringst, wie man Erdnüsse züchtet ...»

«Du und Amir, ihr werdet ganz prima miteinander klarkommen. Ich kann's kaum erwarten», sagte Hawk.

«Was ist mit dieser Temple? Kennst du sie auch?»

«Wie sollte ich?»

«Na ja, es gab eine Zeit, da warst du unter anderem auf Akademikerinnen spezialisiert. Vielleicht war sie eine von ihnen.»

«Auf gut aussehende Akademikerinnen.»

«Woher willst du denn wissen, dass Professor Temple nicht gut aussieht?»

«Keine Ahnung. Aber meistens habe ich Recht.»

«Nur, weil sie studiert hat?»

«Wo wohnt sie denn?», fragte Hawk.

Ich warf einen Blick in meine Unterlagen: «Cambridge.»

Hawk grinste.

«Na hör mal, das beweist noch lange nicht, dass sie nicht gut aussieht.»

Hawk grinste weiter.

«Du pflegst deine Vorurteile bezüglich Berufsstand und Wohngebiet.»

«Hmm!»

«Vielleicht sieht sie trotzdem super aus», sagte ich.

«Wie groß schätzt du die Chancen ein?»

Ich zuckte mit den Schultern.

«Dünn und flach wie 'n Brett», sagte ich.

Hawk grinste noch breiter.

7

Ich stattete KC Roth einen Besuch ab. Sie lebte in einer Wohnung, die zu einem Backsteinkomplex gehörte, ein so genanntes Gartenapartment an der Route 28 in Reading. Gegenüber gab es einen Schnapsladen und eine Fischbude mit dem schönen Namen «Die freundliche Flunder». Ein Stückchen weiter stand das, was möglicherweise das letzte Drive-in-Kino von Massachussetts war. Neben den Gartenapartments befanden sich eine Exxon-Tankstelle und ein Laden mit Haushaltswaren.

KCs Wohnung war ganz nett, aber billig gebaut. Die Türen waren aus billigem Holz, der Stuck bestand aus vorgefertigten Gipsteilen. Die Böden waren aus Sperrholz, und darauf lag abgenutzter Teppichboden, der jeden Dreck annahm. Die Möbel kamen direkt aus Chuck's Rent-All, wo man alles für den Haushalt kriegen konnte.

«Aha», sagte KC, als ich mich vorgestellt hatte, «so sehen Sie also aus.»

«Genau so», sagte ich.

«Susan hat mir viel von Ihnen erzählt, aber ich konnte mir nie vorstellen, wie Sie eigentlich aussehen.»

«So wie sie immer redet, dürften Sie sich wohl einen Adonis vorgestellt haben.»

«So ungefähr. Kommen Sie rein.»

KC trug ein weißes Männerhemd und Blue Jeans. Sie sah verdammt gut aus. Dichtes schwarzes Haar, ein wenig zu lang, große grüne Augen, sinnlicher Mund, makellose Haut.

«Es ist wirklich nett von Ihnen, dass Sie mich besuchen», sagte sie, als wir uns in ihrem hässlichen Wohnzimmer hinsetzten. «Wie wär's mit einer Tasse Kaffee oder einem Drink? Trinken Privatdetektive vor dem Mittagessen? Ich hab Wodka da.»

«Nicht nötig, vielen Dank», sagte ich. «Lassen Sie uns lieber über Ihr Problem reden.»

«O Mann, ganz schön pflichtbewusst.»

Sie saß auf dem Sofa mit untergeschlagenen Beinen und ich ihr gegenüber in einem unbequemen fassähnlichen Plüschsessel in Grau.

«Na ja», sagte ich. «So pflichtbewusst nun auch wieder nicht.»

Sie schenkte mir ein strahlendes Lächeln. Irgendetwas an ihr forderte einen zum Flirten auf. Und wenn jemand darauf einging, lebte sie auf.

«Werd ich mir merken», sagte sie.

«Was ist das also für eine Geschichte? Sie werden belästigt?»

«Dieser Mistkerl will einfach nicht aufgeben», sagte sie. «Können Sie ihn nicht dazu zwingen?»

«Welcher Mistkerl denn?»

«Burt, dieses Arschloch – entschuldigen Sie meine Ausdrucksweise, ich kann mich nie beherrschen.»

«Ich werd's überleben. Burt ist Ihr Ehemann?»

«Ex-Ehemann», verbesserte sie.

«Und Sie sind sicher, dass er es ist.»

«Wer denn sonst.» Sie beugte sich nach vorn und sprach jetzt mit einer Kleinmädchenstimme: «Können Sie ihn nicht für mich verhauen?»

Sie legte mehr Leidenschaft in ihren Auftritt als jede Teilnehmerin des Miss-America-Wettbewerbs. Ihre Stimme wechselte mit Leichtigkeit in einem wohlklingenden Glissando von Alt zu Sopran. Ihre Augen weiteten sich und wurden dann wieder ganz schmal, während sie sprach. Sie schauspielerte bei jedem Satz. Sie wechselte von der Verführerin zum Kleinkind innerhalb weniger Sekunden. Ich wäre jede Wette eingegangen, dass sie mir auch noch was vorheulen würde. Sie war eine von denen, die auf Kommando in Tränen ausbrechen können.

«Mal sehen», sagte ich. «Käme noch jemand anderes infrage?»

Sie schlug die Augen nieder.

«Nein», sagte sie mit weicher Stimme. «Wer sonst außer Burt hätte denn einen Grund, so etwas zu tun?»

«Wie sieht's denn mit Ihrem Freund aus?»

Sie blickte weiter nach unten und schwieg. Es war eine Pose, aber wahrscheinlich keine absichtliche. Ich hatte ohnehin nicht den Eindruck, dass sie mir etwas Falsches vorspielte. Wahrscheinlich spielte sie diese Rolle schon ewig und wusste gar nicht mehr, wo die Schauspielerei anfing und wo sie aufhörte.

«Ich möchte nicht über ihn sprechen», sagte sie.

«Warum nicht?»

Sie hob den Kopf und blickte mich zornig an. Jedenfalls sah es so aus.

«Ich hab Sie nicht engagiert, damit Sie mich ins Kreuzverhör nehmen.»

«Sie haben mich überhaupt nicht engagiert. Das hier ist nur das Vorspiel. Wir lernen uns ein bisschen kennen.»

«Arbeiten Sie nur für Leute, die Sie mögen?»

«Ich arbeite nur für Leute, für die ich arbeiten will.»

Plötzlich lächelte sie. Es war wirklich ein Ereignis.

«Sie werden bestimmt für mich arbeiten wollen», sagte sie.

«Was ist jetzt also mit ihrem Freund?»

Das Lächeln verschwand.

«Muss das sein?»

«Ich fürchte schon.»

«Aber es bleibt unter uns?»

«Garantiert. Aber es fällt nicht unter die Schweigepflicht.»

«Was meinen Sie damit?»

«Wenn Sie mich über einen Anwalt engagieren würden», erklärte ich, «würde es unter bestimmten Umständen eine Schweigepflicht geben, wenn Sie ihm etwas erzählen, das er mir erzählt. So wie es im Moment aussieht, werde ich niemandem von unserem Gespräch etwas erzählen, aber es fällt nicht unter die Schweigepflicht. Falls diese Informationen im Rahmen einer polizeilichen Ermittlung oder vor Gericht relevant werden, muss ich sie weitergeben.»

«Polizeiliche Ermittlung?»

«Ich versuche nur, mich klar auszudrücken», sagte ich. «Ich gehe nicht davon aus, dass es eine geben wird.»

«Ich werde es mir merken.»

Wir schwiegen. Sie dachte nach, und wie bei allem, schauspielerte sie auch jetzt beim Denken. Sie kniff die Augen zusammen, legte die Stirn in Falten und schürzte die Lippen. Ich wartete ab. Schließlich lehnte sie sich zurück und änderte ihre Sitzposition auf dem Sofa, damit sie ihre Knie umarmen konnte, während sie sprach.

«Als wir zusammen waren», sagte sie, «waren wir kaum fähig zu atmen. Wir konnten nichts essen. Wir wollten nichts trinken. Das Einzige, was wir wollten, war zusammen sein, einander ansehen und uns lieben.»

Ich nickte. Ich kannte diesen Zustand, auch wenn die Liebe mir nie den Appetit verdorben hatte.

«Wenn wir doch nur frei gewesen wären.»

«Sie sind doch frei», sagte ich.

Sie schüttelte traurig und ein wenig herablassend den Kopf.

«Er kann seine Frau nicht verlassen.»

«Warum nicht?»

Sie schüttelte wieder den Kopf. Männer waren wirklich begriffsstutzig. «Er kann's einfach nicht. Sie ist so abhängig von ihm, und Männer können einfach nicht hart sein. Er ist doch wie ein Kind.»

«Es wäre vielleicht schlauer gewesen abzuwarten, bis er frei ist, bevor Sie Ihren Mann verlassen.»

«Ich bin nicht so berechnend. Wenn ich mich hingebe, dann voll und ganz.»

«Hätten Sie Ihren Mann auch verlassen, wenn Sie nicht davon ausgegangen wären, dass Sie anschließend mit ihm zusammen sein können?», fragte ich.

«Und warum? Um anschließend in dieser grässlichen Wohnung zu leben, ganz allein? Burt und ich lebten in einem Schloss.»

«Treffen Sie sich immer noch mit Ihrem Freund?»

Wieder schlug sie die Augen nieder. Sie schmollte wie ein Kind, wie ein besonders schlaues, und umkreiste ihre Kniescheibe mit dem Zeigefinger der rechten Hand.

«Nein.»

«Warum nicht?»

Sie begann zu weinen. Ich wartete, ließ die Frage im Raum stehen. Sie schlug beide Hände vors Gesicht, achtete darauf, das Make-up nicht zu verschmieren, und weinte noch ein bisschen heftiger. Ich war mir ziemlich sicher, dass sie mich gern neben sich auf dem Sofa gehabt hätte. Ich würde den Arm um sie legen, sie würde ihren Kopf auf meine Schultern sinken lassen und herzergreifend schluchzen. Aber ich blieb, wo ich war. Nachdem sie angemessen lange geweint hatte, hörte sie auf, nahm die Hände vom Gesicht, hob den Kopf und blickte mir forschend in die Augen.

«Männer sind wie kleine Jungs», sagte sie.

«Vielleicht nicht alle.»

«Sie nicht, stimmt's?»

«Jedenfalls nicht, solange ich meinen Willen bekomme. Wieso sind Sie nicht mehr mit Ihrem Freund zusammen?»

«Irgendwie, ich weiß, das klingt … irgendwas … wie auch immer, irgendwie waren wir auf der gleichen Ebene, als wir noch beide verheiratet waren und miteinander schliefen. Aber nachdem ich geschieden war, war er der Einzige von uns beiden, der jemanden betrog. Das hat er nicht ertragen.»

Das klang doch immerhin nach … irgendwas.

«Verstehe. Wie heißt er denn?»

«Oh, den Namen kann ich Ihnen nicht sagen.»

«Sie können, wenn Sie möchten, dass ich für Sie arbeite.»

«Sind Sie nicht schon engagiert? Ich meine, nachdem ich Ihnen schon so viel erzählt habe.»

«KC, um diesen Kerl, der Sie belästigt, loswerden zu können, muss ich ihn kennen. Wahrscheinlich handelt es sich um Ihren Ex-Mann; aber vielleicht ist es auch Ihr Ex-Freund, oder jemand ganz anderes. Wenn ich das tun soll, wozu Sie mich engagieren wollen, dann geht alles besser und schneller, wenn Sie meine Fragen beantworten.»

Sie nagte an ihrer Unterlippe, die Hände um die Knie geschlungen, und schaukelte leicht vor und zurück.

Schließlich sagte sie: «Louis.»

«Das ist doch schon mal ein Anfang.»

Sie nagte noch ein bisschen mehr an ihrer Unterlippe und hauchte schließlich leicht theatralisch: «Vincent.»

«Louis Vincent», sagte ich.

Mit weicher, geradezu ehrfurchtsvoller Stimme sagte sie: «Ja.»

«Und wo wohnt er?»

«Hingham.»

«Wo arbeitet er?»

«Wieso?»

«Es wäre nicht sehr diskret, ihn zu Hause aufzusuchen.»

«O Gott, Sie können doch nicht einfach zu ihm hingehen. Das würde er mir nie verzeihen.»

«Er wird gar nicht erfahren, dass ich in Ihrem Auftrag komme.»

Wieder grübelte sie ausgiebig und deutlich sichtbar.

«Er ist Investmentbanker. Hall, Peary heißt die Firma.»

«State Nummer 53.»

Sie nickte. Ich hatte sie hart rangenommen.

«Würden Sie sich sicherer fühlen, wenn jemand draußen vor dem Haus aufpasst, bis ich den Fall, äh, geknackt habe?»

«Ich war auf dem Polizeirevier», sagte sie. «Der Sergeant da war sehr nett zu mir, wirklich reizend.»

«Das glaub ich gern.»

«Er sagte, sie würden ein Auge auf meine Wohnung haben.»

«Haben Sie die Telefongesellschaft unterrichtet?»

«Nein.»

Sie war erstaunt. Entweder, weil sie nicht daran gedacht hatte, oder weil es mir eingefallen war.

«Das sollten Sie besser tun.»

«Er sagt nie etwas, wenn er anruft.»

«Das geht den meisten Menschen so.»

Falls sie das witzig fand, ließ sie es sich jedenfalls nicht anmerken.

8

Zusammen mit Hawk suchte ich Amir Abdullah in seinem Büro im Afrikanisch-amerikanischen Zentrum der Universität auf. Ein paar Halbstarke in schwarzen Anzügen und weißen Hemden ließen uns herein. Sie starrten mich an wie einen Aussätzigen.

«Akademiker?», fragte ich Hawk.

Er grinste und sah die beiden Typen durchdringend an.

«Dr. Abdullah erwartet mich», sagte ich.

Sie starrten mich noch intensiver an, und dann Hawk, der ihnen gewinnend zulächelte.

Dann sagte der eine: «Gang runter, dritte Tür links.»

Hawk und die beiden Typen behielten sich gegenseitig im Auge, als wir an ihnen vorbei den Korridor hinuntergingen. An den Wänden hingen afrikanische Kunstwerke und Plakate, die zum Handeln aufriefen. Alle, die hier rumliefen, waren schwarz.

«Ich komme mir vor wie das weiße Schaf der Familie.»

«Du könntest wirklich ein bisschen mehr Farbe vertragen», sagte Hawk, als wir an der halb geöffneten Tür von Abdullahs Büro klopften.

Eine Stimme rief: «Herein!» Also gingen wir rein.

Die Wände des Büros hingen voll mit irgendwelchem panafrikanischen sozialistischen Realismus. Die Bilder zeigten prächtige schwarze Männer, die das Joch der Unterdrückung abwarfen. Die Weißen waren allesamt als fette Finsterlinge dargestellt. Keiner dieser Weißen sah aus wie ich. Keiner der prachtvollen schwarzen Männer ähnelte Abdullah. Abdullah war eher hellhäutig. In der guten alten Zeit, als Sonnenbräune noch nicht als ungesund galt, war Susan im Sommer manchmal dunkelhäutiger gewesen als Amir. Er war dünn und ziemlich groß. Sein Haar war kurz geschnitten und gab ihm ein militantes Aussehen. Er trug eine runde Brille mit Goldrand, eine safranfarbene Robe und Sandalen. Seine Fingernägel waren lang, sauber und manikürt. An allen vier Fingern jeder Hand trug er Ringe. Eine Rolex-Uhr lugte aus seinem Ärmel. Er rauchte eine Meerschaumpfeife mit langem, geschwungenem Mundstück, und der Raum roch stark nach seinem scharfen Tabak. Ein 1,80 Meter hohes Schild aus uppig gemustertem Fell stand in einer Ecke, zusammen mit zwei langen, gekreuzten Speeren. Die Regale quollen über vor lauter Büchern. Die meisten Namen kannte ich nicht, manche aber schon, zum Beispiel Frantz Fanon, Ralph Ellison, Richard Wright.

Abdullah nickte Hawk zu.

«Kennen wir uns?», fragte er mich.

«Mein Name ist Spenser», sagte ich. «Und das hier ist Hawk.»

Abdullah warf Hawk einen nachdenklichen Blick zu und nickte.

«Was geht ab, Bruder?»

Hawk antwortete nicht. Er trat nach links neben die Tür und lehnte sich gegen die Wand. Abdullah sah wieder mich an.

«Es kommen nicht viele Weiße hierher», sagte er.

«Schade eigentlich.»

«Wieso?»

«Ich mag keine Rassentrennung.»

«Ich lass mir nich' von irgend 'nem Arsch was über Rassentrennung erzählen», sagte Abdullah. «Wir Nigger müssen allein klar kommen. Is' besser, wenn die Weißen sich raushalten.»

Da mir diese Ausführungen rein gar nichts hinsichtlich der Festanstellung von Professor Nevins sagten, verzichtete ich auf einen Kommentar.

«Sie gehören dem Personalausschuss des Fachbereichs für Englische Sprache an?»

«Soll'n die Frage?»

Er versuchte auf Teufel komm raus wie ein Homeboy zu reden, aber irgendwie klang es alles so, als würde er es sich im Kopf zurechtlegen. Hawk lehnte noch immer an der Wand und schien sich nur mühsam ein Gähnen zu unterdrücken.

«Gut gegeben», sagte ich. «Tatsächlich weiß ich bereits, dass Sie dem Personalausschuss angehören. Ich hab mich allerdings gefragt, wieso Sie dort im Fachbereich kein Büro unterhalten.»

«Is nich' mein Job, Ihre Probleme zu klären.»

«Natürlich nicht», sagte ich. «Haben Sie jemals beobachtet, dass Robinson Nevins eine sexuelle Beziehung mit dem verstorbenen Prentice Lamont unterhielt?»

«Sie sind kein Bulle», sagte Abdullah.

«Sind Sie sicher?»

«Bullen fang' gleich an zu prügeln.»

«Privatbulle», sagte ich.

«Und der da?»

«Amir», sagte Hawk. «Wenn du noch mal von mir als ‹der da› sprichst, trete ich dir in deinen kleinen Arsch.»

Hawks Stimme klang ruhig und seine Aussprache war besser als die von Tony Blair. Abdullah wurde knallrot. Er war so hellhäutig, dass man es tatsächlich sehen konnte.

«Wenn du so mit 'nem Bruder redest, zeigst du nur, dass du 'n Tom bist», sagte Abdullah.

Ohne ein weiteres Wort trat Hawk zu Abdullah, der unwillkürlich Schutz hinter seinem Schreibtisch suchte.

«Hawk», sagte ich. «Das bringt uns jetzt auch nicht weiter.»

Hawk blieb direkt vor Abdullahs Schreibtisch stehen und starrte sein Gegenüber an.

«Kein Weißer nennt mich Nigger», sagte Hawk ganz leise. «Und kein Schwarzer sagt Tom zu mir.»

Er beugte sich über den Schreibtisch, griff nach der Safranrobe. Abdullah schrie auf, und ein paar von den harten jungen Typen in schwarzen Anzügen stürmten den Korridor entlang. Hawk schlug Abdullah mit Vorhand und Rückhand ins Gesicht, gerade fest genug, dass sein Kopf hin und her geworfen wurde. Abdullah versuchte verzweifelt von ihm loszukommen. Hawk gab ihm eine weitere Ohrfeige, als der erste von den jungen Typen ins Büro stürmte. Hawk ließ Abdullah los und empfing den Jungen mit einem linken Haken. Drei weitere kamen durch die Tür herein. Ich atmete einmal tief durch und verpasste dem ersten einen Nackenschlag direkt hinter das rechte Ohr, und der Kampf konnte beginnen. Sie waren zu viert, wir nur zu zweit, aber einer von uns war Hawk und der andere war ich, und zu ihnen gehörte Abdullah. Ihn konnte man eher doppelt abziehen, also war der Kampf beinahe fair. Die jungen Typen beherrschten irgendeine asiatische Kampfsportart. Darin waren sie ziemlich gut. Aber sie nutzten es normalerweise nur, um ängstliche Studenten und Professoren damit zu beeindrucken. Als der Uni-Sicherheitsdienst aufkreuzte, war die Auseinandersetzung schon beendet. Wir hatten gewonnen. Der militante Professor Abdullah versuchte von seinem Schreibtisch aus kriechend zur Tür zu gelangen, bevor Hawk ihn sich nochmal schnappte.

«Er hat mich angegriffen», kreischte er dem ersten Sicherheitsbullen entgegen, der eintrat. «Er hat mich angegriffen.»

Den Männern vom Sicherheitsdienst folgten zwei echte Cops, die ich kannte. Die Uni-Bullen wollten uns verhaften, aber ich erklärte, warum wir gekommen waren, und schwor Stein und Bein, dass Abdullah angefangen hätte. Der eine Cop legte ein Wort für uns ein, und kurz darauf durften wir gehen. Wir sollten uns aber zur Verfügung halten, falls Abdullah Anzeige erstatten würde.

Wir verließen das Büro des Sicherheitsdienstes und machten uns auf den Weg zum Harbor Health Club. Nachdem Henry Cimoli mit dem Boxen aufgehört und bevor er direkt am Wasser dieses Studio aufgemacht hatte, das früher schlicht die Aula genannt wurde, hatte er als Flicker gearbeitet. Ich hatte eine Platzwunde unterm Auge, eine geschwollene Lippe, und die Knöchel meiner Hand waren aufgeschürft. Hawk hatte ein blaues Auge und eine Platzwunde auf dem kahlen Schädel, die ziemlich stark blutete. Wir brauchten dringend Hilfe von Henry dem Flicker.

«Tja, Ollie, da hast du uns ja mal wieder was Feines eingebrockt», sagte ich.

«Er hat mich beleidigt», sagte Hawk.

Er presste ein zusammengefaltetes Papierhandtuch an die Platzwunde auf seinem Schädel.

«Dich kann man gar nicht beleidigen», sagte ich. «Ich war dabei, wenn Schwarze dich Tom und Weiße dich Nigger genannt haben, und es hat dich kein bisschen gekratzt.»

«Ich weiß.»

«Und plötzlich kommst du mit diesem Kein-Schwarzer-sagt-Tom-zu-mir-Schwachsinn, und wir müssen uns mit diesen Kampfsport-Heinis rumschlagen.»

«Ich weiß. Aber wir sind doch ganz gut klar gekommen, oder?»

«Das ist ja wohl das Mindeste. Aber was sollte denn dieser Quatsch mit der verletzten Ehre?»

Hawk grinste.

«Dieser Dreckskerl hat mich beleidigt.»

«Ja, klar hat er das.»

«Ich hasse diese Windbeutel.»

«Sicher. Ist schon in Ordnung. Aber das nächste Mal suchst du dir bitte einen passenderen Moment, okay?»

Die Atlantic Avenue war eine einzige Baustelle, und wegen der Umbauarbeiten der Central Artery gab es ziemlich komplizierte Umleitungen. Schließlich parkte ich zwischen schweren Baumaschinen in der Nähe des Harbor Health Club.

«Ich kann's nicht versprechen», sagte Hawk.

9

Bis jetzt hatte ich nichts erreicht.

Wir hatten Amir Abdullah gegen uns aufgebracht, aber nichts herausgefunden. Ich hatte mit KC Roth gesprochen und nichts herausgefunden, außer dass KC eine ziemliche Schau war. Ich hatte mich mit Belson unterhalten und nichts Wesentliches erfahren. Als nächstes hatte ich eine Verabredung mit Professor Lillian Temple, Mitglied des Personalausschusses des Fachbereichs für Englische Sprache, und zwar nachmittags um zwei Uhr. Bis dahin gab's nichts weiter zu tun, als meiner Lippe beim Anschwellen zuzusehen. Also entschloss ich mich, nach Reading zu fahren, um mich mit den Cops über KC Roth zu unterhalten. Ich tappte im Dunkeln. Und das bei zwei Fällen gleichzeitig. Vielleicht sollte ich meine Visitenkarten mit der Bezeichnung «Meisterdetektiv» aufwerten.

In Reading sprach ich mit einem rotgesichtigen feisten Sergeant namens O'Connor im Bereitschaftsraum.

«Ja, wir fahren regelmäßig jede Stunde dort vorbei. Macht uns keine Mühe, wir müssen dort sowieso routinemäßig lang.»

«Ändern Sie manchmal die Zeiten?», fragte ich.

«Wir sind natürlich völlig vertrottelt hier draußen», sagte O'Connor, «aber wir haben trotzdem herausgefunden, dass jemand uns auf der Nase rumtanzen könnte, wenn wir jede Nacht zur gleichen Zeit Streife fahren.»

«Nicht schlecht kombiniert», sagte ich. «Haben Sie irgendeine Idee, was es mit dieser Belästigung auf sich hat?»

«Sie meinen, wer es ist?»

«Hmhm.»

«Na ja, normalerweise knöpft man sich erst mal den Ex vor, falls es einen gibt.»

«Haben Sie mal drüber nachgedacht, dass es vielleicht gar keine Belästigungen gibt?»

«Sie haben doch mit der Frau geredet», sagte O'Connor. «Was meinen Sie denn zu ihr?»

«Sieht gut aus.»

«Ja.»

«Sie scheint sexuell etwas überprogrammiert zu sein.»

«Das kann man wohl sagen.»

«Haben Sie darüber was herausgefunden?»

«Nein, war nur so ein Gefühl.»

«Nette Kombination, sieht gut aus und ist willig.»

«Sehr einladend, wenn man sich nicht über den Morgen danach Gedanken machen müsste», sagte O'Connor.

«Das könnte natürlich hart sein. Aber was meinen Sie damit?»

«Sie machte den Eindruck, als hätte sie nicht alle beieinander. Ist Ihnen nichts aufgefallen?»

«Sie kam mir ein bisschen mental überdreht vor», sagte ich.

«Mental überdreht? Ich hab gehört, Sie seien einer von diesen ganz harten Burschen. Harte Burschen sagen nicht ‹mental überdreht›.»

«Wahrscheinlich sagen die auch nicht ‹sexuell überprogrammiert›.»

«Natürlich nicht», schnaubte O'Connor.

«Gehört zu meiner Tarnung», sagte ich. «Sie haben also keine Anzeichen für irgendwelche Belästigungen gefunden?»

«Nein.»

«Die Liste der Telefongespräche?»

«Sie hatte noch nicht mit der Telefongesellschaft gesprochen, als wir sie vernommen haben. Sie haben keine Liste.»

«Ich schlug ihr vor, ihnen Bescheid zu geben.»

«Wir auch.»

«Sieh mal an. Und dabei tat sie so, als wäre mir was unglaublich Raffiniertes eingefallen, als ich es ihr vorschlug.»

«Na klar.»

«Aber warum sollte sie sich so was ausdenken?»

«Sie kennen doch solche Frauen, vielleicht mehr als ich. Vom Ehemann verlassen, allein in der Vorstadt, Sehnsucht nach Männern. Sie wollen, dass sich jemand um sie kümmert. Also rufen sie andauernd bei uns an. Vielleicht ist Mrs. Roth nur noch einen Schritt weitergegangen, indem sie jemanden engagierte, der auf sie aufpasst.»

«Und zwar mich, nachdem Sie ihr das Herz gebrochen haben.»

«So wird's wohl sein.»

«Andererseits, so wie sie aussieht, muss sie eigentlich niemanden dafür bezahlen», sagte ich.

«Verlassene Frauen verhalten sich ziemlich seltsam. Zerstörtes Selbstwertgefühl. Vielleicht weiß sie gar nicht mehr, dass sie so gut aussieht.»

«Sie weiß es.»

O'Connor dachte kurz nach: «Ja, stimmt. Sie weiß es.»

«Und außerdem gibt es sogar zwei Ex.»

«Ein Freund?»

«Yep. So wie sie es mir erzählte, hat sie den Ehemann wegen des Freundes verlassen.»

«Gern gebumst, ungern geheiratet», stellte O'Connor fest.

«So sieht's aus. Mich wundert auch, dass der Ehemann das Kind mitgenommen hat.»

«Sie hat ein Kind?»

«Yep.»

«Passt nicht gerade zum normalen Bild eines Mannes, der Frauen belästigt.»

«Weil er sich ums Kind kümmert?»

«Ja.»

«Ist schon richtig, aber man weiß ja nie. Vielleicht liebt er sein Kind und ist trotzdem ein bisschen gestört.»

«Ich hab sieben Kinder. Es muss nicht unbedingt ein Widerspruch sein.»

«Werden Sie sich noch länger mit dem Fall beschäftigen?», fragte ich.

«Yep. Wir fahren weiter Streife dort und warten ab, was passiert. Mehr können wir nicht tun.»

«Ich werde mal mit dem Ex-Mann reden, und mit dem Ex-Freund», sagte ich. «Wenn ich was rauskriege, lass ich Sie's wissen.»

«Danke», sagte O'Connor. «Wenn Sie rausfinden, wer's ist, wollen Sie sich ja vielleicht erst mal persönlich mit ihm befassen. Wir könnten ihm verbieten, sich in ihrer Nähe aufzuhalten und ihm mit Verhaftung drohen. Aber meistens funktioniert es besser, wenn sich jemand mit ihm ganz persönlich befasst, bevor wir uns einmischen.»

«Ich werd's mir merken», sagte ich.

10

Um genau zwei Uhr kam ich in Lillian Temples Büro im Fachbereich für Englische Sprache an und hoffte, sie mit meiner Pünktlichkeit zu beeindrucken. Vergebliche Mühe, sie war gar nicht da und das Büro abgeschlossen. Ich lehnte mich gegen die Wand vor ihrer Tür und wartete bis zehn nach zwei. Sie kam den Gang entlanggeeilt, unter dem Arm eine voll bepackte große blaue Tasche aus Segeltuch. Sie entschuldigte sich nicht für ihre Verspätung. Immerhin war sie eine Professorin und ich nur ein Schnüffler. Eine Entschuldigung wäre geradezu unschicklich gewesen. Auf den ersten Blick wollte ich Hawk Recht geben, was ihr Aussehen betraf, aber nachdem wir es uns in ihrem kleinen Büro bequem gemacht hatten, und ich sie näher in Augenschein nehmen konnte, war ich mir nicht mehr so sicher.

Sie war unscheinbar, aber auf die typische Cambridge-Art, gewollt unscheinbar. Wenn sie sich für ein anderes Erscheinungsbild entschieden hätte, wäre sie womöglich richtig gut aussehend gewesen. Sie war so zwischen 35 und 40 Jahre alt, ziemlich groß, etwa 1,80, hatte lange braune Haare, trug kein Make-up und legere Kleidung aus dem J.-Crew-Katalog. Dicke runde Brille, schlichtes Gestell, männlich wirkende Bluse, Chinos, weiße Socken und Sandalen. Kein Schmuck. Kein Nagellack. Sie schien nicht viel Aufwand um sich zu betreiben, außer sich zu waschen.

«Können Sie sich in irgendeiner Form ausweisen?», fragte sie.

Ich zeigte ihr den Ausweis. Sie las ihn aufmerksam.

Das kleine Büro hatte nur Innenwände, vor denen Regale mit zahllosen Paperback-Ausgaben englischer Klassiker standen: «The Mill on the Floss», «Great Expectations» sowie Sekundärliteratur zum Thema. Blaue Prüfungsmappen lagen übereinander gestapelt auf einem kleinen Tisch hinter ihrem Stuhl. Über dem Schreibtisch hing ein gerahmtes Diplom der Brandeis University, wo sie ihren Doktor in Englischer Sprache und Literatur gemacht hatte. Sie hatte kein Parfüm aufgetragen, aber ich konnte ihr Shampoo riechen – vielleicht etwas Herbal Essence – und ihre Seife, vielleicht Irish Spring. Während sie den Kopf gesenkt hielt, um meinen Ausweis zu lesen, konnte ich ihren Scheitel betrachten.

Schließlich sah sie wieder auf und gab mir die Papiere zurück.

«Ich habe den Vertrauensmann des Fachbereichs gebeten, dem Gespräch beizuwohnen», sagte sie.

Vertrauensmann. Super. Ich bemühte mich ernst zu bleiben.

«Wahnsinn», sagte ich. «Würde es nicht reichen, wenn wir die Tür aufließen?»

Sie hatte wohl den Verdacht, ich wolle sie auf den Arm nehmen. Also bemühte sie sich ebenfalls, ernst zu bleiben.

«Ist Amir Abdullah Professor an diesem Fachbereich?»

Sie dachte über die Frage nach und entschied dann wohl, dass es keine Fangfrage war.

«Ja», sagte sie. «Für Afrikanisch-amerikanische Literatur.»

«Aber sein Büro befindet sich im Afro-amerikanischen Zentrum.»

«Im Afrikanisch-amerikanischen Zentrum, ja. Er hat sich dafür entschieden.»

«Und was unterrichten Sie?»

«Feministische Theorie.»

«Befasst sich eigentlich auch jemand mit den toten weißen Kerlen?», fragte ich. «So Typen wie Shakespeare und Melville zum Beispiel.»

«Kerle und Typen, wie passend.»

Offenbar versuchte sie, ironisch zu sein.

«Ich bin immer passend», sagte ich.

Sie nickte, weiterhin ganz ernsthaft dreinblickend.

«Es werden auch traditionelle Themen angeboten», sagte sie.

Ein großer, gut aussehender Mann mit dickem Schnurrbart kam herein. Er trug ein braunes Tweedjackett von Harris mit schwarzem seidenem Einstecktuch, einen schwarzen Rollkragenpullover, blank geputzte Boots und gebügelte Jeans.

«Hallo, Li», sagte er. «Tut mir Leid, dass ich zu spät komme.»

Er hielt mir die Hand hin.

«Sie müssen der Detektiv sein. Bass Maitland.»

Er hatte eine wohlklingende tiefe Stimme.

«Spenser», sagte ich.

Wir schüttelten uns die Hand. Maitland setzte sich auf die eine Ecke von Lillians Schreibtisch, verschränkte die Arme, aufmerksam, allzeit bereit, ein falsches Wort zu registrieren. Ich entspannte mich. Jedes Mal, wenn ich mit der Uni zu tun hatte, fiel mir auf, dass alle sich und ihre Tätigkeit unglaublich ernst nahmen. Ich musste mich beherrschen, um keine Witze zu reißen.

«Lillian hat mich gebeten, dabei zu sein», erklärte Maitland. «Ich bin nur Zuhörer.»

«Ohren auf und keine Meinung», sagte ich.

Er lächelte freundlich.

Ich wandte mich an Lillian Temple: «Was halten Sie von den Beschuldigungen gegen Robinson Nevins, dass er für den Tod von Prentice Lamont verantwortlich ist?»

«Wie bitte?»

«Glauben Sie, dass Nevins eine Affäre mit Lamont hatte? Sind Sie der Meinung, der Abbruch der Beziehung sei die Ursache für Lamonts Selbstmord gewesen?»

«Ich ... mein Gott ... warum sollte ich ...?»

«Wurde darüber nicht im Personalausschuss beraten?»

«Ja ... aber ... ich kann hier nicht über die Beratungen des Personalausschusses Auskunft geben.»

«Natürlich. Aber eine solche Behauptung hätte doch sicherlich Ihre Entscheidung hinsichtlich der Festanstellung von Professor Nevins beeinflusst. Wie haben Sie gestimmt?»

«Das kann ich Ihnen nicht sagen.» Sie sah ziemlich geschockt aus.

«Was halten Sie von dieser Behauptung?»

Sie warf Maitland einen Blick zu. Er blieb ausdruckslos. Sie wandte sich wieder mir zu.

«Ja, also», sagte sie.

Ich wartete.

«Ich glaube ...», sagte sie, «dass ... jeder das Recht auf selbstbestimmte Sexualität hat.»

«Hmhm.»

«Aber dieses Recht korrespondiert natürlich mit dem Willen, sich in einer Partnerschaft verantwortungsvoll zu verhalten.» Sie hielt inne, offenbar beeindruckt von ihrer eigenen Formulierungskunst.

«Hat Nevins sich verantwortungsvoll verhalten?»

«Nein», sagte sie bestimmt. «Er hat diesen Jungen in den Tod getrieben.»

«Das glauben Sie wirklich.»

«Ich vermute es.»

«Warum?»

«Ich habe meine Gründe.»

«Und die wären?»

Sie schüttelte den Kopf.

«Oh», sagte ich, «solche Gründe also.»

«Sarkasmus ist hier nicht am Platze», sagte sie.

«Ach nein, wirklich nicht?»

«Ich glaube, das reicht jetzt, Mr. Spenser», schaltete Maitland sich ein.

«Es reicht nicht», sagte ich. «Aber mehr ertrage ich im Moment nicht.»

Ich stand auf. Maitland hockte immer noch auf der Schreibtischecke und schaute amüsiert und neutral drein. Lillian Temple saß aufrecht in ihrem Drehstuhl, beide Füße auf den Boden gestemmt, Hände im Schoß gefaltet, und starrte mich unversöhnlich an.

«Tut mir Leid, dass ich Ihnen da nicht weiterhelfen kann», sagte sie. «Aber ich nehme so etwas nicht auf die leichte Schulter.»

«Sie nehmen gar nichts auf die leichte Schulter», erwiderte ich.

Als ich auf dem Weg zum Parkplatz am Afrikanisch-amerikanischen Zentrum vorbeiging, überlegte ich, dass ich im Fachbereich für Englische Literatur ziemlich verarscht worden war. Aber immerhin hatte man mich nicht verprügelt. Das war doch schon mal ein Fortschritt.

11

Burton Roth wohnte in einem Haus im Kolonialstil mit acht Zimmern. Es hatte grüne Fensterläden und stand in einer Sackgasse, die von der Commonwealth Avenue in Newton abging. Ich hatte mich mit ihm für Donnerstagnachmittag verabredet, weil er da etwas früher von der Arbeit nach Hause kam. Wir saßen vor einem kleinen Kamin in einer Nische, die vom Esszimmer abging, und unterhielten uns über seine Ex-Frau.

«Sie hatte schon immer diese Begabung», sagte er, «mehr darzustellen, als sie wirklich ist.»

«Trauern Sie ihr nach?»

«Ja, doch. Aber es ist nicht mehr so schlimm wie zu Anfang. Und natürlich bin ich wütend auf sie.»

«Weil sie Sie verlassen hat.»

«Weil sie was mit einem anderen angefangen hat, mich wegen ihm verließ und nicht mal schlau genug war, einen anständigen Kerl zu finden.»

«Was wäre denn ein anständiger Kerl gewesen?»

«Einer, der sie liebt. Kaum war sie frei, hat er sie fallen lassen.»

«Würden Sie sich besser fühlen, wenn die beiden geheiratet hätten?»

«Wenn sie glücklich wäre? Ja. Sie hat unsere Ehe ruiniert für nichts und wieder nichts, falls Sie verstehen, was ich meine.»

«Tu ich.»

Er war gut gebaut, mittelgroß mit blonden Haaren und breiten Händen, die nach Arbeit aussahen. Auf dem Kaminsims stand das Foto eines Mädchens. Es war übertrieben bunt wie diese typischen Schulfotos, die alle Jahre wieder gemacht werden, aber der Rahmen sah teuer aus.

«Ist das Ihre Tochter?», fragte ich.

«Ja. Jennifer. Sie ist elf.»

«Wie verkraftet sie das alles?»

«Sie versteht nicht, um was es geht, aber sie ist aufgeweckt und kommt damit klar. Sie sieht ihre Mutter einmal die Woche. Scheidung ist nichts Besonderes für sie, die Hälfte ihrer Freunde haben geschiedene Eltern.»

«Geht's ihr gut?»

«Ja, ich denke schon.»

«Wo ist sie denn?»

«Bis sechs Uhr hat sie Fußballtraining. Ich hole sie dann ab.»

«Haben Sie eine neue Freundin?»

«Ich möchte ja nicht unhöflich sein, aber Sie sagten, Sie würden Nachforschungen anstellen, weil meine Ex-Frau belästigt wird.»

«Manchmal werden Frauen aus Rache belästigt oder weil jemand seinen Einfluss ausüben möchte. Ich versuche herauszufinden, ob Sie derjenige sein könnten.»

«Mein Gott. Sie glauben doch nicht, dass ich sie belästige?»

«Es wäre immerhin möglich.»

Roth schwieg eine Weile. Dann nickte er. «Ja, klar. Mich zu verdächtigen, wäre wohl nahe liegend.»

«Haben Sie eine neue Freundin?»

«Ich kenne da eine Frau», sagte Roth. «Es macht Spaß, mit ihr zusammen zu sein. Wir schlafen miteinander. Aber ich glaube nicht, dass es ewig halten wird.»

«Könnten Sie sich vorstellen, dass Ihre Ex-Frau sich diese Belästigungen nur ausgedacht hat?»

«Na ja, sie ist ziemlich überdreht in letzter Zeit. Deshalb mache ich mir auch Sorgen, wenn Jennifer bei ihr ist. Deswegen gab es Streit zwischen KC und mir, und natürlich kann ich sie nicht von ihrer Mutter fern halten. Aber ich bin immer zu Hause, wenn sie bei ihr ist, damit sie mich anrufen kann, falls es nötig sein sollte.»

«Glauben Sie, das könnte nötig sein?»

«Nein, eigentlich nicht. Ich fürchte sehr, dass sie mit ihrem Freund, jetzt Ex-Freund, loszieht und Jennifer allein lässt. Oder ich fürchte, sie könnte Jennifer mitnehmen, wenn sie mit ihm an einen Ort geht, der für eine Elfjährige nicht geeignet ist. Sie ist ein bisschen rücksichtslos in dieser Hinsicht. In der Schule hatten wir mal ein Mädchen, die war auch auf so eine Art verrückt nach Jungs. Aber trotz ihrer überzogenen Art ist sie durchaus intelligent, und ganz bestimmt liebt sie ihre Tochter. Ich kann mir nicht vorstellen, dass sie diese Belästigungen erfindet, nicht mal, um mir zu schaden.»

«Warum sollte sie Ihnen schaden wollen?»

«Weil sie sich schuldig fühlt. Weil sie mich verlassen und sich in einen Kerl verliebt hat, der sie fallen ließ. Weil sie beides nicht ertragen kann und gern möchte, dass ich daran schuld bin.»

«Machen Sie eine Therapie?»

«Ja, klar. Allein könnte ich es nicht durchstehen.»

«Kennen Sie ihren Freund?»

«Hab ihn nie getroffen.»

«Seinen Namen?»

«Nur den Vornamen, Louis.»

«Was haben Sie ihm gegenüber für eine Einstellung?»

«Ich würde ihn gern umbringen.»

«Das glaub ich gern.»

«Aber ich werd's nicht tun.»

«Nein.»

«Klingt so, als würden Sie mich verstehen.»

«Ja.»

Er sah auf die Uhr.

«Ich muss meine Tochter abholen. Ich möchte nicht, dass sie diese Unterhaltung mit anhören muss. Vielleicht können wir einen anderen Termin vereinbaren.»

«Brauchen wir nicht. Ich melde mich, wenn's nötig sein sollte.»

«Ich bin froh, wenn ich Ihnen dabei helfen kann. Ich möchte nicht, dass die Mutter meiner Tochter belästigt wird.»

«Lieben Sie sie immer noch?», fragte ich.

«Ja. Aber nicht mehr so wie einst, und irgendwann wird's vorbei sein.»

«Gut.»

12

Ich hatte es so lange wie möglich aufgeschoben. Aber nun musste ich mit den Eltern von Prentice Lamont sprechen. Mit den Eltern eines Verstorbenen zu sprechen, war immer wieder das Allerschlimmste. Egal, wie alt der Verstorbene gewesen war, wenn man mit den Eltern sprechen musste, war es immer besonders hart. Vor einigen Jahren hatte ich mich mit den Eltern eines Mädchens auseinander setzen müssen, das anscheinend von einem Schwarzen vergewaltigt und ermordet worden war. Die Mutter hatte mich Niggerfreund genannt und mich hinausgeworfen. Die Mütter drehten immer am ehesten durch. Bei den Lamonts kam noch erschwerend hinzu, dass sie geschieden waren und ich es zweimal tun musste.

Ich suchte zuerst die Mutter auf.

«Ja», sagte sie, «Prentice war schwul.»

«Können Sie mir sagen, ob Robinson Nevins sein Liebhaber war?»

«Sie sind ja ganz schön direkt.»

«Es sind sehr schwierige Fragen, die ich stellen muss. Und sie werden nicht einfacher, wenn ich drumherum rede.»

«Stimmt.»

Sie war klein, dunkelhaarig und lebhaft, sah nicht schlecht aus, wirkte aber so wie jemand, den das Leben hart rangenommen hat. Wir saßen in der gelb gestrichenen Küche ihres Apartments im ersten Stock eines Mehrfamilienhauses nahe der Highland Avenue in Somerville.

«Was wissen Sie also über Prentice und Robinson Nevins?», fragte ich.

Sie zuckte mit den Schultern. Der erste Schock nach dem Tod ihres Sohns war jetzt nach sechs Monaten vorbei. Was an Traurigkeit übrig geblieben war, saß tief und würde wahrscheinlich für immer bleiben. Aber sie war in der Lage, ruhig zu reden.

«Ich glaube, Prentice wusste, dass wir nicht besonders glücklich über seine Homosexualität waren. Er hat nicht viel mit uns darüber gesprochen.»

«‹Uns› heißt mit Ihnen und seinem Vater.»

«Ja.»

«Sie sind geschieden?»

«Ja. Seit fünf Jahren.»

Und immer noch sprach sie von «uns». Mrs. Lamont konnte nicht einfach loslassen.

«Kannte er Robinson Nevins?»

«Ich weiß nicht.»

«Würde er sich überhaupt mit einem Schwarzen eingelassen haben?»

«Ich glaube eigentlich nicht. Aber ich hätte auch nicht geglaubt, dass er schwul war.»

«Glauben Sie, dass er sich selbst umgebracht hat?»

«Das sagen doch alle.»

«Glauben Sie ihnen?»

Das war zu viel für sie. Sie begann zu weinen.

«Wie könnte ich das denn glauben? Aber wieso sollte jemand ihn umgebracht haben? Prentice ...»

«Ich weiß, es ist schrecklich.»

Sie nickte. Sie konnte nicht weiterreden. Tränen liefen ihr übers Gesicht.

«Ich werde es herausfinden, Mrs. Lamont. Das ist alles, was ich Ihnen versprechen kann. Ich werde es herausfinden, und dann wissen Sie, was passiert ist.»

Sie konnte noch immer nicht sprechen. Wieder nickte sie.

«Soll ich jetzt besser gehen?», fragte ich.

Sie nickte.

«Kommen Sie allein zurecht?»

Sie nickte. Ich hätte noch mehr Fragen gehabt. Aber nur ein härterer Bursche, als ich es war, hätte sie jetzt stellen können. Soweit mir bekannt war, gab es keine härteren Burschen als mich. Also strich ich ihr hilflos über die Schulter, stand vom Küchentisch auf und ging.

13

Mit dem Vater war es ganz anders.

Ich traf mich mit ihm und seiner jetzigen Frau auf einen Drink in einem Fitness-Club im Bankenviertel. Sie trugen beide Trainingsklamotten. Sie hatte zwei Tennisschläger dabei. Er war kahlköpfig, mittelgroß, muskulös und gut gebräunt. Sie war blond, mittelgroß, muskulös und gut gebräunt. Außerdem war sie ungefähr so alt, wie sein Sohn gewesen sein musste, als er den Brody machte. Sie hieß Laura. Wir saßen am Fenster mit Blick auf die Trainingshalle mit den Tennisplätzen, wo mehrere, ziemlich niveaulose, gemischte Doppel gespielt wurden.

«Puh», sagte Lamont, nachdem wir uns die Hand gegeben hatten. «Sie nimmt mich ganz schön hart ran.»

«Nicht sehr hart», sagte Laura.

«Squash?»

«Ja. Spielen Sie auch?»

«Nein.»

«Sollten Sie tun. Macht fit.»

«Bestimmt», sagte ich. «Kennen Sie Robinson Nevins?»

Lamont kniff die Augen zusammen.

«Ist das der Bimbo, mit dem der Sohn meiner Ex-Frau angeblich zusammen gewesen ist?»

«Nicht ihr eigener Sohn?»

Lamont schüttelte den Kopf.

«Er hat sich dagegen entschieden», sagte er.

Laura legte ihre Hand auf seine.

«Sie meinen, weil er schwul war», sagte ich.

«Es gibt keinen Grund, irgendwelche komischen Worte zu benutzen», sagte Lamont. «Er war ein Homo.»

«Und er musste sich zwischen Ihnen und seiner Homosexualität entscheiden?»

«Ich bin ein bisschen altmodisch», sagte Lamont. «Meiner Ansicht nach ist es eine Schande, wenn Männer Sex mit Männern haben. Da rollen sich bei mir die Zehennägel auf.»

«Verstehe. Also wissen Sie nicht, ob er tatsächlich eine sexuelle Beziehung zu Robinson Nevins unterhielt.»

«Nein.»

«Haben Sie Nevins mal gesehen?»

«Nein.»

«Wie lange sind Sie schon von Prentice' Mutter geschieden?»

«Sechs Jahre.»

«Wann haben Sie Prentice das letzte Mal gesehen?»

«Als ich ausgezogen bin.»

«Vor mehr als sechs Jahren?»

«Ja, ist beinahe sieben her. Die Scheidung hat zehn Monate gedauert. Natürlich hab ich nicht mehr da gewohnt, als das alles ablief.»

«Also haben Sie Ihren Sohn sechseinhalb Jahre vor seinem Tod nicht mehr gesehen?»

«Für mich ist er schon viel früher gestorben.»

«War er ein Scheidungsgrund?»

«Na ja, wenn sie ihn anständig erzogen hätte, würde er jetzt vielleicht noch leben.»

«Vielleicht», sagte ich. «Gibt es sonst irgendetwas, das Ihnen zu seinem Selbstmord einfällt? Zweifel, ob es überhaupt Selbstmord war. Zweifel, ob Nevins wirklich der Grund war?»

«Wie schon gesagt, Mr. Spenser. Für mich ist Prentice schon vor sehr langer Zeit gestorben.»

«Ich frage mich, ob er wohl noch leben würde, wenn er einen richtigen Vater gehabt hätte.»

«Mr. Spenser!», rief Laura.

«Das war billig, Kumpel. Haben Sie Kinder?»

«Nicht direkt.»

«Dann wissen Sie gar nicht, wovon Sie reden.»

«Wahrscheinlich nicht», gab ich zu.

Ich sah Laura an. «Ich hoffe, er ist Ihnen ein besserer Vater», sagte ich.

Ich wollte ihm nicht die Zähne einschlagen. Ich war nicht mal aufgebracht. Ich war traurig. Einfach nur traurig. Familien brachen auseinander, Menschen starben, Mütter litten.

Wofür?

Ich stand auf und ging.

Wofür, zum Teufel?

14

Belson und zwei weitere Kriminalbeamte hatten 35 Personen zu Prentice Lamont befragt, und 29 von ihnen waren reine Zeitverschwendung gewesen. Die Professoren Abdullah und Temple hatten behauptet, Lamont hätte eine Affäre mit Robinson Nevins gehabt. Allerdings nicht mir gegenüber. Ich fragte mich, warum sie sich mir gegenüber so zurückhaltend verhielten. Akademiker befassen sich mit allem auf höherem Abstraktionsniveau und gerieten dabei schon mal in außergewöhnliche philosophische Höhen, die ein einfacher Geist wie ich nicht begreifen kann. Kaum Informationen, erst recht keine erfreulichen. Meine nächsten beiden Namen auf der Liste waren die von Robert Walters und William Ainsworth, zwei engen Freunden des Toten. Sie hatten sich gemeinsam mit Lamont als Verfasser von Pamphleten hervorgetan.

Diese Publikationen wurden in Lamonts Wohnung hergestellt und erschienen trotz seines Todes auch weiterhin. Seine ehemaligen Co-Autoren hatten eingewilligt, mich dort zu treffen. Als ich ankam, war die Tür weit offen.

Einer der jungen Männer sagte: «Sind Sie Spenser?»

«Ja.»

«Kommen Sie rein. Wir sind Walt und Willie. Ich bin Walt.»

Ich gab ihnen die Hand.

«Sie können sich aufs Bett setzen, wenn Sie wollen», sagte Walt.

«Ich bleib gern stehen. Dann kann ich ein bisschen

rumlaufen, während wir uns unterhalten, und nach Spuren suchen.»

Es war eine Ein-Zimmer-Wohnung mit Kochnische und Badezimmer. Linoleumboden. Die Wände waren verputzt und weiß gestrichen. Tourismus-Plakate waren mit Tesafilm befestigt. Teilweise hatte sich das Klebeband wieder gelöst, und die Poster hingen nach unten wie welke Blätter. Auf dem Bett lag eine blaue Tagesdecke. In der Mitte des Zimmers stand ein Küchentisch aus Kiefernholz, davor ein Küchenstuhl, darauf ein wichtig wirkender großer Computer mit Farbmonitor. Unter dem Tisch stand ein Laserdrucker, und eine Menge Kabel hingen durcheinander. Neben dem Bildschirm türmten sich zahlreiche Exemplare der neuesten Ausgabe. Jede Menge geöffnete Dosen Diätcola standen überall im Raum verteilt herum. Sie sahen alle nicht sehr frisch aus.

«Ist das die neueste Ausgabe?», fragte ich.

«Ja.»

«Darf ich mal reinschauen?»

«Bitte», sagte Walt.

Er war groß, hatte einen kleinen Kopf und sah sehr gepflegt aus. Offenbar hielt er sich fit. Seine Gesichtszüge waren gleichmäßig, die kurzen braunen Haare zurückgekämmt, er trug einen kleinen Schnurrbart. Willie war wesentlich kleiner und affektierter. Er hatte seine langen blonden Haare hinter die Ohren gestrichen. Von der Erscheinung wirkte er intensiver, was vielleicht daran lag, dass er sich schminkte. Ich nahm mir einen von den Rundbriefen.

«*OUTrageous*?», fragte ich.

«Den Namen hab ich mir ausgedacht», sagte Willie.

Er hatte eine Stimme wie Lauren Bacall.

«Nett», sagte ich.

Das Blättchen war eins von diesen Dingern, die früher, vor der Erfindung des Computers, auf Matrizen abgezogen worden wären. Es war ein Konglomerat aus schwulem Humor, lesbischen Witzen, Gedichten, Nachrichten aus der Schwulenszene, schlecht gezeichneten Cartoons, die sexuelle Anspielungen zum Inhalt hatten, von denen ich einige nicht verstand. Auf der letzten Seite gab es eine Rubrik mit dem Titel «OUT OUT», in der berühmte Homosexuelle der Weltgeschichte aufgelistet und auch versteckte Homosexuelle entlarvt wurden.

«Ihr outet Leute», sagte ich.

«Allerdings», sagte Walt.

«Habt ihr das auch schon gemacht, als Prentice noch lebte?»

«Sicher», sagte Walt. «Prentice hat die Sache ins Rollen gebracht, wir machen genauso weiter, wie er aufgehört hat. Als Hommage an ihn.»

«Gibt's noch alte Ausgaben irgendwo?»

«Klar», sagte Walt. «Alle von der ersten Nummer an.»

«Wann kam die raus?»

«Vor drei, dreieinhalb Jahren. Als wir an der Uni anfingen.»

«Ihr seid schon dreieinhalb Jahre auf der Uni?»

«Hmhm», sagte Willie.

«Manche bleiben sechs, acht, neun Jahre», sagte Walt. «Kein Grund zur Panik.»

«Könnte ich mir mal die alten Ausgaben ansehen?»

«Natürlich», sagte Walt. «Sie sind im Keller. Sie können welche kriegen, bevor Sie gehen.»

«Prima.»

Ich durchquerte das Zimmer, hielt beim Fenster und sah es mir an, während ich mir mit dem zusammengerollten Papier gegen den Oberschenkel schlug.

«Er ist da rausgefallen», sagte ich.

«Ja», sagte Walt.

«Sehen Sie da irgendwelche Spuren?», fragte Willie.

«Bis jetzt nicht.»

Ich öffnete das Fenster. Das Holz war aufgequollen, alt und verzogen und äußerst schwer zu bewegen. Ich stemmte den Fensterflügel auf und sah nach unten. Zehn Stockwerke. Ich stützte mich auf dem Fensterbrett ab und lehnte mich nach draußen. Das Fenster war groß genug. Es wäre kein Problem, auf den Sims zu klettern und runterzuspringen. Sogar für mich, und ich war wesentlich größer, als Prentice Lamont es gewesen war. Ich wandte mich vom Fenster ab, wieder den beiden Studenten zu.

«War Prentice groß?»

«Nein», sagte Walt.

Willie kicherte oder gackerte oder vielleicht beides.

«Er war kein Schwergewicht?»

«Princess?», sagte Willie und lachte laut los, besser gesagt er kicherte, vielleicht auch beides zugleich. «So haben wir ihn genannt.»

«Wirklich kein Schwergewicht», sagte Walt.

«Glaubt ihr, er ist selbst rausgesprungen?», fragte ich.

«Nein», sagte Walt.

Willie schüttelte den Kopf. Ich hatte den Eindruck, dass er sich die Haare bleichte, so blond wie sie waren.

«Also glaubt ihr, dass man ihn, äh, aus dem Fenster befördert hat?»

«Ja», sagte Walt.

Willie nickte. Eine Haarsträhne löste sich hinter seinem rechten Ohr, und er strich sie routiniert wieder zurück.

«Habt ihr eine Ahnung, wer es gewesen sein könnte?»

«Nein», sagte Walt.

Willie schüttelte den Kopf. Automatisch prüfte er, ob sich die Strähne wieder gelöst hatte.

«Oder warum es passiert ist?»

«Nein.»

Kopfschütteln, gelöste Haarsträhne, zurückstreichen.

«Hatte er eine Beziehung mit Robinson Nevins?»

«O Gott, nein», sagte Willie. «Mit diesem selbstgefälligen Langweiler. Das ist doch lächerlich.»

Ich sah Walt an.

«Nein.»

«Ihr kennt also Professor Nevins.»

«Er ist ein verdammter Tom», sagte Willie.

«Das lässt sich leicht so dahinsagen.»

«Na ja, vielleicht bin ich nicht schwarz, aber ich hab meine Erfahrung mit Diskriminierung.»

«Das geht den meisten so», sagte ich.

«Ach ja? Wer hat Sie denn diskriminiert, weißer Hetero?»

«Letztes Jahr hat einer auf mich geschossen.»

«Irgendwie auch diskriminierend», sagte Walt.

«Also, Robinson Nevins ist ein Verräter an seinen eigenen Leuten», sagte Willie.

«Und die wären?»

«Alle Farbigen.»

«Eine schwere Bürde», sagte ich. «Habt ihr ihn geoutet?»

«Geoutet?», sagten Walt und Willie wie aus einem Mund.

«Nevins ist nicht schwul», sagte Walt. «Soviel Gefühl hat der gar nicht.»

«Ein aalglatter Spießer ist das», sagte Willie. «Hat er Sie engagiert?»

«Nicht direkt.»

«Für wen arbeiten sie denn?»

«Einen Freund seines Vaters», sagte ich. «Wieso seid ihr so sicher, dass Prentice nicht Selbstmord verübte?»

«Er hatte keinen Grund dafür», sagte Walt. «Ich hab ihn an dem Morgen gesehen, als es passierte. Er war nicht deprimiert. Er, äh, hatte am Abend zuvor jemanden kennen gelernt und war total aufgedreht.»

«Ein neuer Liebhaber?»

«Ein potentieller.»

«Wisst ihr wer?»

«Nein.»

«Wo?»

«Nein.»

«Hat er irgendwelche Leute geoutet, die es ihm übel genommen haben?»

«Eine Menge Leute nehmen uns das übel. Aber es muss trotzdem getan werden.»

«Für die große Sache», sagte ich.

«Genau», sagte Willie.

«Gab es irgendjemanden, der richtig ausgeflippt ist?»

«Nicht so sehr, dass er Prentice aus dem Fenster geworfen hätte», sagte Walt.

«Gab es jemanden, der verhindern wollte, dass er geoutet wird?»

«Ach, hören Sie doch auf», sagte Walt. «Wir sind doch hier in keinem Kriminalfilm.»

«Wie hat er die Namen der Leute herausgefunden?»

«Man geht in die Schwulenbars, hört den Klatsch und Tratsch auf irgendwelchen Partys, informiert sich, wer bei Benefizveranstaltungen größere Beträge spendet, stöbert rum und findet eine Menge heraus.»

«Investigativer Journalismus», sagte ich.

«Genau.»

«Habt ihr eine Kartei?»

«Kartei?»

«Von Leuten, die ihr outen könntet, wenn ihr genug Klatsch und Tratsch gesammelt habt.»

Willie starrte ganz kurz auf den Schreibtisch, dann woanders hin, wahrscheinlich ohne es selbst zu merken.

«Das ist unfair», sagte Walt. «Es ist mehr als nur Klatsch und Tratsch.»

«Gibt's eine Kartei?»

«Nein.»

Ich ging zum Schreibtisch und zog die mittlere Schublade auf.

«Hey», sagte Walt. «Sie haben kein Recht, da reinzusehen.»

Ich hörte nicht hin. Weder Walt noch Willie versuchte mich aufzuhalten. In der mittleren Schublade fand ich nichts. Die Tür zum Seitenfach war verschlossen.

«Aufmachen», sagte ich.

«Ich hab keinen Schlüssel», sagte Walt.

Ich nickte und ging zum Fenster. Ich stemmte mich mit aller Kraft dagegen, und nach einer Weile hatte ich es endlich wieder zu.

«Prentice war doch ungefähr so gebaut wie du», sagte ich zu Willie.

«Hmhm.»

«Dann mach mal das Fenster auf.»

«Sie haben es doch gerade erst zugemacht.»

«Nur so zum Spaß», sagte ich. «Mach's auf.»

Willie zuckte theatralisch mit den Schultern und ging zum Fenster. Er zog, es bewegte sich nichts. Er mühte sich ab, bis er knallrot angelaufen war. Das Fenster ging nicht einen Millimeter auf. Walt sah stirnrunzelnd zu.

«Lass mich mal versuchen», sagte er.

Er war größer und durchtrainiert. Aber auch er bekam das Fenster nicht auf.

«Und was soll das beweisen?», fragte Willie. «Dass Sie ein knallharter Bursche sind?»

Walt schüttelte den Kopf.

«Prentice hätte das Fenster niemals aufbekommen», sagte er.

«Falls er also rausgesprungen ist, muss ihm jemand geholfen haben, es zu öffnen», sagte ich. «Oder er hat so lange gewartet, bis es jemand geöffnet hat.»

«Mein Gott», sagte Willie. «Er ist wirklich nicht freiwillig gesprungen.»

«Wahrscheinlich nicht», sagte ich. «Wie sieht's also mit dem Schlüssel für den Schreibtisch aus?»

«In Ordnung», sagte Walt.

15

Im Seitenfach fand sich eine lange Liste von Leuten, die geoutet werden sollten. Ich nahm sie mit, genauso wie die gesammelten Ausgaben von *OUTrageous*. Es war mir ein Rätsel, dass Belson das mit dem Fenster übersehen hatte. Wahrscheinlich hatte es offen gestanden, als er hingekommen war, und er hatte nicht versucht, es zu schließen. Ich nahm den ganzen Krempel mit in mein Büro und wuchtete alles auf meinen Schreibtisch. Dann sah ich mir den Stapel an und dachte: Morgen geht's los.

Ich zog das Telefon vor mich hin und rief bei Hall, Peary an.

«Louis Vincent, bitte.»

Ich wurde mit seiner Sekretärin verbunden, die mir erklärte, Mr. Vincent sei gerade in einer Besprechung, ob er mich zurückrufen könne. Ich sagte Nein und legte auf. Wieder starrte ich den Stapel vor mir an. Ich stand auf, machte Kaffee und schenkte mir einen Becher voll ein. Dann sah ich wieder auf den Stapel. Ich trank den Becher aus und machte mich auf den Weg zur State Street, um herauszufinden, ob Louis Vincent noch immer in seiner Besprechung war.

War er nicht. Aber jetzt telefonierte er gerade mit Tokio und würde ohnehin niemanden empfangen, der keinen Termin hatte. Seine Sekretärin war ungefähr 23 und eine von diesen durchtrainierten jungen Frauen, die in Joggingschuhen und Tennissocken zur Arbeit laufen und die Pumps in der Tasche mitbringen. Ich lächelte sie väterlich an, ein bisschen verführerisch, was normalerweise bei athletischen jungen Frauen seine Wirkung zeigt. Sie lächelte zurück. Aber vielleicht reagierte sie nur auf den väterlichen und weniger auf den verführerischen Aspekt. Soll's ja auch geben.

«Ich kann warten», sagte ich.

«Selbstverständlich», sagte sie. «Aber es wird wenig Zweck haben.»

«Wer weiß.»

Ich holte eine meiner Visitenkarten hervor und schrieb *KC Roth* auf die Rückseite. Dann gab ich sie der Sekretärin.

«Geben Sie ihm einfach das hier, dann wird er vielleicht doch noch ein paar Minuten Zeit für mich finden.»

«Wie Sie wünschen, Sir», sagte sie und nahm die Karte entgegen.

Als sie Vincents Büro betrat, merkte ich, dass sie wirklich eine Menge am StairMaster trainiert haben musste. Außerdem bemerkte ich, dass sie nicht auf die Karte sah. Gut in Form und diskret war eine gute Kombination. Sie war ungefähr zwei Minuten drinnen, dann kam sie heraus und lächelte mich an.

«Er wird Sie sofort empfangen.»

«Diese Visitenkarten sind ihr Geld wert», sagte ich. «Es lohnt sich wirklich, eine bessere Druckqualität zu wählen.»

Sie lächelte wieder.

«Da haben Sie sicherlich Recht», sagte sie.

Die Tür zum Büro ging auf, und ein Mann in der typischen Kluft eines Aufsteigers erschien. Er war groß und sah aus, als wäre er ein echtes Squash-Ass. Er trug ein blauweiß gestreiftes Hemd mit weißem Kragen und eine rosa Krawatte, dazu rosa Hosenträger und Hosen mit

Nadelstreifen. Die Haare waren blond, etwas länger und straff zurückgekämmt wie bei Pat Riley. Seine rosige Haut wirkte gesund und hatte möglicherweise eine Extraportion Vitamin A abbekommen.

«Spenser? Kommen Sie rein.»

Er ging wieder zurück ins Büro. Er musste wohl schon eine Menge Konten bewegt haben. Es war ein Eckbüro, an der Wand hingen Familienfotos, Fotos von Pferden und berühmten Kunden, Tennis-Trophäen und Ehrenbänder von Pferdezuchtschauen. Seine Kinder sahen aus wie die in den Werbespots für Müsli, seine Frau wie ein Model. Seine Anzugjacke hing über einem Bügel an der Garderobe hinter der Tür. In der Brusttasche steckte ein rosa Seidentuch. Er deutete auf den Besuchersessel vor seinem Schreibtisch. Die Diamanten auf seinen schweren goldenen Manschettenknöpfen glitzerten im Licht der Schreibtischlampe mit dem klassischen grünen Schirm. Er sah auf die Uhr. Es war eine Rolex. Wie überraschend.

«Also, wie kann ich Ihnen helfen?», fragte er.

«Erzählen sie mir was über KC Roth», sagte ich.

«Wie kommen Sie darauf, dass ich irgendetwas über eine Person namens KC Roth wissen könnte?»

«Sie hat mir erzählt, dass Sie bis vor kurzem mit ihr zusammen waren.»

Er zog die Augenbrauen hoch, lehnte sich über seinem Sessel zurück und verschränkte die Hände über dem Kopf. Hinter ihm gaben die Fenster den Blick auf den Hafen von Boston frei bis hin zu den vorgelagerten Inseln. Links von ihm flimmerten die Kontodaten eines Kunden auf einem großen Farbmonitor.

«Hat sie das?»

Ich nickte treuherzig. Er lehnte sich noch weiter zurück.

«Junge, Junge. Sie sind ein ganz schön kräftiger Bursche», sagte er.

«Ich versuche, nicht zu sehr damit anzugeben.»

«Treiben Sie Sport?»

«Hab mal geboxt, falls Sie das Sport nennen wollen.»

«Ach, die gute alte Tradition», sagte er.

«Die gute alte Tradition hat sich auf meiner Nase niedergeschlagen», sagte ich. «Waren Sie mit KC Roth zusammen?»

«Um was geht's denn hier überhaupt?»

«Um Ermittlungen in einem Kriminalfall.»

«Ist etwas mit ihr passiert?»

«Nichts wirklich Schlimmes.»

«Na ja, ich ... möchte nicht, dass ihr irgendwas zustößt.»

«Es geht ihr gut», sagte ich. «Waren Sie mit ihr zusammen?»

Er zuckte mit den Schultern und grinste. Seine Zähne strahlten weiß.

«Tja, also, ich kann mich doch auf Ihre Diskretion verlassen?»

«In meinem Geschäft ist Diskretion das allerhöchste Gebot.»

Das war natürlich gelogen. Ich würde seinen Namen sofort ausplaudern, wenn es mir nützlich erschien. Aber die Antwort, die ich ihm gab, war wahrscheinlich die, die er hören wollte.

«Ja, in meinem Geschäft ist es genau das Gleiche. Sie wissen schon, wenn man mit dem Geld von anderen

Leuten Schindluder treibt, sind die ganz schnell stocksauer.»

«Wie war das also mit Ihnen und KC Roth?»

Er grinste, die Hände immer noch hinter dem Kopf verschränkt. Er legte seine Füße auf eine Ecke des Schreibtischs.

«Die kann einen Toten erwecken, wenn sie ihm an die Eier geht.»

«Gut zu wissen.»

«Verstehen Sie mich nicht falsch. Ich bin verheiratet und will es auch bleiben, aber, äh, Sie haben sie doch kennen gelernt?»

«Hmhm.»

«Dann können Sie sich ja vorstellen, wie leicht man da mal eben vom Pfad der Tugend abkommt.»

Mein Eindruck war, dass er vom Pfad der Tugend abwich, seit er in den Stimmbruch gekommen war.

«Ganz leicht», sagte ich.

«Tja, das ist mir passiert und ich bin nicht stolz darauf. Aber es war der reine Wahnsinn.»

Er zwinkerte mir zu. Wir kannten uns doch aus, wir beide. Wir geilen Böcke. Wir hatten mehr Kerben auf dem Knauf als John Wesley Harding.

«Warum ist die Sache denn zu Ende gegangen?»

«Mein Gott! Sie hat ihren Mann verlassen. Sie wollte, dass ich sie heirate.»

«Wie unangenehm.»

«Das kann man wohl sagen. Ich hab drei Kinder, einen Superjob, und meine Frau ist auch kein Kind von Traurigkeit, das kann ich Ihnen sagen. KC wollte, dass wir nach Key West gehen und ein Häuschen am Strand beziehen.»

Er lachte. Ich lachte. Frauen sind wirklich dämlich. Glücklicherweise gab es genug von ihnen.

«Die dumme Gans», sagte er. «Ich hab ihr gesagt, es ist nicht die große Liebe, KC, es ist der große Fick. Wissen Sie, was sie gesagt hat? Wollen Sie's wissen?»

«Was hat sie gesagt?»

«Sie sagte: ‹Wo ist denn da der Unterschied?› Kaum zu glauben, was? Wo ist denn da der Unterschied.»

Er lachte vor sich hin. Ich lachte auch. Männer von Welt.

«Sie hat sie nicht vielleicht bedroht, als Sie sie sitzen gelassen haben?»

«Wie denn?»

«Dass Sie es Ihrer Frau erzählt?»

«Nein. Das würde sie nie tun. Sie ist vielleicht ein bisschen blöd, aber nicht bösartig. Außerdem mag sie Drama. Sie muss immer alles dramatisieren. Sie liebt heimliche Affären, traurig endende Liebesgeschichten, gebrochene Herzen und all das.»

Vincent war doch intelligenter, als ich dachte. Oder vielleicht war ich auch genauso dumm wie er. Ich hatte ja auch den Eindruck gehabt, dass das Leben für KC eine Abfolge dramatischer Szenen war.

«Irgendjemand verfolgt sie», sagte ich.

«Und deshalb kommen Sie zu mir?»

«Ex-Männer, Ex-Freunde sind in der Regel die Hauptverdächtigen.»

«Hey, Mann, ich hab sie loswerden wollen. Ich bin keiner von diesen sitzen gelassenen Heulsusen, die nachts herumschleichen. Da müssen Sie in die andere Richtung suchen. Versuchen Sie's mal mit ihrem Ex-Mann.»

«Haben Sie Ersatz für sie gefunden?»

Er grinste mich an.

«Wie Kleenex. Nach einmaligem Gebrauch zu vernichten. Es gibt schließlich genug davon.»

«Und ihre Frau?»

Er zuckte mit den Schultern.

«Es geht ihr blendend. Ein Haus in Weston. Die Kinder auf der Privatschule. Fährt einen Range Rover. Spielt Golf. Im Bett klappt's auch prächtig. Drei Abende in der Woche bin ich schließlich zu Hause.»

«Klingt ja großartig.»

Er nickte begeistert. Ironie war nicht seine Stärke.

«Ich komme prima zurecht», sagte er. «Geb ich gerne zu. Verdienen Sie viel Geld mit Ihrer Arbeit?»

«Nein. Aber ich lerne interessante Leute kennen.»

Er stand auf und hielt mir die Hand hin.

«War nett, mit Ihnen zu reden.»

«Sie haben keine Idee, wer es sein könnte, der KC belästigt?», fragte ich.

«So wie ich KC kenne, hat sie sich das vielleicht bloß ausgedacht. Also dann viel Spaß noch.»

Ich nickte.

«Spaß ist schließlich das Wichtigste.»

«Wer wagt, gewinnt und stirbt ruiniert», sagte er.

16

Ich ging mit Susan zurück Richtung Linnaean. Wir kamen vom Charles Hotel, wo wir mit ihren Freunden Chuck und Janet Olsen zu Mittag gegessen hatten.

«Sie sind nett, deine Freunde», sagte ich.

«Ja, das sind sie.»

«Genauso nett wie meine Freunde?»

«So wie Hawk? Oder Vinnie Morris?»

«Ja, zum Beispiel.»

«Ich bitte dich!», sagte Susan.

Wir waren jetzt in der Garden Street angelangt und liefen am Harvard-Polizeirevier vorbei. Ich entschied, das Gespräch etwas voranzutreiben, und erzählte ihr von meiner Begegnung mit Louis Vincent bei Hall, Peary.

«Kleenex?», fragte Susan. «Frauen sind wie Kleenex?»

«Hmhm. Benutzen und wegwerfen. Es gibt noch genügend andere.»

Ich betrachtete ihre Ohren ganz genau, um mitzubekommen, ob Dampf austrat. Aber Susan hielt sich unter Kontrolle.

«Dieser Kerl ist ein ekelhaftes Schwein», sagte sie.

«Das stimmt schon mal.»

«Ich wünschte, er wäre der Mann, der sie belästigt.»

«Weil er ein Schwein ist?»

«Ja.»

«Passt das denn ins Bild?»

Susan sah mich eine Weile an und sagte dann: «Nein.»

«Er tritt auf wie der Herrscher des Weltalls», sagte ich. «Sieht gut aus, ist bestens verheiratet, hat einen Superjob, eine Menge Geld, legt die Frauen flach ohne Ende. Ein Loser ist er bestimmt nicht.»

«Ich weiß.»

«Typen, die Frauen belästigen, leiden unter einem Kontrollverlust, stimmt's?»

«Ja.»

«Der Typ hat alles unter Kontrolle.»

«Nicht seine Libido.»

«Nein, wahrscheinlich nicht. Andererseits hat KC sich aus freien Stücken mit ihm eingelassen.»

Susan seufzte laut.

«Ja, das stimmt schon.»

«Und sie hat ihn nicht fallen gelassen.»

Susan dachte nach.

«In gewisser Weise nicht. Sie hat ihren Mann verlassen, um Vincent zu heiraten. Er sagte: ‹Ich werde dich nicht heiraten.› Wer hat dann gesagt: ‹Dann ist unsere Beziehung vorbei›?»

Ich zog beide Augenbrauen hoch. Ich hätte auch eine Augenbraue hoch ziehen können, so wie Brian Donlevy, aber das machte ich nicht sehr oft, denn die meisten Leute kannten Brian Donlevy nicht und wunderten sich, was ich da tat.

«Ich weiß nicht», sagte ich. «Ich werde mal nachfragen.»

Susan sah erleichtert aus.

«Vielleicht ist er doch unser Mann.»

«Man soll ja die Hoffnung nie aufgeben.»

Wir erreichten die Linneaen Street und wandten uns nach rechts, um zu Susans Haus zu gelangen.

«Wie geht's mit den Nachforschungen voran, die du für Hawk machst?», fragte sie.

«Na ja, es entwickelt sich so allmählich zu einer haarigen Angelegenheit.»

«Ach?»

«Ich glaube nicht, dass der Student sich umgebracht hat.»

«Warum nicht?»

Ich erzählte ihr, dass seine Freunde den Eindruck gehabt hatten, er sei glücklich gewesen, und dass sie bezweifelten, er habe eine Beziehung zu Robinson Nevins unterhalten. Außerdem beschrieb ich ihr das Fenster und wie schwer es sich öffnen ließ, und dass er nicht gerade ein Schwergewicht gewesen war.

«Selbstmörder wirken oft kurz vor dem Selbstmord sehr glücklich», sagte Susan. «Weil sie sich entschlossen haben, es zu tun.»

«Und es alle ihre Probleme auf einen Schlag löst.»

«Und weil sie es damit allen anderen zeigen werden.»

«Ist das der eigentliche Grund?»

«Ja», sagte Susan. «Das Krankheitsbild ähnelt seltsamerweise dem, das jemanden dazu bringt, Frauen zu belästigen – da seht ihr, wohin ihr mich gebracht habt. Das ist so eine Art emotionales Hintertürchen. Es provoziert eine Reaktion von denen, die an allem Schuld sind.»

«Ich glaube nicht, dass er es geschafft hätte, das Fenster zu öffnen.»

«Vielleicht war es zufällig offen. Vielleicht war das sogar der Auslöser für die Tat.»

«Ich hab mich erkundigt», sagte ich. «An dem Tag war es bitter kalt, es regnete heftig, und es war sehr windig.»

Susan lächelte mich an.

«So viel also zum Thema psychologische Hypothesen», sagte sie.

«Es hilft mir trotzdem weiter. Vor allem die Frage, wer eigentlich die Affäre zwischen KC und Vincent beendet hat. Sie wird sicherlich nicht alles beantworten, richtig?»

«Ja, aber sie könnte weiterführen.»

Wir betraten Susans Haus. Das Büro, das Wartezimmer und das «Bibliothek» genannte Zimmer (das in meinen Augen eher wie eine Abstellkammer mit Badewanne aussah) befanden sich im Erdgeschoss. Ihre Wohnung, die sie mit Pearl teilte, lag im ersten Stock. Als Susan die Tür zu ihrem Wohnzimmer öffnete, sprang Pearl heraus und leckte uns beiden die Gesichter ab. Aber dann merkte sie, dass es schwierig war, die Gefühle zwischen zwei Personen aufzuteilen und ging mit heraushängender Zunge wieder zurück zum Sofa, legte sich darauf und sah uns fröhlich an.

Susan holte mir ein Bier aus dem Kühlschrank und schenkte sich selbst ein Glas Mineralwasser ein. Wir setzten uns an ihren Küchentresen. Pearl legte sich uns zu Füßen, für den Fall, dass wir uns entschließen sollten zu essen.

«Und wie geht's nun weiter?», fragte Susan.

«Zum einen werde ich KC bitten, mir alle Einzelheiten der Trennung zu erzählen, um herauszufinden, ob er es vielleicht so empfunden haben könnte, dass sie sich von ihm losgesagt hat. Zum anderen gehe ich davon aus, dass Vincent auch vorher schon Affären hatte.»

«Darauf kannst du wetten.»

«Also werde ich versuchen, eine frühere Freundin von ihm ausfindig zu machen, und nachprüfen, ob sie irgendwie belästigt wurde. Falls er gestört ist, wird er es nicht erst seit der Beziehung zu KC sein.»

Susan nickte und nippte an ihrem Mineralwasser. Ich nahm einen Schluck Bier.

«Und der andere Fall?»

«Ich hab einen ganzen Stapel alte Ausgaben von diesem Blättchen mitgenommen, das Lamont herausgegeben hat: *OUTrageous.*»

«Out wie outen?»

«Ja. Ich werd's durchackern, um herauszufinden, ob irgendwo der Name eines potentiellen Verdächtigen zu finden ist. Ich werde mir die Listen mit den Namen der nachfolgenden Ausgaben ansehen. Auch da könnte der Name eines Verdächtigen zu finden sein.»

«Und wenn nicht?»

«Dann bemühe ich mich, herauszukriegen, ob es überhaupt eine Beziehung zwischen Nevins und Lamont gegeben hat, und wenn ja, warum es dann niemand bemerkt hat, und wenn nein, warum bestimmte Leute es dann behaupten.»

«Und wenn das auch nichts bringt?»

«Frage ich dich wieder.»

«Nach ein bisschen psychoanalytischer Theorie?»

«Kann nie schaden.»

«Ich glaube, noch besser wäre, wir würden uns jetzt duschen, die Zähne putzen und ins Bett gehen, um herauszufinden, welche Art von Theorie man dazu entwickeln könnte.»

«Ich kann mir schon denken, was sich da entwickeln wird.»

«Wollen wir zusammen duschen?», fragte Susan.

«Dann wird sich vielleicht allzu früh etwas entwickeln.»

«Guter Einwand. Also gehe ich zuerst.»

«Und was ist mit Pearl?»

«Sie kommt ins Wohnzimmer, wir stellen den Fernseher ganz laut. Sie sieht sich doch so gern Catherine Crier an.»

«Wer tut das nicht», sagte ich.

Und Susan verschwand im Schlafzimmer.

17

KC Roth schenkte sich etwas Weißwein ein.

«Ich wollte gerade was zu Mittag machen. Möchten Sie auch etwas?», fragte sie.

«Nein, danke», sagte ich. «Ich bin nur für ein paar Fragen vorbeigekommen.»

«Haben Sie ihn getroffen?»

«Vincent?»

Sie lächelte, als hätte ich eine Beschwörungsformel gesagt.

«Ich hab ihn getroffen», sagte ich. «Sieht höllisch gut aus.»

«Ja, nicht wahr. Was hat er gesagt?»

«Dass er mit den Belästigungen nichts zu tun hat.»

«Natürlich.»

Sie saß auf dem rosa Sofa vor dem Erkerfenster ihres Wohnzimmers. Ich saß etwas entfernt auf einem unbequemen grauen Stuhl.

«Es hat sich nichts Neues ergeben», sagte ich. «Können Sie mir alle Einzelheiten der Trennung schildern?»

Tränen traten ihr in die Augen. Sie trank etwas von ihrem Wein.

«Ich glaube, das kann ich nicht», sagte sie.

«Vielleicht kann ich etwas nachhelfen. Wer hat eigentlich erklärt, dass er mit dem anderen nicht mehr schlafen will?»

«Wieso sollte das denn jetzt noch wichtig sein?», fragte sie. «Es ist doch vorbei.»

Die Tränen liefen ihr nun über die Wangen. Sie wischte sie mit dem Handrücken fort.

«Es ist vielleicht doch wichtig», sagte ich. «Ich weiß, es tut weh, aber versuchen Sie bitte, sich zu erinnern. Wer hat entschieden, dass sie nicht mehr miteinander ins Bett gehen?»

Sie nahm wieder einen Schluck von ihrem Wein, blickte nach unten und antwortete so leise, dass ich sie nicht verstehen konnte.

«Wie bitte?»

«Ich war's», sagte sie. «Ich hab ihm gesagt, wenn er seine Frau nicht verlässt, würde ich nicht mehr mit ihm schlafen.»

«Um Druck auf ihn auszuüben?»

Sie sah auf, und ihr Blick hinter den Tränen war härter, als man geglaubt hätte. «Ich war verzweifelt.»

«Aber Sie blieben hart.»

«Er sollte ja schließlich auch etwas verlieren», sagte sie. «Er konnte ja nicht einfach alles bekommen. Ich musste mein hübsches Heim verlassen, meine wundervolle Tochter …» Jetzt schluchzte sie nicht mehr nur, jetzt weinte sie hemmungslos. «Und nun lebe ich in dieser … Gefängniszelle. Er darf nicht mehr mit mir schlafen. Er muss auch ein bisschen leiden.»

«Das ist nur gerecht.»

Heftig aufschluchzend sagte sie: «Könnten Sie nicht … vielleicht herkommen und sich neben mich setzen?»

«Natürlich.»

Ich ging rüber und setzte mich neben sie auf das Sofa. Sie lehnte sich zu mir, lehnte ihr Gesicht an meine Brust und heulte. Ich legte einen Arm um ihre Schulter und streichelte sie. Onkel Spenser, hart, aber einfühlsam. Nach einer Weile hörte sie auf zu weinen, ließ aber ihr Gesicht an meiner Brust und drehte sich ein wenig, sodass sie sich an mich schmiegen konnte.

«Also haben Sie die Beziehung abgebrochen, nicht er», sagte ich.

«Er hätte doch nur seine Frau verlassen müssen.»

«Was er nicht wollte.»

«Er schaffte es nicht. Sie ist zu besitzergreifend.»

«Aber er wollte Sie weiter als Freundin behalten.»

«Ja.»

«Es kümmerte ihn nicht, dass er dann der Einzige war, der jemanden betrog.»

Sie zuckte mit den Schultern.

«Nein», sagte sie. «Manchmal sage ich Sachen, bloß weil sie richtig klingen.»

«Wie die meisten Menschen.»

Sie schien sich noch enger an mich zu schmiegen, obwohl ich nicht bemerkt hatte, dass sie sich bewegt hatte.

«Sie sind sehr verständnisvoll», sagte sie.

«Yep.»

«Und immer so klar und deutlich.»

«Klar.»

«Haben Sie Susan jemals betrogen?»

«Einmal. Ist schon länger her.»

«Wirklich?»

«Yep.»

«Hat sie Sie jemals betrogen?»

«Diese Frage müsste sie wohl beantworten», sagte ich.

«Wenn sie es täte, würde es Ihnen was ausmachen?»

«Ja.»

«Hat es ihr was ausgemacht, als Sie sie betrogen haben?»

«Ja.»

«Wie hat Sie's herausgefunden?»

«Ich hab's ihr erzählt.»

«Hätte sie es erfahren, wenn Sie es ihr nicht erzählt hätten?»

«Wahrscheinlich nicht.»

«Warum haben Sie es ihr erzählt?»

«Weil ich es in diesem Moment für angebracht hielt.»

«Wenn Sie es wieder täten, würde es ihr etwas ausmachen?»

«Ja.»

«Würden Sie es ihr wieder erzählen?»

«Das würde ich erst hinterher entscheiden.»

«Glauben Sie, Sie werden es wieder tun?», fragte sie.

Mir war völlig schleierhaft, wie sie es geschafft hatte, sich so eng an mich zu schmiegen, seit ich mich neben sie gesetzt hatte.

«Alles zu seiner Zeit», sagte ich.

Meine Stimme klang belegt. Sie drehte den Kopf etwas, sodass sie mich ansehen konnte. Mit der einen Hand knetete sie meinen Bizeps.

«Sie sind furchtbar stark, nicht?»

Ich räusperte mich.

«Ich bin stark, mein Herz ist rein», sagte ich.

Meine Stimme klang immer noch heiser. Ich räusperte

mich noch mal. Ihr Gesicht war jetzt so nahe an meinem, dass ihre Lippen meine Wangen berührten, wenn sie sprach.

«Wirklich?»

«Ziemlich rein», sagte ich.

Sie hob den Kopf ein kleines bisschen und küsste mich. Mir kam es in diesem Moment ungalant vor, mich zu wehren. Sie lehnte den Kopf zurück.

«Wenn du mich küsst, will ich deine Zunge in meinem Mund spüren», sagte sie.

Ihre Stimme klang jetzt fester und zäher, ungefähr so wie dicke Karamellsauce. Sie gab mir wieder einen Kuss und öffnete den Mund dabei. Ich behielt meine Zunge für mich. Sie küsste mich fester. Ich hatte das Gefühl, irgendwo würde irgendjemand in lautes Gelächter ausbrechen, während ich meine Tugend verteidigte. Schließlich ließ sie von mir ab und sah mich an.

«Willst du nicht mit mir bumsen?», fragte sie.

«Mit allem Respekt, nein.»

«Mein Gott, warum denn nicht. Ich merke doch, dass du erregt bist.»

«Du bist sehr begehrenswert», sagte ich. «Und ich bin schon erregt, wenn ich bloß die Möglichkeit in Betracht ziehe.»

«Was ist es also?»

«Ich bin nicht frei, um es mal so auszudrücken.»

«Mein Gott, du bist ja prüde.»

Ich war nicht ihrer Meinung, aber darüber zu streiten, ob ich prüde war oder nicht, schien im Moment nicht angebracht. Ich zuckte mit den Schultern.

«Ist es wegen Susan?»

«Natürlich.»

Sie hatte sich hingesetzt und lehnte nicht mehr gegen mich. Immerhin ein Fortschritt, jetzt konnte sich mein Blutstau wieder abbauen. KC schenkte sich noch etwas Weißwein ein und trank einen großen Schluck.

«Was ist denn so toll an Susan?», fragte sie.

«Ich mag's, wie sie ihre Hüte trägt oder wie sie ihren Tee trinkt.»

«Ernsthaft? Das soll das Tolle an ihr sein? Ich kenne sie ja schon länger als du, seit wir zusammen auf dem College waren. Sie ist so entsetzlich eitel.»

«Ich bin mir nicht sicher, ob es wirklich Eitelkeit ist», sagte ich.

Es war besser, über Susan zu reden, als darüber, was ich alles mit meiner Zunge anstellen könnte.

«Aber was, zum Teufel, ist es denn dann? Frisur, Make-up, Klamotten, Sport, Essen, alles bei ihr muss immer perfekt sein.»

«Na ja», sagte ich. «Vielleicht glaubt sie ja, ihr äußeres Erscheinungsbild sei eine Art unvollendetes Kunstwerk, wie ein Gemälde oder eine Skulptur.»

«Und sie weiß immer alles besser. Ständig muss sie einem Vorträge halten.»

«Vielleicht kapieren es auch nicht alle», sagte ich.

«Kapieren was?»

«Susan ist mitunter sehr ironisch.»

«Was soll das denn jetzt heißen?»

«Sie verfügt über genügend Selbsterkenntnis, dass sie sich über sich selbst lustig machen kann.»

«Du wirst sie immer verteidigen, egal, was ich sage, stimmt's?»

«Yep.»

KC stand auf, lief zum Fenster auf der anderen Seite des Zimmers und starrte nach draußen auf den Parkplatz hinter ihrem Haus.

«Glaubst du, dass Louis mich belästigt?»

«Wäre möglich.»

«Aber warum?»

«Vielleicht hat er das Gefühl, die Macht über dich verloren zu haben.»

«Aber wir lieben uns doch.»

«Aber er dich offenbar nicht so sehr, um seine Frau zu verlassen», sagte ich. «Und du ihn nicht genug, um mit ihm zu schlafen, weil er seine Frau nicht verlassen will.»

«Natürlich nicht. Warum sollte ich ihm etwas geben, das er haben will, wenn er mir nicht geben will, was ich haben will?»

«Dazu fällt mir nichts ein.»

«Ich glaube das nicht. Ich glaube nicht ein Wort von dem, was du mir über ihn erzählt hast.»

«Es war ja nur eine Hypothese.»

«Warum kann mein Ex-Mann nicht auch eine Hypothese sein?»

«Weil er nicht der Typ dafür ist.»

«Woher willst du denn wissen, was er für ein Typ ist?»

«Ich habe mit ihm gesprochen.»

«Und du glaubst, das reicht?»

«Nein, aber ich muss mich daran halten. Wir sind hier nicht im Gerichtssaal. Ich darf Eindrücke, Vermutungen und Empfindungen miteinbeziehen.»

«Und du hast den Eindruck, dass Louis dazu fähig wäre, mich zu belästigen, Burt aber nicht?»

«Ja.»

«Na gut, aber ich muss das ja nicht glauben, und ich tu's auch nicht.»

«Es gibt ja auch immer noch die Cops, die sich kümmern.»

«Dir ist das doch sowieso egal.»

Ich stand auf. «Ich muss los.»

«Das wird ja Zeit.»

Ich ging zur Tür. Sie drehte sich langsam um und stemmte die Hände in die Hüften. Sie lief knallrot an.

«Ich hätte dir ein paar Sachen gezeigt, von denen deine verkniffene Susie Hirsch nicht den blassesten Schimmer hat.»

Ich grinste sie an: «Aber würdest du mich auch am nächsten Morgen noch lieben?»

«Du bist prüde.»

«Wer prüde ist, hat mehr vom Leben», sagte ich und verließ die Wohnung erhobenen Hauptes. Ich rannte nicht weg. Ich ging nach draußen zu meinem Wagen und bewahrte Haltung.

18

Als ich am Morgen mein Büro betrat, war eine Nachricht von Prentice Lamonts Mutter auf meinem Anrufbeantworter. Sie war gestern Nachmittag draufgesprochen worden, als ich mich bemüht hatte, meine Unschuld in KC Roths Wohnung zu verteidigen.

«Mr. Spenser, hier ist Patsy Lamont. Ich muss unbedingt mit Ihnen sprechen.»

Ich hatte mir Kaffee gemacht und Donuts mitgebracht und musste noch immer den ganzen Berg Papier durchlesen, den ich aus der Redaktion von *OUTrageous* mitgebracht hatte. Die Listen mit den Geouteten oder Noch-zu-Outenden durchzuarbeiten dürfte mit Kaffee und Donuts leichter sein.

Ich rief bei Patsy Lamont an.

«Spenser», sagte sie. «Wann können wir uns treffen?»

Sie klang, als hätte ich sie aufgeweckt, aber sie riss sich zusammen.

«Können Sie gegen Mittag bei mir vorbeikommen?», fragte sie. «Vormittags muss ich immer zur Therapiegruppe.»

«Kann ich hier am Telefon schon was für Sie tun?»

«Nein, ich muss Sie persönlich sprechen.»

«Gegen Mittag bin ich bei Ihnen», sagte ich und legte auf.

Ich biss in einen Donut, trank einen Schluck Kaffee und nahm mir die Liste mit den Zu-Outenden vor. Es gab einige Überraschungen darauf, aber kein Name brachte mich wirklich weiter. Gegen halb zwölf, als der Kaffee längst getrunken und die Donuts allesamt verspeist waren, legte ich die Liste weg und ging zu meinem Wagen. Das Einzige, was ich tun konnte, war, mit jedem Einzelnen auf der Liste zu sprechen. Zusammen mit dem Versuch herauszufinden, mit wem Louis Vincent alles eine Affäre gehabt hatte, bedeutete das eine ganze Menge Herumgerenne. Vielleicht sollte ich auf Dichter umsatteln.

Ich hielt in einer Verbotszone nahe dem dreistöckigen Gebäude, in dem Mrs. Lamont wohnte, und drückte Punkt zwölf auf die Klingel. Prüde, aber pünktlich. Wir setzten uns an ihren großen, schweren Küchentisch. Die Sonne schien durch die Oberlichter der Fenster auf die Spüle. Auf dem Tisch lag ein großer weißer Briefumschlag. Er war mit der Post gekommen. Sie hatte ihn geöffnet.

«Möchten Sie einen Kaffee?», fragte sie. «Ich hab Instantpulver da.»

«Nein danke.»

«Tee?»

«Nein, vielen Dank.»

«Ich werde mir Tee aufbrühen.»

«Tun Sie das.»

Ich saß am Tisch, die Hände verschränkt wie ein aufmerksamer Schuljunge, und sah mich um. Es war eine Küche wie aus meinen Kindheitstagen: Gelb gestrichen, mit mahagonifurnierter Holzvertäfelung rundum, grau, gelb und braun gemustertem Linoleumboden, Porzellanausguss, Gasherd mit Schubläden auf einer Seite. Der Küchentisch war mit dem gleichen Linoleum bezogen wie der Fußboden. Der Wasserkessel pfiff, und Mrs. Lamont goss das heiße Wasser in eine geblümte Tasse. Sie ließ einen Teebeutel hineinfallen und brachte die Tasse auf einer passenden Untertasse an den Tisch. Aus dem Küchenschubfach nahm sie einen Teelöffel und drückte damit vorsichtig den Teebeutel aus, bis der Tee die richtige Braunfärbung angenommen hatte. Dann nahm sie den Beutel heraus und legte ihn auf die Untertasse. Sie hob die Tasse mit beiden Händen zum Mund, atmete kurz den heißen Duft ein und nippte daran. Dann stellte sie die Tasse wieder hin.

«Ich kenne Sie kaum», sagte sie.

«Das ist wahr.»

«Trotzdem sind Sie gekommen.»

«Hier bin ich.»

«Mein Mann hat sich früher um die finanziellen Dinge gekümmert.»

Ich nickte.

«Als er fortging, wusste ich nicht mal, wie man einen Scheck ausschreibt.»

Ich nickte wieder. Wenn man was gefunden hat, was funktioniert, sollte man dabei bleiben.

«Ich kenne auch keine Anwälte oder solche Leute.»

Ich nickte. Sie trank ein paar Schlucke Tee. Ich wartete ab.

«Als dieses Zeug da mit der Post kam, wusste ich nicht, an wen ich mich wenden sollte.»

«Dieses Zeug?», fragte ich und tippte auf den Umschlag.

«Ja. Jetzt, wo er … von uns gegangen ist, bekomme ich all seine Post.»

Ich wusste ja, wen sie mit «er» meinte. Eltern sprachen von ihren Kindern immer als «er» oder «sie», als gäbe es sonst niemanden, den man so hätte nennen können. Und ich wusste auch, dass diese Angewohnheit sich noch verstärkte, wenn etwas Schlimmes passiert war.

«Soll ich mir das mal ansehen?», fragte ich.

«Ja, bitte.»

Sie gab mir den Umschlag. Es war ein Bilanzpapier der Firma Hall, Peary, angefertigt von dem großen Liebhaber Louis Vincent. Boston ist nicht so riesig, früher oder später überlappen sich die Fälle. Das Papier legte dar, dass Prentice Lamont beziehungsweise seine Rechtsnachfolgerin Patsy Lamont über ein Vermögen von 256 248,29 Dollar verfügte, das größtenteils in Anleihen oder Optionen investiert worden war. Ich schrieb mir Name und Telefonnummer von Lamonts Finanzberater auf, der ganz oben stand. Es war nicht Louis Vincent, sondern ein gewisser Maxwell Morgan.

«Was ist das?», fragte sie.

«Es ist ein Bilanzpapier, das von einem Anlagebüro ausgestellt wurde.»

«Und was steht da?»

«Da steht, dass Ihr Sohn beziehungsweise Sie über 250 000 Dollar in verschiedene Anlageprojekte investiert haben, die das Büro verwaltet.»

«Sie meinen, es ist das Geld von Prentice?»

«Ja. Und jetzt scheint es Ihnen zu gehören.»

«Mir?»

«Ja, Sie sind seine Rechtsnachfolgerin. Damit gehört das Geld nach dem Tod Ihres Sohnes Ihnen.»

«Mir?»

«Ja.»

«Wo sollte Prentice denn 250 000 Dollar herhaben?»

«Ich hatte gehofft, Sie könnten mir das sagen. Von seinem Vater vielleicht?»

Sie schnaubte auf eine zurückhaltende, damenhafte Weise.

«Sie haben doch mit seinem Vater gesprochen.»

«Ja. Ich ziehe die Frage zurück.»

Ich sah mir den Briefumschlag an. Er war an beide, Prentice und Patsy Lamont adressiert.

«Ist schon mal so ein Umschlag hier angekommen?», fragte ich.

«Ja. Jeden Monat kam einer. Ich hab ihn dann an Prentice weitergegeben.»

«Aber er lebte doch gar nicht hier.»

«Nein, er wohnte ja in dem Apartment, wo sie auch diese Zeitung machten.»

Aber diese Geschäftspost hat er hierher schicken lassen.

«Was soll ich jetzt tun?», fragte Mrs. Lamont.

«Mit dem Geld?»

«Ja.»

«Können Sie es gebrauchen?»

«Gebrauchen?»

«Es gehört Ihnen.»

«Sind Sie sicher?»

«Ja.»

«Wie komme ich denn überhaupt dran?»

«Irgendwo im Büro von Prentice wird wohl ein Scheckbuch liegen.»

«Er hat mir mal so eins gezeigt.»

«Was hat er dazu gesagt?»

«Ich kann mich nicht genau erinnern. Irgendwas in der Art, dass ich mir dieses Scheckbuch mal ansehen solle.»

«Wenn Sie es haben, können Sie wahrscheinlich ganz einfach einen Scheck zulasten dieses Kontos ausschreiben.»

«Vielleicht ist es in seinem Zimmer», sagte sie. «Es ist nicht das Zimmer, in dem er aufgewachsen ist. Wir haben ja bis zur Scheidung in Hingham gelebt. Es ist einfach das Zimmer, in dem er wohnte, wenn er mich besucht hat. Ein Kind sollte immer die Möglichkeit haben, nach Hause zu kommen.»

«Ja.»

«Seit der Beerdigung war ich nicht mehr in seinem Zimmer.»

«Soll ich lieber nachsehen?»

Sie schwieg, starrte in ihre Teetasse, dann nickte sie.

«Ja», sagte sie ganz leise.

Es war ein kleiner Raum hinter der Küche. Ein Bett aus geflammtem Ahornholz, auf dem Boden ein blau-roter geknüpfter Teppich, der an den Ecken etwas ausgefranst war. Eine Patchwork-Tagesdecke, auch größtenteils blau und rot, lag auf dem Bett. Im Schrank lagen ein paar Jeans, Sporthemden und ein Paar braune Halbschuhe. Außerdem gab es einen Schreibschrank, auf dem einige Schulfotos standen. Prentice Lamont als Grundschulabgänger, steif und ängstlich in einem karierten Hemd. Weitere Fotos von ähnlichen Gelegenheiten. Das Bild vom Highschool-Abschluss stand an prominenter Stelle und zeigte einen rundgesichtigen Jungen mit dunklen Haaren und rosigen Wangen mit einem Barett auf dem Kopf. Die Urkunde seines Bachelor of Arts hing gerahmt an der Wand, aber es gab kein Bild von seinem College-Abschluss. In der obersten Schublade fand ich ein Scheckbuch und einige lose Schecks, sowie Überweisungszettel und Briefumschläge. Ganz offensichtlich hat Prentice seine Finanzen von Somerville aus geregelt.

Sonst gab es nichts Bemerkenswertes im Zimmer. Es war kein sehr persönlich eingerichteter Raum. Andeutungen hinsichtlich seiner Sexualität, seiner Ängste, eines Grundes für seinen Tod oder ein Hinweis auf den Mörder fehlten. Es war ein anonymes Kinderzimmer, von Mutter eingerichtet, für einen Erwachsenen, der gelegentlich mal vorbeischaute und übernachtete. Ich nahm das Scheckbuch und die losen Schecks und brachte sie seiner Mutter.

19

Ich trainierte mit Hawk zusammen in der Boxabteilung des Harbor Health Club. Es gab keinen Boxring, nur einen offenen Bereich, dort wo Sandsack, Maisbirne und ein Punktball hingen, der so schwer zu treffen war, dass sogar Hawk manchmal daneben schlug. Wir hatten uns große, weiche Trainingshandschuhe angezogen, die sogar bei einem Volltreffer verhinderten, dass man sich ernsthaft verletzte, und hüpften herum wie zwei Schmetterlinge, die vorgaben, gefährliche Bienen zu sein.

«Lamont hat also Leute geoutet», sagte Hawk.

Ich versuchte eine linke Gerade, die Hawk mit seinem rechten Handschuh abblockte.

«Hmhm.»

Ich drehte den Kopf, wich einem rechten Haken aus und spürte nur ganz leicht, wie der weiche Handschuh meine Schläfe streifte.

«Und er hat 250000 Dollar auf einem Investmentkonto bei Hall, Peary?»

Ich versuchte eine Reihe von Nahkampfschlägen, die Hawk mit dem Ellbogen blockierte. Dann ging er in den Clinch.

«Hmhm.»

Wir ließen voneinander ab und tänzelten durch den Ring, um mehr Raum zu gewinnen.

«Ich bin ja nicht so scharfsinnig wie du», sagte Hawk, «weil ich ein Opfer des rassistischen Erziehungssystems bin.»

«Das ist natürlich wahr», sagte ich und ließ meine Linke nach vorn schnellen, die Hawk lässig mit der rechten Schulter abfing. Er konterte mit einem rechten Aufwärtshaken, dem ich gerade noch ausweichen konnte.

«Aber wenn ich scharfsinnig wäre», fuhr Hawk fort, «würde ich *OUTrageous* mit Geld addieren und bekäme als Ergebnis Erpressung heraus.»

«Unglaublich», sagte ich, als ich ihn hüpfend im Uhrzeigersinn umkreiste, um ihm zu zeigen, dass ich noch nicht müde war. «Dabei hast du noch nicht mal eine Lizenz als Privatdetektiv.»

Hawk trat plötzlich vor und verpasste mir eine Serie von Schlägen, die ich abblockte, entschärfte oder durch Drehen oder Ducken ins Leere gehen ließ. Ich konterte mit einer rechten Geraden, der Hawk ausweichen konnte. Er tänzelte zurück und lehnte sich gegen die Wand der Trainingshalle.

«Meinst du, wir könnten 15 Runden durchhalten, ohne dass einer von uns gewinnt?», fragte Hawk.

«Bei 15 Runden, und wenn es wirklich darauf ankäme, würden wir uns ein bisschen mehr anstrengen.»

«Sollten wir.»

Wir verließen den Boxbereich und gingen runter in Henry Cimolis Büro.

«Wie lange habt ihr denn trainiert?», fragte Henry.

Er trug seine übliche Trainerkluft, ein sehr weißes T-Shirt und eine weiße Trainingshose aus Satin. Sein kompakter Oberkörper schien das Hemd sprengen zu wollen.

«Halbe Stunde», sagte ich.

«Braucht ihr Mund-zu-Mund-Beatmung?»

«Nicht von dir», sagte Hawk und hielt Henry die Handschuhe hin, damit er sie aufschnüren konnte. Als wir die Handschuhe ausgezogen hatten, nickte Henry in Richtung Kühlschrank.

«Ein Trick, den ich gelernt habe, als ich noch dabei war», sagte er, «war, immer ein paar gesunde Drinks parat zu haben, um die Elektrolyten auf Vordermann zu bringen.»

Ich öffnete den Kühlschrank und nahm zwei Flaschen Bier, New Amsterdam Black and Tan, heraus.

«Ihr könnt's euch hier bequem machen», sagte Henry. «Ich muss meinen Kunden ein bisschen schmeicheln.»

«Du bist einfach zu klein, um ein Fitnessstudio zu leiten», sagte Hawk. «Jahr für Jahr, seit dieses Dreckloch renoviert wurde, kommen die gleichen Leute hierher. Aber niemand wird dünner. Niemand bekommt Muskeln. Alle deine Kunden sehen genauso aus wie in dem Moment, als sie den Vertrag unterschrieben haben, dass sie abnehmen wollen.»

«Es gibt einen Unterschied», sagte Henry. «Sie sind jetzt etwas ärmer, und ich bin viel reicher als vorher.»

Hawk grinste ihn an.

«Vielleicht bist du doch nicht zu klein.»

Henry sprang hoch und schaffte es mit Leichtigkeit, dass seine Zehen die Spitzen seiner ausgestreckten Hände berührten, kam lässig wieder zum Stehen, lachte und ging nach draußen.

«Ganz schön gelenkig», stellte Hawk fest.

«Ist nicht so schwer, wenn man die Größe eines Salzstreuers hat.»

«Er hat beinahe mal Willie Pep besiegt», sagte Hawk.

«Ich weiß.»

Hawk setzte sich auf Henrys Stuhl und nahm einen großen Schluck Bier. Er drehte den Stuhl so, dass er durch Henrys Fenster auf den Hafen schauen konnte.

«Bist du in der Geschichte mit der Belästigung von Susans Freundin weitergekommen?»

«Ich hab einen gefunden, den ich gern als Täter hätte.»

«Soll ich ihn mir mal vorknöpfen?»

«Nein. Ich bin nicht sicher, ob er's wirklich ist.»

Hawk zuckte mit den Schultern. Er legte seine Füße über Kreuz auf die Fensterbank und nahm wieder einen Schluck Bier.

«Was ich an Henry so mag, ist, dass er seine Fitnessdrinks immer schön kalt hält», sagte er.

«Das stimmt.»

Wir schwiegen einen Moment. Eins der großen Schiffe legte zu einer Hafenrundfahrt ab. Es bestand nur aus Glas und schnittigen Formen, ein Kreuzfahrtdampfer ohne Ziel. Er kam ganz nah am Fenster vorbei. Wir konnten die Passagiere erkennen, größtenteils Paare, die im Hauptdeck an Tischen saßen.

«Glaubst du, dass Robinson etwas mit Prentice Lamont zu tun hatte?», fragte Hawk.

«Weiß ich noch nicht. Ich hoffe nicht. Die ganze Geschichte wird immer unübersichtlicher.»

«Gibt's irgendwelche Verbindungen mit Abdullah?»

«Nichts, was du nicht wüsstest.»

Das Schiff war jetzt aus unserem Gesichtsfeld verschwunden. Einen Augenblick lang sah man draußen vor dem Fenster nur die Wogen, die das Schiff verursacht hatte, und die Möwen, die hinter ihm herzogen. Ich trank mein Bier aus. Hawk beugte sich ohne die Füße von der Fensterbank zu nehmen zum Kühlschrank und holte zwei neue Flaschen heraus.

«Was ist denn nun mit diesem Abdullah?», fragte ich.

Hawk rührte sich nicht. Er sah aus dem Fenster auf den Hafen. Ich hob die Flasche und nahm einen weiteren Schluck Bier.

«Du bist absolut beherrscht», sagte ich. «Dir ist es egal, wie Leute dich nennen. Dir ist es egal, ob jemand dich beleidigen will. Auch die Hautfarbe ist dir egal. Du rastest nicht aus, du wirst nicht sentimental. Du frisst nichts in dich rein. Du lässt dich nicht ins Bockshorn jagen oder durcheinander bringen oder eifersüchtig machen. Du hasst niemanden. Du liebst niemanden. Du fürchtest dich nicht vor Gewaltanwendung. Aber du hast keinen Spaß daran.»

«Ungefähr so wie Susan», sagte Hawk.

«Okay», sagte ich. «Du liebst nicht allzu viele. Du weißt, was ich meine. Dass du auf Amir losgegangen bist, nur weil er dich Tom genannt hat, ist Blödsinn. Solche Beleidigungen sind dir höchstens so lästig wie herumschwirrende Fruchtfliegen.»

Hawk trank sein restliches Bier aus und stellte die Flasche auf den Schreibtisch. Er nahm die Füße von der Fensterbank, drehte sich auf dem Stuhl herum und holte weitere zwei Flaschen aus dem Kühlschrank. Eine stellte er vor mir auf den Schreibtisch, öffnete die andere, lehnte sich wieder in Henrys Schreibtischsessel zurück und sah mich an. Sein Gesicht war ausdruckslos. Seine schwarzen Augen schienen ohne Grund zu sein. Ich wartete. Ich hatte gerade erst mein zweites Bier angefangen.

«Ich hab dich da mit reingezogen», sagte Hawk.

Ich nickte. Eins der Hafentaxis kam vom Logan Airport und tuckerte vorbei. Einige Passagiere saßen darin. Größtenteils Männer, vereinzelt Frauen. Beide Geschlechter in Geschäftskleidung mit Aktentaschen. Sie beachteten einander nicht, keine Zeit zum Flirten oder zu müde, oder vielleicht würde es auch ihre Frisuren durcheinander bringen.

«Ich war fünfzehn», begann Hawk, «und schlug mich als Straßenräuber durch. Bin immer in die Joe-Louis-Trainingshalle gegangen, um mich dort zu duschen. Joe Louis hat natürlich mit alldem nichts zu tun, aber damals war die Hälfte der von Schwarzen benutzten Sporthallen nach ihm benannt. Hab dann dort ein bisschen rumgehangen und die Trainingskämpfe beobachtet. Manchmal, wenn nicht viel los war, durfte ich selbst an die Sandsäcke. Ich dachte mir, dass es nicht schaden könnte, ein bisschen zu trainieren, wenn ich schon davon lebte, andere Leute niederzuschlagen. Ich wurde ziemlich gut. Bekam den Sandsack zum Hüpfen und den Punchingball zum Tanzen. Hatte Probleme mit dem Punktball, aber das ging auch vielen anderen Boxern so.»

«Ich hab ihn immer noch nicht im Griff», sagte ich.

Hawk lächelte.

«Nee, hast du nicht», sagte er. «Ich auch nicht. Eines Tages kam Bobby Nevins rein, sieht mich trainieren und fragt mich, ob ich einen Manager habe. Ich sage Nein. Er fragt, ob ich schon mal im Ring gestanden habe. Ich sage

Nein. Er fragt, ob ich's mal versuchen will. Und da ich nun mal meinen Lebensunterhalt damit verdiene, Leute niederzuschlagen, warum soll ich's nicht probieren? Also sag ich, na klar, will ich, und er steckt mich mit einem großen dünnen Puertoricaner in den Ring, der wahrscheinlich kaum 150 Pfund auf die Waage bekommt. Ich denke also, wie nett von Bobby, dass ich so leicht anfangen darf, zieh die Handschuhe über, und natürlich hat der dünne Typ mich ausgeknockt.»

«Was dazugelernt.»

«Stimmt. Aber Bobby hat was in mir gesehen, was ihm gefiel, also hat er mich genommen. Als er dann herausfand, dass ich kein Zuhause hatte, hat er mich sozusagen adoptiert und mir neben dem Boxen auch noch beigebracht, wie man mit Messer und Gabel umgeht. Solche Sachen eben. Robinson war damals noch ziemlich jung, vielleicht zwölf, und seine Mutter wollte nicht, dass er mit den Boxern zusammenkam. Ich hab ihn gekannt, aber nicht oft gesehen. Eines Tages sagt Bobby zu mir, ich soll mal zur Schule gehen. Und ich frag ihn, wieso, ob ich etwa im Ring mit den Gegnern diskutieren soll oder was. Er sagt, ich soll Englisch- und Mathematikunterricht nehmen, und wenig später bin ich auf dem College. Mein Englischlehrer war ein Schwarzer namens Dennis Crawford. Ein junger Typ, vielleicht vier oder fünf Jahre älter als ich. Er redete wie Walter Cronkite, trug eine Hornbrille und Tweedjacketts, sprach mit englischem Akzent und so weiter und war der intelligenteste Schwarze, den ich je gesehen hatte. Ich hatte ja noch nie einen Schwarzen gesehen, der eine echte Ausbildung gehabt hatte. Bobbys Frau war zwar auch Lehrerin, aber sie hatte sich nie mit mir beschäftigt, weil ich Boxer war, also kannte ich sie so gut wie gar nicht, und abgesehen davon war sie eine Frau. Wir lasen dann also *Othello* und *Der Unsichtbare* und diskutierten darüber mit Professor Crawford, der noch viel schlauer war als die weißen Jungs und Mädchen in der Klasse. So was hatte ich noch nie erlebt.»

Hawk griff nach der Flasche, nahm einen Schluck Bier und hielt sie hoch, um zu prüfen, wie viel noch drin war. Ich blieb still. Er nahm einen weiteren Schluck und stellte die Flasche wieder hin.

«Natürlich hab ich im Unterricht nie den Mund aufgemacht. Damals beschränkte sich mein Vokabular auf sechs Worte, und Motherfucker war eins davon. Aber ich hörte zu. Eines Tages bat Professor Crawford mich, in sein Büro zu kommen.»

Hawk drehte sich um, sodass er jetzt auf den Hafen blickte, wo das Meer ziellos hin und her wogte.

«Als ich hinkam, sagte er, er hätte mich im Unterricht bemerkt und hielt mich nicht für einen der üblichen Schüler. Wollte wissen, was ich so mache. Ich erzählte ihm, ich sei Boxer, und er forderte mich auf, ein bisschen darüber zu reden. Das tat ich dann.»

Ich war so still, wie man sein kann, wenn man nur noch atmet. Die Luft im Büro schien plötzlich zum Schneiden dick zu sein. Ich hätte gern einen Schluck Bier genommen, aber ich traute mich nicht, mich zu bewegen. Hawk drehte sich ganz langsam herum und stellte die Füße auf den Boden.

«Und während ich ihm das erzähle, grabscht er mich an», sagte Hawk, ohne den Tonfall im Geringsten zu ändern.

«Scheiße», sagte ich.

«Ich stand auf und ging. Ich bin nie mehr in seinen Unterricht zurückgegangen. Und hab nie jemandem etwas davon erzählt.»

«Hat sich Professor Crawford später der Black-Power-Bewegung angeschlossen?»

«Ja.»

«Und seinen Namen geändert?»

«Ja.»

«In Amir Abdullah?»

«Ja.»

20

Neuerdings veranstalteten Susan und ich jeden Sonntag einen Brunch in ihrer Wohnung. Sie dekorierte den Esszimmertisch mit Blumen, ich kochte irgendwas, und wenn es fertig war, setzten wir uns hin und aßen. Normalerweise war auch Pearl dabei. Heute hatte ich Huevos rancheros mit milden grünen Chilischoten zubereitet. Wir sprachen über Hawk.

«Ging es darum, dass dieser Professor schwul war?», fragte Susan.

«Das glaube ich nicht.»

«Hätte er genauso reagiert, wenn es eine Frau gewesen wäre, die ihn angemacht hätte?»

«Nein. Frauen können die männliche Selbstachtung nicht derart ins Wanken bringen.»

«Es ist passiert, weil er Hawk wie ein Ding behandelt hat.»

«Ich spare mir jetzt wohl die oberschlaue Bemerkung über das Ding in diesem Zusammenhang ...»

«Das ist nett.»

«Finde ich auch.»

«Crawford war der beeindruckendste und kultivierteste Schwarze, den Hawk bis dahin getroffen hatte, und er hat ihn – wie sagt man heutzutage – gedisst, runtergeputzt, keinen Respekt gezollt.»

«So ungefähr.»

«Und Jahre später taucht er plötzlich wieder auf. Glaubst du, er hat sich an Hawk erinnert?», fragte Susan.

«Ich weiß nicht. Hawk ist wahrscheinlich nicht der Einzige gewesen, bei dem er zudringlich wurde. Andererseits erinnern sich die meisten Menschen an Hawk.»

«Hat er sich nicht sowieso daneben benommen, als er so beleidigend wurde?»

«Eigentlich schon. Ich glaube, Abdullah kann gar nicht anders, er ist so ein Arschloch.»

«Wer abgewiesen wurde, will sich oftmals rächen», sagte Susan.

Ich zuckte mit den Schultern. Pearl hatte ihren Kopf auf meinen Oberschenkel gelegt. Ich schnitt ein kleines Stückchen Linguiça ab, die ich statt der Chorizo genommen hatte, und gab es ihr.

«Du unterstützt nur ihre schlechten Angewohnheiten», sagte Susan.

«Ja», sagte ich. «Das tu ich.»

Susan gab etwas Süßstoff in ihren Kaffee. Pearl hörte, wie der Löffel klapperte, und ließ von mir ab, weil sie sich etwas Besseres erhoffte. Susan gab ihr eine Gabel voll schwarzer Bohnen.

«Sprachen wir nicht gerade von schlechten Angewohnheiten?», sagte ich.

«Wenigstens bringe ich ihr bei, mit Besteck zu essen.»

«Das ist natürlich wichtig für einen Hund.»

Susan lächelte. Sie tat den Kaffeelöffel beiseite, legte ihr Kinn auf ihre verschränkten Hände und sah mich an.

«Ziemlich hart», sagte sie. «Als würde man ganz plötzlich Beowulfs Kindheit entdecken.»

«Ich hab ihn etwa zur gleichen Zeit kennen gelernt.»

«Als ihr beide in der Arena-Sporthalle trainiert habt.»

«Ja.»

«Glaubst du, er kommt damit klar?»

«Hawk?»

«Ja.»

«Es gibt kaum jemanden, der so gut klar kommt wie Hawk.»

«Er ist sehr beherrscht.»

«Allerdings.»

«Und er zahlt einen hohen Preis dafür», sagte Susan.

«Glaubst du?»

«Der Unterschied zwischen absoluter Beherrschtheit und Isolation ist nicht so groß.»

«Er hat viele Freundinnen», warf ich ein.

«Aber nicht eine Einzige.»

«Das ist wohl wahr.»

«Du müsstest das doch kennen.»

«Glaubst du, ich bin zu beherrscht?», fragte ich.

«Du hast ja mich.»

«Das kann niemand sonst von sich behaupten.»

«Auf diese Weise wird deine Beherrschtheit etwas aufgelockert.»

«Macht auch mehr Spaß.»

«Das sagst du nur, weil ich's dir vor einer Stunde so richtig schön besorgt habe.»

«Nicht nur deswegen.»

Susan aß etwas.

«Schmeckt sehr gut.»

«Du hast es verdient», sagte ich.

«Weil ich so unendlich verständnisvoll bin?», fragte sie.

«Klar. Und weil du's mir vor einer Stunde so richtig schön besorgt hast.»

21

Was die Nachforschungen über Louis Vincent betraf, hatte ich mehrere Möglichkeiten. Ich konnte mit den Cops in Hingham sprechen, wo er wohnte. Oder ich konnte mit seinen Kollegen bei Hall, Peary sprechen, wo er arbeitete. Hall, Peary war näher, also rief ich dort an und unterhielt mich mit Phyllis Wasserman, Leiterin der Abteilung «Human Resources». Sie erzählte mir, dass von fünf Fällen wegen sexueller Belästigung, die im letzten Jahr vorgekommen waren, einer dem von KC Roth ähnelte. Er war unaufgeklärt geblieben. Zwei Fälle hatten mehr mit persönlicher Auseinandersetzung zu tun gehabt und weniger mit sexuellen Dingen. Die beiden anderen hatten damit geendet, dass die Beschuldigten entlassen worden waren. Ich fragte sie, wer in dem unaufgeklärten Fall verdächtigt worden war, aber sie lehnte ab, darüber Auskunft zu geben. Ich bat sie, meinen Namen dem Opfer zu nennen, damit sie mich anrufen könnte. Sie versprach es.

Während ich wartete, rief ich bei der Polizei von Hingham an. Es dauerte eine Weile, bis ich zum Dienststellenleiter durchgestellt wurde. Er hieß Roach. Sie hatten zwei Fälle von telefonischer Belästigung im letzten Jahr gehabt. Im einen Fall hatte der Täter gegen Bewährungsauflagen verstoßen, und sie hatten ihn verhaften können.

«Können Sie mir sagen, wie er hieß?», fragte ich.

«Nicht ohne einen wirklich guten Grund.»

«Na gut, war es jemand, der in Hingham wohnt?»

«Nein.»

«Ein Investmentbanker?»

«Zum Teufel, nein.»

«Gut», sagte ich, «und der andere?»

«Haben wir nie gefasst.»

«Aber er hat damit aufgehört?»

«Yep. Schätze, er hat ein anderes Opfer gefunden.»

«Denke ich auch», stimmte ich zu. «Können Sie mir den Namen des Opfers geben?»

«Nein.»

«Können Sie ihr meinen Namen und die Telefonnummer geben und ihr mitteilen, dass ich einer Frau helfen will, die Ähnliches durchmacht, was sie durchgemacht hat?»

«Kann ich tun», sagte Roach.

«Danke.»

Ich legte auf und blieb vorm Telefon sitzen. Es klingelte nicht. Ich drehte den Stuhl, sodass ich aus dem

Fenster nach draußen zur Ecke Berkeley und Boylston blickte. Ich öffnete das Fenster, um den Verkehrslärm hören zu können. Viele Passanten trugen schon ihre Sommerklamotten, obwohl wir erst Mitte Mai hatten. An der Ampel in der Boylston Street wartete ein Ford Explorer auf grünes Licht. Sie hatten das Verdeck aufgeschoben, aus dem lauter Heavy Metal dröhnte. Während ich hinunterblickte, schob jemand ein Schild durch das offene Verdeck, auf dem stand «Brendan Cooney for King». Die Ampel schlug um. Der Explorer fuhr los, immer noch mit dem riesigen Schild über dem Dach. Die jungen Leute heutzutage sind wirklich ganz anders als wir, sagte ich mir. Ja, stimmte ich mir zu, sie haben mehr Zeit. Was wäre, wenn du noch mal jung sein könntest und wenn du Dinge ungeschehen machen könntest, die dich zu dem gemacht haben, der du jetzt bist? Aber wer wäre ich dann? Wäre Hawk der gleiche Hawk, wenn er niemals Professor Crawford alias Abdullah getroffen hätte? Vielleicht war das keine besonders ergiebige Frage. Vielleicht sollte ich mal die Liste der Frauen durchgehen, mit denen ich geschlafen hatte, und versuchen, mir vorzustellen, wie jede Einzelne nackt ausgesehen hatte.

Ich war gerade bei Brenda Loring angelangt, die nackt ganz großartig ausgesehen hatte, als das Telefon klingelte.

«Mein Name ist Meredith Teitler», sagte eine Frauenstimme. «Phyllis Wasserman hat mir Ihre Nummer gegeben.»

«Ich bin Privatdetektiv», sagte ich, «und arbeite für eine Frau, die zurzeit von Unbekannt belästigt wird.»

«Ich verstehe», sagte sie. «Was möchten Sie wissen?»

«Arbeiteten Sie zu der Zeit bei Hall, Peary?»

«Dort bin ich immer noch.»

«Und Sie wurden das Opfer einer Nachstellung.»

«Ja.»

«Hat sich die Sache mittlerweile erledigt?»

«Ich werde nicht mehr belästigt.»

«Haben sie den Täter jemals gefunden?»

«Nein.»

«Haben Sie sich jemals privat mit einem Mitarbeiter von Hall, Peary getroffen?»

«Ja.»

«Mit wem?»

«Er ist es bestimmt nicht gewesen.»

«Wie können Sie so sicher sein?»

«Na ja, er kann's nicht gewesen sein. Er war so nett.»

«Können Sie mir seinen Namen nennen?»

«Nein, wirklich nicht. Ich bin gern bereit zu helfen. Aber ich möchte niemandem Ärger machen, der unschuldig ist.»

«Haben Sie sich mal mit Louis Vincent getroffen?», fragte ich.

Schweigen.

Nach einer Weile sagte ich: «Darf ich das als ja interpretieren?»

«Warum fragen Sie denn nach Louis?»

«Er wird verdächtigt, eine Frau in North Shore zu belästigen.»

Wieder Schweigen. Diesmal wartete ich ab.

«Ja», sagte sie schließlich. «Ich hab mich mit Louis Vincent getroffen.»

«Und warum haben Sie damit aufgehört?»

«Ich … ich bin zu meinem Mann zurückgekehrt», sagte sie. «Ich hatte mich mit Louis getroffen, als mein Mann und ich getrennt lebten.»

«Was hat er dazu gesagt, dass Sie sich wieder mit Ihrem Mann versöhnt haben?»

«Er war sehr dafür. Deshalb kann ich ja nicht nachvollziehen …»

«Hat er vorgeschlagen, Sie sollten sich auch weiterhin treffen, obwohl Sie wieder zu Ihrem Mann zurückgegangen sind?»

«Ich … na ja, irgendwann deutete er an, dass es doch Spaß machen könnte, sich weiterhin einmal pro Woche oder so zu treffen, um … miteinander zu schlafen.»

«Und Sie haben das abgelehnt.»

«Ich erklärte ihm, dass ich nicht glauben könnte, dass das funktioniert, wo ich doch wieder mit meinem Mann zusammen war. Er sagte, er könne das verstehen.»

«Vielen Dank.»

«Wird das öffentlich gemacht werden?», fragte sie. «Ich frage nur, weil mein Mann und ich … wir kommen jetzt ganz gut klar. Ich möchte die Sache nicht wieder ans Licht zerren.»

«Ich denke nicht, dass das erforderlich ist.»

«Ich kann wirklich nicht glauben, dass Lou es gewesen sein soll.»

«Möglich ist alles.»

Wie wahr.

Ich legte auf, schaute wieder aus dem Fenster und dachte wieder über nackte Frauen nach. Am späten Nachmittag stellte ich mir gerade vor, wie Susan ohne

Kleider aussah, als das Telefon klingelte. Es war ein Typ namens Al.

«Ich rufe im Auftrag einer Frau in Hingham an», sagte er. «Sie wissen, wen ich meine?»

«Ja.»

«Sie möchte nicht über diese Angelegenheit sprechen. Aber sie möchte gern helfen, wenn es darum geht, eine andere Frau vor dem gleichen Schicksal zu bewahren. Sie hat mich gebeten, Sie anzurufen.»

«Sind Sie der Ehemann?»

«So was Ähnliches. Ich kann die meisten Ihrer Fragen beantworten.»

«Ich hab nur eine: Hat sie sich jemals mit einem Mann namens Louis Vincent verabredet?»

«Ich frag sie.»

Eine Weile blieb es ruhig, dann war Al wieder am Apparat.

«Ja», sagte er.

«Kann sie mir irgendwas über ihn erzählen?»

«Nein.»

«Über ihn wurde in dem Zusammenhang schon gesprochen?»

«Ja.»

«Danken Sie ihr für die Auskunft.»

«Glauben Sie, dass dieser Vincent der Täter ist?»

«Ja, das glaube ich.»

«Wissen Sie, wo man ihn finden kann?»

«Ja, weiß ich.»

«Wo?»

«Das werde ich Ihnen lieber nicht erzählen.»

«Na gut», sagte Al. «Wenn Sie ihn treffen, sagen Sie

ihm, dass ein Typ hinter ihm her ist, ein ziemlich großer Typ, der schon einige Kämpfe im Leben ausgefochten hat, und erzählen Sie ihm, dass dieser Typ ihm seinen beschissenen Kopf abreißen wird, wenn er ihn findet.»

«Ich werd's ihm ausrichten», sagte ich.

22

Es war fast Mittag. Ich saß an meinem Schreibtisch, hatte die Füße auf die Tischplatte gelegt und studierte die Liste mit den noch zu outenden Personen, die ich im Schreibtisch von Prentice Lamont gefunden hatte. Ganz oben stand das Datum. Die Liste war zwei Wochen vor Lamonts Tod erstellt worden. Sie umfasste mehrere Seiten. Hier und da waren die Namen mit Notizen versehen, meist handelte es sich um Bemerkungen wie: «nicht sicher» oder «kann man vergessen». Andere waren plastischer: «auf der Klappe getroffen» oder «Kinderfreund». Am Ende der dritten Seite entdeckte ich Robinson Nevins Namen mit der Bemerkung «weitere Nachforschungen nötig». Also gab es tatsächlich eine Verbindung zwischen Prentice Lamont und Robinson Nevins. Einige Namen auf der Liste waren mir bekannt, aber niemand schien als Mörder von Lamont besonders infrage zu kommen. Nicht mal die Frauen auf der Liste konnte ich aussortieren – Prentice war ja eher klein gewesen, und ich hatte schon Lesben getroffen, die fähig gewesen wären, mich aus dem Fenster zu werfen.

Ich legte die Liste beiseite und nahm mir wieder den Stapel mit den *OUTrageous*-Ausgaben vor und begann zu lesen. Es war keine angenehme Lektüre. Was immer Prentice Lamont gewesen war, ein guter Schreiber war an ihm nicht verloren gegangen. Sein Stil ging nicht über Schulzeitungsklatschniveau hinaus. Es war zwanzig vor zwei und ich las gerade die dritte Nummer von *OUTrageous* durch, als ich auf ein Interview mit dem «Professor und Aktivisten» Amir Abdullah stieß, in dem es um seine Probleme als schwuler Afro-Amerikaner ging. Der Artikel eröffnete mir keine neuen Kenntnisse zum Thema, aber er zeigte eine Verbindung auf zwischen Prentice Lamont und Amir Abdullah. Das musste nichts heißen. Sie waren ja auch an der gleichen Universität. Und dass Robinson auf der Liste stand, musste noch lange nicht heißen, dass er schwul war. Er war ja nur auf Verdacht auf die Liste geraten. Selbst wenn Robinson schwul war, musste das noch lange nicht heißen, dass er eine Affäre mit Prentice Lamont gehabt hatte, und sogar wenn, dann könnte ihn ein ganz anderer aus dem Fenster geworfen haben. Aber wenn man andauernd auf die gleichen Namen stößt, hat das meistens eine Bedeutung. Und wenn man sonst nichts hat, kann man sich wenigstens damit beschäftigen. Das Interview zwischen Lamont und Abdullah könnte der Auslöser gewesen sein für die Informationen, die Abdullah über Robinson Nevins und dessen Beziehung zu Prentice Lamont an den Personalausschuss weitergegeben hatte. Hatte Prentice im Laufe des Interviews Abdullah über Robinson Nevins ausgefragt? Hatte Abdullah während des Gesprächs Robinsons Namen fallen lassen? Hat er den Namen aus Gründen inneruniversitärer Machtspielchen erwähnt? Hat Abdullah die Informationen, die er von Prentice bekam, im Rahmen inneruniversitärer Machtspielchen benutzt? Ich war mir ziemlich sicher, dass an Universitäten schon schlimmere Dinge stattgefunden hatten. Falls irgendeine dieser Vermutungen zutraf, wie passte sie dann zu den wenigen Tatsachen, die mir vorlagen – vor allem der, dass Prentice Lamont jetzt tot war und dass er eine Viertelmillion auf dem Konto hinterlassen hatte? Ich dachte über das Geld nach und fühlte mich erleichtert. Sex ist so unberechenbar. Gier war viel leichter in den Griff zu bekommen. Und wenn Geld ins Spiel kommt, was tust du dann?

«Folge der Spur des Geldes», sagte ich laut, als wäre ich der erste Mensch, dem diese Erkenntnis gekommen war.

Auch wenn Sex in dem Fall vorkommt?

Sex ist immer dabei, es geht doch bei meiner Arbeit nur um Sex und Geld.

«Folge der Spur des Geldes», wiederholte ich.

Ich zog das Telefon heran und rief Mrs. Lamont an.

«Wären Sie so nett und rufen Maxwell T. Morgan bei Hall, Peary an», bat ich, «und bitten ihn, mit mir über das Konto von Ihnen und Prentice zu sprechen?»

«Warum?», fragte sie.

«Ich will versuchen herauszufinden, woher das ganze Geld kommt», sagte ich, was nicht wirklich gelogen war.

«Wenn Sie meinen, dass es wichtig ist.»

«Das tue ich.» Ich gab ihr die Telefonnummer, ließ sie sie wiederholen und ging dann los, um Prentice Lamonts Finanzberater bei Hall, Peary aufzusuchen.

Maxwell Morgans Büro war kleiner als das von Louis Vincent, es lag zwei Stockwerke tiefer in der Mitte des

Gebäudes, und das Fenster gab lediglich den Blick auf ein anderes Gebäude frei. Es schien ihm nichts auszumachen. Er war groß, füllig, blond, fröhlich und sah mit seinen rosigen Wangen sehr gesund aus.

«Max Morgan», stellte er sich vor. «Kommen Sie rein.»

Ich saß ihm gegenüber vor seinem Schreibtisch in einem bequemen Stuhl mit Armlehnen. Er trug die gängige Uniform – Hemdsärmel, Hosenträger, sein Jackett hing über einem Bügel an der Garderobe hinter der Tür.

«Möchten Sie in die amerikanische Wirtschaft investieren?», fragte er.

«Nein.»

Morgan grinste. «Okay», sagte er. «Haben Sie irgendso ein Dingsda, das beweist, dass Sie ein Detektiv sind?»

Ich zeigte ihm meine Lizenz.

«Was wollen Sie wissen?»

«Sie haben doch Prentice Lamonts Vermögen verwaltet.»

«Ja.»

«Lamont ist tot.»

«Ja, ich weiß. Der arme Kerl hat sich selbst umgebracht.»

«Glaube ich nicht.»

«Nicht?»

«Nein, aber darum geht's hier gar nicht. Was können Sie mir über die Viertelmillion sagen, die er bei Ihnen investiert hat?»

«Nicht viel», sagte Morgan. «Tot oder lebendig hat Mr. Lamont genau das gleiche Recht auf Diskretion.»

«Hat Mrs. Lamont Sie nicht angerufen?»

Morgan lächelte und nickte. «Wollte nur sicher gehen, dass Sie der Richtige sind.»

«Verstehe», sagte ich. «Die Anwälte.»

«Genau so ist es. Seit diese Typen vor fünf Jahren die Herrschaft über die Wall Street übernommen haben ...» Morgan schüttelte traurig den Kopf. «Dieser Job hier hat mal richtig Spaß gemacht.»

«Also», sagte ich. «Erzählen Sie mir doch mal, wo das Geld herkam, das ein 23-jähriger Student plötzlich in einen Investmentfond investierte.»

Er drehte sich auf seinem Schreibtischsessel um und rief die Datei an seinem Computer auf.

«Bargeldeinzahlungen», sagte er. «Immer in der Größenordnung von neuntausend Dollar.»

«Bargeld?»

«Na ja, Barschecks.»

«Kommt aufs Gleiche raus», sagte ich. «Welche Bank?»

«Endicott Trust. Und Sie glauben nicht, dass er Selbstmord begangen hat?»

«Nein. Ich glaube, dass er ermordet wurde.»

«Jesus», sagte Morgan.

«Immer die gleiche Bank?»

«Ja.»

«Immer neuntausend Dollar?»

«Ja.»

«Klingt so, als hätte er vermeiden wollen, dass die Einzahlung an die Behörde gemeldet wird.»

«Stimmt.»

«Könnte er den Barscheck mit Bargeld bezahlt haben?»

«Möglich. Soll ich dort für Sie anrufen?»

«Das wäre sehr nett.»

Während er telefonierte, schaute ich aus dem Fenster ins gegenüberliegende Büro des anderen Gebäudes. Ein Typ in Hemdsärmeln und Hosenträgern telefonierte gerade, und ein anderer sah aus dem Fenster zu mir hinüber, wie ich zu ihm hinübersah. Gab es auf der anderen Seite des Gebäudes noch so einen Typen in Hemdsärmeln und Hosenträgern, der telefonierte, während ein anderer Typ nach draußen blickte, in ein Fenster, wo ein Typ mit Hemdsärmeln ... Ich schüttelte den Kopf und wandte mich wieder Morgan zu.

«Vielen Dank, Bricky», sagte er. «Du hast ein Mittagessen bei mir gut.»

Er legte auf und drehte sich wieder zu mir um.

«Bargeld», sagte er. «In Hundertern, neunzig Stück. Mehrmals pro Woche. Und jedes Mal bekam er einen Barscheck auf seinen eigenen Namen dafür.»

«Wie oft hat er bei Ihnen eingezahlt?»

Morgan blickte wieder auf seinen Bildschirm.

«Ungefähr zweimal pro Monat.»

«Was hat er mit dem restlichen Geld gemacht?»

«Wein, Weib und Gesang?»

«Wahrscheinlich kein Weib», sagte ich.

«Whisky, Zigaretten und wilde, wilde Männer?»

«Keine Ahnung. Wenn er es ausgeben wollte, warum hat er es dann in Schecks eingetauscht?»

«Vielleicht hat er die Schecks irgendwo deponiert.»

«Er hätte doch auch das Bargeld deponieren können.»

Morgan zuckte mit den Schultern.

«Hey, ich bin bloß ein einfacher Anlageberater», sagte Morgan. «Sie sind doch der Detektiv.»

«Danke, dass Sie mich daran erinnert haben», sagte ich. «Manchmal vergesse ich das einfach.»

23

Als ich von Hall, Peary zurückkam, saß KC Roth im Flur vor meinem Büro. Sie trug ein ätherisch anmutendes weißes Sommerkleid und offenbar keine Strümpfe. Ihre Beine waren braun gebrannt. Sie trug weiße hochhackige Pumps. Sogar in dem kalten Licht des Korridors sah sie aus wie ein Engel, der sich in die Gosse verirrt hatte.

«Wir müssen miteinander reden», sagte sie.

Ich schloss die Tür auf. KC folgte mir ins Büro. Kaum hatte ich die Tür hinter uns geschlossen, drehte sie sich um, schmiegte sich an mich, legte ihre Arme um meinen Nacken und küsste mich voller Verlangen.

«Küss mich», murmelte sie.

Nach einer Weile ließ sie von meinem Mund ab und flüsterte: «Halt mich fest.»

Sie presste sich gegen mich und traf alle entscheidenden Stellen. Ich habe mich immer gefragt, wie Frauen das machen. Andererseits hatte ich auch noch nie einen Mann umarmt. Vielleicht machen die das genauso, und ich wusste nur nichts davon.

«Ich hab dich gleich vom ersten Moment an gewollt», flüsterte KC.

«Kann ich dir nicht verdenken», murmelte ich.

«Fass mich an.»

«Tu ich doch.»

«Nicht nur an den Schultern.»

«Ist doch immerhin ein Anfang.»

Sie presste sich noch enger an mich. Noch enger geht nicht, dachte ich, aber sie schaffte es. Sie legte den Kopf zurück, sah zu mir hinauf, und ihre Lippen berührten meine ganze leicht, als sie sprach.

«Hast du schon mal mit jemandem in deinem Büro geschlafen?», fragte sie.

«Nein. Ich wollte warten, bis ich ein Sofa habe.»

«Du kannst mich haben, gleich hier auf dem Fußboden.»

«Haben wir nicht schon mal darüber geredet?»

«Komm schon, du willst es.»

«Natürlich will ich», sagte ich. «Aber ich werde es nicht tun.»

«Du musst aber, du musst.»

«Du hast deinen Mann wegen eines anderen verlassen, mit dem du nicht mehr zusammen bist», sagte ich. «Du wirst belästigt. Du bist verwirrt und ängstlich. Du brauchst Zuwendung und suchst dir natürlich mich aus, den Mann, der dich retten soll.»

«Das sind doch nur Worte», sagte sie. «Du bist ein Mann, und ich bin eine Frau.»

Das konnte schwerlich geleugnet werden, also ließ ich es so stehen. Ich hatte eben nicht besonders viel Erfahrung, was die Verteidigung meiner Tugendhaftigkeit betraf.

«Hast du es jemals mit Susan hier getrieben?», fragte sie, und ihr Gesicht berührte beinahe meine Wange.

«Ich bin wirklich beeindruckt», sagte ich. «Das ist eine

absolut aufdringliche, beleidigende, unanständige und voyeuristische Frage. Ziemlich viel für einen einzigen Satz.»

«Also, habt ihr es getan? Ich wette, dass nicht. Sie wollte nicht. Sie würde es niemals auf einem Sessel treiben.» KCs Stimme wurde immer sanfter. «Weil's nicht damenhaft ist. Und sie würde es nicht auf dem Fußboden treiben wollen, weil es ihren Kleidern schaden könnte.»

«Jetzt reicht's aber», sagte ich.

Ich fasste sie fest an den Schultern und schob sie zu einem meiner Besucherstühle hin. Sie dachte, ich würde einlenken. Ich spürte, wie sie sich entspannte. Ich setzte sie auf den Stuhl und hielt sie dort fest. Sie hob den Kopf, schloss die Augen und öffnete den Mund.

«Wir werden nicht miteinander schlafen», sagte ich. «Ich finde das genauso schade wie du, aber so ist es nun mal.»

Sie begann, meinen Oberschenkel zu streicheln. Ich schlug auf ihre Hand. Es war impulsiv, tat aber seine Wirkung. Sie zog die Hand fort und brach in Tränen aus. Ich ging um meinen Schreibtisch herum und kam mir wie ein Vollidiot vor. Ich setzte mich hin, atmete tief ein und aus, so ruhig ich konnte. Sie weinte ein bisschen und rieb sich die Hand, wo ich sie getroffen hatte.

«Du hast mich geschlagen», sagte sie.

«Aber nicht sehr fest.»

«Zu fest.»

«Fest ist was ganz anderes, würde ich meinen», sagte ich und wünschte im selben Moment, ich hätte es unterlassen.

KC rieb sich weiter ihre Hand und schniefte ein bisschen. Es schien nicht der richtige Moment zu sein, ihr zu erzählen, dass Louis Vincent mit großer Wahrscheinlichkeit der Mann war, der sie belästigte. Oder dass sie eine von vielen Frauen war, die er belästigt hatte. Vielleicht gab es eine andere Möglichkeit, die Sache anzugehen.

Sie begann wieder zu sprechen: «Ich verstehe dich nicht. Die meisten Männer würden jede Gelegenheit ergreifen, mich zu bumsen.»

«Natürlich nicht.»

«Findest du nicht, dass ich gut aussehe?»

«Extrem gut.»

«Genauso gut wie die blöde alte Susan?»

«Nicht weniger.»

«Du bist ja noch nicht mal mit ihr verheiratet.»

«Ich weiß.»

«Ich brauche einen Mann.»

«Vielleicht willst du nur einen und glaubst, dass du ihn brauchst.»

«Was soll das denn heißen?»

Ich zuckte mit den Schultern.

«Hab ich nur so gesagt.»

«Ich bin total am Ende», sagte KC mit einem Hauch Trauer in der Stimme.

Ich nickte.

«Und ich kann jetzt wirklich keine moralinistischen Sprüche von einem Typen vertragen, den ich engagiert habe.»

«Ich glaube, es muss moralistisch heißen oder moralinsauer.»

«Sei nicht so überheblich.»

Wie gut, dass ich ein emanzipierter Mann war und immer absolut korrekt in meinen sexuellen Auffassungen, sonst hätte ich jetzt womöglich eine leise Bemerkung über Frauen losgelassen.

«KC», sagte ich schließlich, «ich versuche unter ziemlichen Schwierigkeiten und entgegen allen genetischen Programmierungen auf nette Art zu vermeiden, mit dir Sex zu haben. Vielleicht geht das gar nicht. Vielleicht schaffe ich es nur, indem ich überheblich bin.»

Sie saß da, sah mich an und dachte darüber nach. Sie sah hinreißend aus. Ich wusste ja, dass Tugendhaftigkeit sich selbst genügte, aber manchmal fragte ich mich, ob es mit dem Laster nicht genau das Gleiche war.

«Erzähl mir mal was über Susan», sagte sie. «Was hat sie an sich, dass sie dich so weit bringt?»

«Es muss wohl was mit Liebe zu tun haben.»

«Aber wie schafft sie es, dass du das tust, was sie will?»

«Muss sie gar nicht. Ich will genau das, was sie will.»

«Aber sie muss doch irgendwas tun.»

«Es ist ganz einfach. Sie verlangt nicht, dass ich Dinge tue, die ich nicht tun will.»

«Ich meine es ernst», sagte KC.

«Ich auch.»

KC starrte mich an. Sie schlug ihre nackten Beine übereinander und starrte mich weiter an. Schließlich sagte sie: «Ich verstehe das nicht.»

«Nein», sagte ich. «Das tust du nicht.»

24

Ich fuhr in einem mit Rosenholz verkleideten Aufzug in die obersten Etagen des Gebäudes an der State Street, in dem die Firma Hall, Peary florierte. Fünf Typen in gestreiften Hemden und roten Hosenträgern begleiteten mich nach oben. Für jemanden, der gewohnt war, sein ganzes Geld in der Brieftasche mit sich herumzutragen, verbrachte ich erstaunlich viel Zeit in der Gesellschaft von Investmentbankern.

Nachdem ich in Louis Vincents großes Eckbüro getreten war, schloss ich die Tür hinter mir. Louis betete gerade seinen Computerbildschirm an, atemlos und mit Hingabe.

«Hallöchen», sagte ich. Ganz der leutselige Schnüffler.

Vincent blickte auf.

«Oh, hallo. Kommen Sie rein. Na ja, sind Sie ja schon.»

«Ich soll Ihnen Grüße ausrichten», sagte ich. «Von KC Roth und Meredith Teitler und von einer Frau in Hingham, deren Namen ich nicht kenne, die aber mit einem wütenden Kerl namens Al zusammen ist, der mitteilen lässt, dass er Ihnen den Kopf abreißen wird, wenn er Sie jemals zu Gesicht bekommt.»

«Wovon, zum Teufel, reden Sie da überhaupt?»

«Hören Sie auf rumzulügen, Vincent. Sie haben eine ganze Reihe Frauen belästigt und sind zurzeit dabei, KC Roth zu terrorisieren.»

Er sprang auf.

«Sie sind ja verrückt!»

Ich lief um seinen Schreibtisch herum und verpasste ihm einen soliden linken Haken dicht unter seinem

Brustkorb in die rechte Seite. Er schnappte nach Luft, stolperte nach hinten und begann mit beiden Armen wild auf mich einzuschlagen. Er war so untrainiert, dass er vergaß, die Hände zu Fäusten zu ballen, weshalb seine Schläge, wenn er mich getroffen hätte, nicht mehr als ein Klaps gewesen wären. Aber die Zeiten, als mich Typen wie er überhaupt getroffen hatten, waren lange vorbei. Ich verpasste ihm noch einen linken Haken an die gleiche Stelle, und er schnappte wieder nach Luft.

Dann brüllte er: «Betty!»

Ich schlug ihm mit meiner Rechten auf den Solarplexus, und er sackte in sich zusammen. Er versuchte noch mal, nach Betty zu rufen, aber ihm fehlte die Kraft. Hinter mir ging die Tür auf.

Eine Frauenstimme sagte: «O Gott.»

«Ruf die Polizei», japste Vincent.

Ich ließ von ihm ab. Er versuchte sich aufzurichten, immer noch nach Luft schnappend, und ich verpasste ihm einen hübschen Kinnhaken, der ihn zu Boden schickte, wo er sitzen blieb.

«Aufhören!», schrie Betty. «Aufhören!»

«Bin schon fertig», sagte ich.

Betty drehte sich um und rannte zu ihrem Schreibtisch. Vincent starrte mich an. Er war nur noch halb bei Bewusstsein.

«Können Sie mich verstehen?», fragte ich.

Er nickte.

«Sollte KC Roth jemals wieder auch nur andeutungsweise etwas geschehen, komme ich wieder und schlag Ihnen jeden Zahn einzeln aus dem Mund.»

Er starrte mich an.

«Und vielleicht erzähle ich auch noch Al, wo Sie sind.» Ich sah ihm an, dass er mich verstand.

«Kapiert?»

Er nickte ganz schwach. Er war sehr blass und musste alle Kräfte darauf verwenden, nicht völlig zusammenzubrechen.

«Sie können den Cops ruhig erzählen, warum ich Sie zusammengeschlagen habe», sagte ich und verließ das Büro.

Betty telefonierte schon und deutete auf mich, damit die jungen, zweifellos beim Squashtraining gestählten Typen, die herumstanden, auf mich aufmerksam wurden.

«Das ist er», sagte sie. «Lasst ihn nicht entwischen.»

Ich hatte keine Lust, ihnen den Unterschied zwischen einem Squashspiel und einer Schlägerei beizubringen, also schenkte ich ihnen ein höfliches Lächeln und öffnete meine Jacke, damit sie sehen konnten, dass ich eine Waffe trug.

«Lasst ihn entwischen», sagte ich.

Und das taten sie dann.

25

Ich saß zusammen mit Susan und Pearl in Susans großem schwarzen Explorer, der auf einem Parkplatz vor dem Dunkin'-Donuts-Laden an der Route 1 in Saugus stand. Wir aßen Donuts. Genauer gesagt teilten sich Susan und Pearl einen einzigen Donut, während ich mehrere hintereinander verspeiste. Dazu gab es Kaffee.

«KC Roth hat mich heute Morgen angerufen.» Susan gab etwas Süßstoff in ihren entkoffeinierten Kaffee und rührte ihn mit dem roten Stift um, der immer mitserviert wurde.

«Lecker», sagte ich.

Am meisten mochte ich die Donuts mit dem kleinen Henkel oben drauf. Wenn man einen davon aufgegessen hatte, konnte man zum Schluss immer noch den Henkel essen und hatte die Illusion, eine Extraportion bekommen zu haben.

«Sie behauptet, du hättest dich an sie rangemacht.»

Ich aß den letzten Bissen und spülte ihn mit dem Kaffee runter.

«Und was hast du darauf geantwortet?», fragte ich.

«Ich sagte, das würde dir aber gar nicht ähnlich sehen.»

«Und sie sagte?»

«Dass ich dich offenbar nicht so gut kennen würde, wie ich dachte.»

«Tja», sagte ich. «Wenn ich mich an jemanden außer dir ranmachen wollte, dann wäre sie sicher mein bevorzugtes Opfer.»

«Ja, sie sieht wirklich super aus», sagte Susan. «Aber ich bin mir ziemlich sicher, dass ich dich so gut kenne, wie ich mir einbilde.»

«Vielleicht sogar besser.»

«Du brauchst also gar nichts dazu zu sagen. Ich glaube sowieso nicht, dass du es getan hast. Aber ich wüsste gern, warum sie mir das gesagt hat.»

«Sie versuchte mir zu schmeicheln, und ich bin nicht darauf eingegangen.»

«Zu schmeicheln?»

«Ja.»

«Du meinst sowas wie Schmeicheleinheiten?»

«Ja.»

«Gibt's das Wort überhaupt?»

«Jetzt gibt's das.»

Beschreib mir doch mal ihre Schmeicheleinheiten», sagte Susan.

Ich tat es, in allen Einzelheiten.

«Ich möchte dir ja nicht deine Illusionen nehmen, aber KC hat sich schon immer an fast jeden rangeschmissen.»

«Mist», sagte ich. «Und ich hab mir eingebildet, du hättest ihr erzählt, was für ein Supermann ich im Bett bin.»

Susan schüttelte den Kopf und nahm einen Schluck Kaffee. «Ich werde doch deine Geheimnisse nicht ausplaudern.»

Pearl, die auf dem Rücksitz saß, stieß mit dem Kopf gegen meinen Ellbogen, als ich in einen neuen Donut biss.

«Entschuldige bitte», sagte ich, brach ein Stückchen ab und gab es ihr.

«Ich bin schon sehr lange mit KC befreundet», sagte Susan. «Ich hatte eigentlich erwartet, dass sie sich anständiger benimmt.»

«Vielleicht benimmt sie sich bei Männern ganz anders als bei Frauen.»

«Das wird wohl stimmen.»

«Ich weiß nicht wieso, und ganz bestimmt ist das jetzt nur eine sehr vage Vermutung, aber mir kommt es so vor, als bräuchte sie unbedingt männliche Zuwendung, und zwar von Männern, die sie verachtet.»

«Betrifft das auch dich?»

«Wenn ich mich, äh, darauf eingelassen hätte, dann hätte sie mich verachten können, weil ich dir untreu gewesen wäre.»

«Das war möglicherweise der Hauptgrund für deine Attraktivität», sagte Susan. «Abgesehen davon, dass du im Bett ein Supermann bist.»

«Das weißt du ja am besten», sagte ich. «Aber vielleicht hat sie deshalb ihren Mann betrogen. Weil es keinen Grund gab, ihn zu verachten.»

«Ja, Burt ist wirklich anständig. Und was ist mit diesem Investmentbanker?»

«Den kann man leicht verachten.»

«Ich glaube, ich verstehe ein wenig.»

«Du verstehst von allem mehr als nur ein wenig.»

Susan lächelte und hielt ihren Kaffee so, dass Pearl etwas davon schlabbern konnte. «Ja, das mag stimmen», sagte sie. «Wie ist deine Unterredung mit Louis Vincent ausgegangen? Hat er es zugegeben?»

«Nicht direkt.»

«Hat er es bedauert?»

«Ich glaube, am Ende unseres Gesprächs hat er es bedauert.»

«Könnte dieses Bedauern in irgendeinem Zusammenhang mit den aufgeschürften Knöcheln deiner rechten Hand stehen?»

«Unter anderem.»

«Habt ihr sehr viel geredet?»

«Ein bisschen.»

«Wie kommt's dann, dass deine Knöchel nicht viel mehr in Mitleidenschaft gezogen wurden?»

«Ich habe vor allem auf Nachgiebigkeit gesetzt.»

«Habt ihr euch geeinigt?»

«Wir haben uns darauf geeinigt, dass er aufhören wird, KC Roth zu belästigen.»

«Womit KC jetzt endlich genug Zeit hat, dich zu belästigen.»

«Genau.»

«Vielleicht sollte ich mal mit ihr reden.»

«Was willst du ihr sagen?»

«Ich werde ihr klar machen, wenn sie nicht sofort aufhört, meinen Schatz anzumachen, wird sie bei den Fischen schlafen.»

«Ihr Analytiker wisst doch immer, wie man sowas ausdrücken muss.»

«Ja», sagte Susan. «Wissen wir.»

26

Eine der von *OUTrageous* geouteten Personen war ein Fernsehreporter namens Rich Randolph. Ich saß mit ihm zusammen in seinem Kabuff in der Nachrichtenredaktion von Channel Three, direkt neben dem Studio.

«Ich hab's nicht wirklich verschwiegen», sagte er. «Aber ich hab's auch nicht über die Abendnachrichten verbreiten lassen.»

«Wäre der Karriere ja auch nicht unbedingt förderlich gewesen.»

Randolph sah schlanker aus als auf dem Bildschirm, hatte einen guten Haarschnitt, eine Brille mit Goldrand und ein kantiges Gesicht.

«So eine Brille macht einen auch nicht gerade attraktiver.»

«Soll sie ja wohl auch nicht», sagte ich.

Er sah mich kurz an, dann lächelte er.

«Im Lokalfernsehen ist kein Trick zu billig», sagte er.

«Haben Sie Prentice Lamont gekannt?»

«Ist das der Typ, der diese Zeitschrift herausbrachte?»

«Ja.»

«Nein, ich hab ihn nicht persönlich gekannt. Ich hab seinen Namen im Impressum gelesen. Irgendjemand, wahrscheinlich er selbst, schickte mir einen nicht unterschriebenen Brief, in dem angekündigt wurde, dass ich in einer der nächsten Nummern von *OUTrageous* geoutet werden sollte, falls ich nichts dagegen unternehmen würde. Eine Telefonnummer stand dabei. Ich hab also angerufen und gefragt, was man denn dagegen unternehmen könne, und er sagte, im finanziellen Bereich wäre da was möglich. Ich fragte, ob sie gegen Geld darauf verzichten würden, mich zu outen. Er sagte ja, und ich hab ihm gesagt, er soll mich am Arsch lecken und aufgelegt. Ungefähr zwei Wochen später war ich geoutet.»

«Klingt so, als hätten Sie sich die Chance auf eine schöne investigative Reportage vergeben.»

«Hab ich. Es ging ja um mich. Ich dachte mir, dass ich vielleicht einfach nur still sitzen und warten könnte, bis der Sturm über mich hinweggefegt ist. Wer kannte schon dieses Blättchen? Ich dachte, vielleicht bluffen die nur, und wenn nicht, würde es sowieso niemand mitbekommen.»

«Es sei denn, sie würden sich darum kümmern, dass es gelesen wird.»

«Sie haben dem Intendanten eine Nummer zugespielt.»

«Und was ist dann passiert?»

«Er war verletzt. Ich hätte mich ihm anvertrauen sollen. So ein Idiot. Ich frage ihn doch auch nicht über sein Sexleben aus.»

«Aber er hat Sie nicht rausgeschmissen.»

«Natürlich nicht. Die Gewerkschaft hätte ihn in die Mangel genommen. Die negative Presse hätte ein übriges dazu getan. Das wusste er.»

«Hat er sonst irgendwas unternommen?», fragte ich.

Randolph zuckte mit den Schultern. «Sehen Sie sich unsere Nachrichten an?»

«Nein.»

«Wenn Sie's täten, würden Sie demnächst einen Bericht von mir über eine Modenschau sehen.»

«Immerhin müssen Sie nicht als Model auftreten.»

«Na, das wäre was», sagte Randolph.

«Glauben Sie, dass Lamont die Erpressung in die Wege geleitet hat?»

«Weiß ich nicht. Der Brief war nicht unterschrieben und offenbar auf einem Computer geschrieben worden. Der Anrufer nannte seinen Namen nicht. Ich habe keine Ahnung, mit wem ich gesprochen habe. Wie groß war diese ganze Angelegenheit denn?»

«Offenbar größer, als ich dachte», sagte ich. «Ist Ihnen was an der Stimme aufgefallen? Männlich natürlich.»

«Ja. Englisch als Muttersprache, würde ich sagen.»

«Wie alt?»

«Kann ich nicht sagen. Kein Kind, kein Greis. So zwischen zwanzig und sechzig, schätze ich.»

«Rasse?»

Randolph schüttelte den Kopf.

«Irgendein Hinweis, dass es nicht Prentice Lamont gewesen ist?»

«Wenn man bedenkt, dass ich Prentice Lamont ja gar nicht gekannt habe, nein.»

Wir saßen eine Weile schweigend da. Außerhalb seines Kabuffs hörte man die typischen Geräusche einer Nachrichtenredaktion. Monitore leuchteten. Anweisungen wurden gegeben. Telefone klingelten. Computer wurden bedient.

«Haben Sie mit anderen Personen gesprochen, die in *OUTrageous* erwähnt wurden?»

«Nein.»

Ich nickte.

«Wieso sitzen Sie hier in dieser Zelle?», fragte ich.

«Chefreporter.»

«Wahnsinn.»

«Tja.»

Wir saßen noch eine Weile herum.

«Wissen Sie, wie ich in Wirklichkeit heiße?», fragte Randolph. «Mein richtiger Name ist Dick Horvitz. Der Öffentlichkeitsberater meinte, er hätte nicht genügend Sympathiewerte.»

«Oha, ich musste richtig schlucken, als ich ihn gehört habe.»

«Haben Sie sich schon mal gefragt, warum sich Leute über so einen Schwachsinn Gedanken machen?», fragte er.

«Oft.»

«Wissen Sie eine Antwort?»

«Nein.»

Er lehnte sich zurück und legte die Füße auf den Tisch. «Chefreporter», sagte er.

27

Es war an der Zeit, etwas mehr über Prentice Lamont herauszufinden. Also fuhr ich zur Uni und parkte auf einem Parkplatz «Nur für Mitglieder des Lehrkörpers». Tatsächlich wäre es längst an der Zeit gewesen, einiges über Prentice herauszufinden.

Ich begann beim Dekan der philosophischen Fakultät, einem Mann namens Reynolds. Wir saßen in seinem Büro im Erdgeschoss, von wo aus man einige Studentinnen auf dem Innenhof beobachten konnte. Sein Schreibtisch war aufgeräumt, aber nicht übertrieben ordentlich, auf einem Nebentisch stand ein Foto von seiner Frau und den drei Töchtern.

«Ich kann Ihnen Prentice Lamonts Studienbuch holen lassen», sagte er. «Einen Moment, bitte.»

Er stand auf, ging zur Tür, steckte den Kopf hinaus und sprach mit einer der Frauen im Vorzimmer.

Wieder hinter seinem Schreibtisch angelangt, lächelte er.

«Wenn der Fachbereichsleiter sich einschaltet, geht's im Allgemeinen schneller», sagte er.

Reynolds war groß, gut aussehend, hatte einen kahlen Schädel und eine Hornbrille. Er trug einen dunklen Anzug mit roter Seidenkrawatte und ein passendes Einstecktuch.

«Informationen vom Fachbereich für Englische Sprache zu bekommen, dürfte schwieriger sein. Anfragen des Dekans beeindrucken sie nicht sehr, und rein rechtlich betrachtet, müssen sie mir keine Auskunft geben.»

«Auch wenn es um strafrechtlich relevante Dinge geht?»

Reynolds zuckte mit den Schultern.

«Weiß ich nicht. Hier geht's zunächst mal um universitätsrechtliche Regelungen.»

«Und was wäre, wenn universitätsrechtliche Regelungen verletzt worden wären?»

Reynolds lächelte.

«Ich schätze, dann würden sie sich erst recht weigern.»

«Haben Sie Prentice Lamont gekannt?»

«Nein.»

«Und Robinson Nevins?»

«Ich erkenne ihn, wenn wir uns auf dem Flur begegnen, aber wir haben nie miteinander gesprochen.»

«Und Amir Abdullah?»

Reynolds lehnte sich zurück und verschränkte die Hände hinter dem Kopf.

«Ah», sagte er. «Mr. Abdullah.»

Ich wartete.

«Ich habe gehört, Sie haben sich bereits mit Mr. Abdullah auseinander gesetzt.»

«Ich würde sagen, ich habe bereits eine Auseinandersetzung mit Mr. Abdullah gewonnen.»

«Das kann nicht jeder von sich behaupten», sagte Reynolds. «Sie scheinen aber die nötige Statur zu haben.»

«Wie ist es Ihnen ergangen?»

«Unsere Meinungsverschiedenheiten werden auf andere Weise ausgetragen», sagte Reynolds. «Ich würde sagen, wir sind quitt.»

«Was können Sie mir über ihn erzählen?»

«Offiziell? Professor Abdullah ist ein geschätztes Mitglied unserer Fakultät.»

«Und inoffiziell?»

«Er ist eine Nervensäge.»

«Ich muss so viel wie möglich über ihn herausfinden», sagte ich.

«Über Abdullah?»

«Alles. Sie scheinen ja einiges über ihn zu wissen.»

«Ich weiß einiges, ja. Und ich habe meine Meinung. Aber die ist nicht zur Veröffentlichung bestimmt.»

«Jemand in meiner Position sollte sich hüten, Dinge auszuplaudern, die ihm unter dem Siegel der Verschwiegenheit mitgeteilt wurden», sagte ich. «Ich gebe Ihnen mein Wort, dass ich schweigen werde, es sei denn, ich bin im Rahmen einer Gerichtsverhandlung gezwungen auszusagen.»

«Das klingt fair», sagte Reynolds. «Abdullah ist ein Blender. Er ist unaufrichtig. Er benutzt seine schwarze Herkunft und seine Homosexualität, um Karriere zu machen. Ihn interessiert nur der persönliche Profit. Er unterrichtet nicht gern, seine Veröffentlichungen sind eher Polemiken als wissenschaftliche Darlegungen. Außerdem, zumindest glaube ich das, nutzt er seine Macht, um junge Männer, die er unterrichtet, zu sexuellen Handlungen zu nötigen.»

«Was passiert, wenn Sie ihn dabei ertappen?»

«Wenn ich ihn dabei erwische, fliegt er. Professor hin oder her.»

«Das würden Sie durchsetzen können?»

«Das würde ich durchsetzen.»

Eine große, gut aussehende schwarze Frau mit grauen Strähnen im kurzen schwarzen Haarschopf trat ein und brachte eine Kopie des Studienbuchs.

«Für wen ist das?», fragte sie.

Reynolds deutete auf mich. Sie gab mir die Unterlagen, lächelte freundlich und ging wieder. Ich blätterte die Papiere durch.

«Prentice hat im letzten Semester drei Kurse zum Thema afrikanisch-amerikanische Kultur belegt», stellte ich fest. «Bei Abdullah?»

Reynolds streckte die Hand aus, und ich gab ihm das Studienbuch. Er ging es kurz durch.

«Alle Kurse wurden von Professor Abdullah abgehalten», sagte er.

«Was für ein Fach studierte Prentice?»

Reynolds warf einen Blick auf das Studienbuch.

«Er wollte seinen Abschluss in Englischer Literatur machen», sagte er.

«Ist es da nicht unüblich, sich so intensiv mit afrikanischen Themen zu beschäftigen?»

«Ja.»

«Zu welchem Fachbereich gehört Abdullah?»

«Zum englischen. Das Afrikanisch-amerikanische Zentrum gehört organisatorisch nicht zur Universität. Wir stehen aber in keiner Konkurrenz zu ihm und würden es auch niemals darauf ankommen lassen.»

«Falls Sie herausfinden sollten, dass er sich an seine

Studenten heranmacht, und sie würden ihn hinauswerfen, würde es dann einen Sturm der Entrüstung geben? Würde man Ihnen Homophobie und Rassismus vorwerfen?»

«Garantiert», sagte Reynolds.

«Aber Sie würden es trotzdem tun?»

«Es gibt keine inneruniversitären Regelungen, die es Professoren erlauben, ihre Machtposition gegenüber Studenten auszunutzen, egal ob sie weiß, schwarz, hetero- oder homosexuell sind.»

«Ich könnte beweisen, dass er sich vor einigen Jahren an einem Schüler auf dem College vergriffen hat.»

«Das hilft mir hier aber nicht», sagte Reynolds.

«Vielleicht doch.»

Reynolds sah mich einen Moment lang an. Seine Augen strahlten Amüsiertheit und Härte gleichermaßen aus, wie bei einer Schildkröte.

«Um Einfluss auf die Entscheidungen des Personalausschusses zu haben, muss man mit den Mitgliedern sprechen. Manche sind Dummköpfe, aber manche sind durchaus vernünftig.»

«Wer wäre wohl der Vernünftigste von allen?»

«Tommy Harmon.»

«Kennt er den Text von ‹Hail to the Victor› auswendig?», fragte ich.

«Ist sein Spitzname. Sein richtiger Name ist, glaube ich, David.»

«Klingt nicht so, als hätten Sie viele zur Auswahl», sagte ich, «so schnell wie Sie ihn aus dem Hut gezaubert haben.»

Reynolds lächelte.

«Ich rufe Tommy an, wenn Sie möchten, und sage ihm, dass Sie zu ihm wollen.»

«Tun Sie das», sagte ich.

28

Durch das große Fenster in Tommy Harmons Büro hatte man einen überwältigenden Blick auf die Bucht und die Bahnstation. Auf seinem Bücherregal stand eine tragbare Stereoanlage, eine CD spielte.

«Carol Sloane», sagte ich.

«Zusammen mit Clark Terry», sagte er. «Sehr gut.»

Er war kompakt gebaut, hatte einen breiten Stiernacken und eine gesunde rötliche Gesichtsfarbe, die darauf hinwies, dass er eine Menge Zeit an der frischen Luft verbrachte.

«Ich komme im Auftrag von Robinson Nevins», sagte ich.

Harmon nickte.

«Er glaubt, dass ihm seine Festanstellung zu Unrecht verweigert wurde.»

«Das denke ich auch», sagte Harmon.

«Er hat mich beauftragt herauszufinden, wie das geschehen konnte.»

«Und?»

«Im Laufe der Nachforschungen bin ich zu der Ansicht gekommen, dass Prentice Lamont nicht Selbstmord verübt hat.»

«Glauben Sie, er wurde umgebracht?»

«Ja.»

«Jesus!»

«Das bedeutet, dass die Nachforschungen umso dringlicher fortgesetzt werden müssen.»

«Würde ich auch so sehen.»

«Ich habe den Eindruck, dass man Nevins die Festanstellung verweigert hat, weil er beschuldigt wurde, durch seine Beziehung zu Lamont dessen Selbstmord verursacht zu haben.»

«Niemand hat es jemals so direkt formuliert», sagte Harmon. «Und natürlich muss kein Mitglied des Ausschusses eine Begründung für seine Entscheidung abgeben. Wie kommen Sie darauf, dass Lamont umgebracht wurde?»

«Er hätte das Fenster, durch das er fiel, nicht aus eigener Kraft öffnen können.»

«Vielleicht war es ja schon offen.»

«Vielleicht.»

«Und vielleicht sollte ich mich lieber nur um mein eigenes Fachgebiet kümmern», sagte Harmon. «Haben Sie Ihre Theorie der Polizei mitgeteilt?»

«Noch nicht, denn mein Hauptziel ist es, das Ansehen von Nevins wiederherzustellen. Ist das erreicht, alarmiere ich die Cops.»

Harmon nickte wieder.

«Was möchten Sie von mir wissen?»

«Keine Ahnung. Ich fände es gut, wenn Sie mir so viel wie möglich über den Entscheidungsprozess des Personalausschusses erzählen würden. Vielleicht fällt mir etwas Wichtiges dabei auf.»

Harmon hob den Arm und schaltete seine Anlage ab, dann machte er es sich im Sessel bequem und legte einen

Fuß auf eine halbgeöffnete Schublade seines Schreibtisches. Er trug ein weißes Hemd mit offenem Kragen, Baumwollhosen und Tennisschuhe. Auf seinem Schreibtisch lag neben einigen Büchern von R. W. B. Lewis eins mit dem Titel «Der Tod in der Landschaft: Die amerikanische Idylle» von David T. Harmon.

Harmon holte tief Luft und atmete langsam aus.

«Der Universitätsalltag ist ziemlich eigenartig. Hier kommen eine Menge Leute zusammen, die woanders keine Chance gehabt hätten. Ihnen wird suggeriert, dass sie nicht nur intelligent, sondern auch noch wichtig sind, denn sie haben akademische Grade, was die meisten Menschen nicht von sich behaupten können. Im Allgemeinen bedeutet ein akademischer Grad, dass man sich auf einem bestimmten Fachgebiet gut auskennt. Mehr nicht. Aber unglücklicherweise glauben viele Akademiker, sie wären darüber hinaus besonders qualifiziert. Sie glauben, sie würden politische Zusammenhänge besser verstehen als andere, ebenso gesellschaftliche wie zum Beispiel die Rassenfrage. Hinzu kommt, dass diese Menschen jeden Tag aufs Neue ihr großartiges Wissen an achtzehn- bis zwanzigjährigen Studenten erproben können, die von den meisten Fachgebieten, auf denen ihre Professoren Experten sind, kaum eine Ahnung haben.»

«Das macht es natürlich schwer, sich selbst nicht zu überschätzen», sagte ich.

«Schwer, aber nicht unmöglich. Einige könnten in dieser Hinsicht durchaus mehr leisten.»

«Aber Sie tun's nicht?»

«Leider. Ein Exemplar dieser Art ist Lillian Temple. Kein vermeintlich fortschrittliches Thema, egal wie dämlich es ist, entgeht ihrer Aufmerksamkeit. Sie lässt keine Gelegenheit zur Heuchelei aus, egal wie peinlich es wird, solange sie sich selbst versichern kann, dass es ja für den guten Zweck ist.»

«Was ist mit Bass Maitland?»

«Rein äußerlich betrachtet setzt er sich genauso für den guten Zweck ein wie Lillian. In Wahrheit aber ist er selbst sein einziger Zweck.»

«Sind die beiden befreundet?»

«Mehr als nur befreundet, glaube ich.»

«Ein Paar?»

«Würde ich so sehen.»

«Sind die beiden die Quelle der Gerüchte über Robinson Nevins und Prentice Lamont?»

«Ja.»

«Wohin gehört Amir Abdullah in dieser Geschichte?»

«Amir weigert sich, an den Sitzungen des Ausschusses teilzunehmen, mit der nicht ganz falschen Begründung, es handle sich dabei um einen Haufen weißer Heteros, die sich nur für ihresgleichen einsetzen.»

«Dagegen könnte er doch mit seiner Anwesenheit etwas tun.»

«So logisch denkt Amir nie.»

«Ist er mit Temple oder Maitland befreundet?», fragte ich.

«Da er nun mal schwarz und schwul ist, glaubt Lillian, sie müsse ihn anbeten. Bass bemüht sich auch, aber ich glaube, er fühlt sich Amir gegenüber verunsichert.»

«Wie stehen Sie zu Amir?»

«Ich denke, er ist ein Schwachkopf.»

«Wenn aber doch auch Robinson Nevins schwarz ist

und schwul sein soll, wieso fühlt Lillian Temple sich dann nicht verpflichtet, auch ihn zu mögen?»

«Weil er ziemlich konservativ ist. Das bringt Lillians Welt durcheinander.»

«Die Bürde des weißen Mannes ist schwieriger zu spüren, wenn nicht um Hilfe gebeten wird.»

«Genau», sagte Harmon. «Robinson setzt sich sehr für seine Studenten ein, aber wenn man ihn fragt, macht er deutlich, dass er gegen jede Form von Bevorzugung bestimmter Rassen ist. Ich habe ihn die Meinung vertreten hören, dass ein Kurs über schwarze Untergrundliteratur kein gleichwertiger Ersatz für einen Kurs zum Beispiel über Shakespeare sein kann.»

«Teilen Sie seine Ansicht?»

«Größtenteils schon. Aber ob ich seine Ansichten teile oder nicht, spielt keine Rolle. Es lohnt sich immer, Robinson zuzuhören, weil er seine Theorien nicht auf soziale oder rassistische Vorurteile gründet, sondern auf Erfahrung und Beobachtung. Lillian und wohl auch Bass und natürlich Amir – obwohl ich ehrlich gesagt nicht viel von Amir weiß – glauben wohl, dass sich ein solches Verhalten für einen Schwarzen nicht gehört.»

«Bringt ihre Vorurteile durcheinander», sagte ich.

«Ja, das wird's wohl sein.»

«Würden sie Lügen über Robinson verbreiten, um zu verhindern, dass er eine Festanstellung bekommt?»

Harmon dachte eine Weile nach. Während er das tat, schaute ich aus dem Fenster, wo gerade ein Zug die U-Bahn-Station verließ, randvoll mit Passagieren, größtenteils Studenten, und über den Bahndamm rollte, der über den Parkplatz hinwegführte, bevor er sich langsam nach unten senkte und in einem Tunnel verschwand.

«Bass schreckt, glaube ich, vor keiner Lüge zurück, wenn sie seiner Karriere dienen würde. Lillian würde wahrscheinlich unbewusst lügen. Sie würde sich auf jeden Fall davon überzeugen müssen, dass es keine Lüge ist. Was ihr nicht besonders schwer fallen dürfte, denn ihre Fähigkeit, zwischen wahr und falsch zu unterscheiden, ist nicht sehr ausgeprägt.»

«Wer hat das Gerücht über Robinson aufgebracht?», fragte ich.

«Lillian.»

«Hat sie gesagt, woher sie es weiß?»

«Nein.»

«Wieviele haben ihr geglaubt?»

«Kann ich nicht sagen. Ich weiß nur, dass von den achtzehn Ausschussmitgliedern lediglich drei für die Festanstellung von Robinson stimmten. Einer davon war ich.»

«Werden Ihre Kollegen es Ihnen nicht übel nehmen, dass Sie so offen sprechen?»

«Könnte ich mir vorstellen.»

«Ich könnte vermeiden, Ihren Namen zu nennen.»

«Sie können ihn ruhig nennen. Ich bin für das verantwortlich, was ich gesagt habe.»

«Gut», sagte ich. «Haben Sie mal Baseball in Michigan gespielt?»

«Viele Jungs, die Harmon mit Nachnamen heißen, bekommen den Spitznamen Tommy», sagte er. «Ich bin aufs Williams College gegangen. Ich war Ringer.»

«Ah», sagte ich. «Das erklärt natürlich diesen Nacken.»

«Und Sie haben mal geboxt», sagte er.

«Das erklärt die Nase.»

«Und die Platzwunden-Narben. Werden Sie noch mal mit Lillian sprechen?»

«Sollte ich wohl», sagte ich. «Ich muss herausfinden, woher sie ihre Informationen hat.»

«Würde mich ganz generell auch interessieren», sagte Harmon.

Wir gaben uns die Hand und ich ging.

29

Ich saß mit Lee Farrell in einer Bar namens The Limerick in der Nähe der Broad Street, und wir tranken Bier.

«Ich dachte, du würdest dir eine Pink Lady bestellen», sagte ich.

«Ich versuche, mich zu tarnen», sagte Farrell.

«Wird nicht klappen», sagte ich.

«Vielleicht, wenn ich meine Kanone über der Jacke trage.»

«Könnte helfen, falls sie nicht passend eingefärbt ist.»

«Das übliche Polizeigrau. Meine Privatkanone ist giftgrün.»

«Wahnsinn.»

«Echt. Hast du mich nur eingeladen, um deine Homophobie abzureagieren oder willst du etwas von mir wissen?»

«Vor allem, um mich abzureagieren», sagte ich. «Hast du schon mal was von einer Zeitschrift namens *OUTrageous* gehört?»

«Hab ich.»

«Was weißt du darüber?»

«Ein obskures Blättchen, herausgegeben von ein paar Studenten, die darin prominente Schwule outen.»

«So gesehen kann dir ja nichts passieren.»

«Ich bin schon geoutet.»

«Ja, klar. Ist das Blatt legal?»

«Ich wüsste nicht, was dagegen spricht. Allerdings hat der Herausgeber vor kurzem Selbstmord verübt.»

«Ich weiß. Ich arbeite an dem Fall.»

«Bezweifelt jemand die Selbstmordtheorie?»

«Ich.»

«Wie kommt's?»

Ich erklärte ihm, warum ich an Mord glaubte.

«Aus nahe liegenden Gründen werden mir die meisten Schwulenfälle übertragen», sagte Farrell. «Ich hatte auch mit dieser Geschichte zu tun. Falls du also etwas herauskriegen solltest, das vor dem Untersuchungsrichter standhält, dann lass es mich wissen.»

Der Barmann kam herüber und stellte eine neue Schale mit Erdnüssen vor uns hin. Während er das tat, bestellten wir zwei weitere Biere.

«Glaubst du, mit dieser Zeitschrift hat was nicht gestimmt?», fragte ich.

«Ich kann nichts beweisen.»

«Aber.»

«Da spielen einige Erpressungsgeschichten mit rein.»

«Stimmt.»

«Hast du jemanden an der Hand, der das bezeugen kann?»

«Nein.»

«Wir auch nicht», sagte Farrell.

«Was hältst du eigentlich generell vom Outen?», fragte ich.

«Man benutzt Menschen als Mittel zum Zweck. Ziemlich problematisch.»

«Das meine ich auch. Bist du sicher, dass du schwul bist?»

«Schwul wie die Nacht.»

«Und jung wie der Frühling.»

«Du hättest das alles auch von Belson oder Quirk erfahren können», sagte Farrell. «Wahrscheinlich hast du mit ihnen schon gesprochen. Bist du wegen des schwulen Aspekts in dieser Sache verunsichert?»

«Es ist doch immer wieder eine Freude, einem echten Ermittler bei der Arbeit zuzusehen.»

«Ja, so sind wir Bullen nun mal. Was macht dir denn Sorgen?»

Ich erzählte ihm, was alles mit hineinspielte.

Als ich fertig war, fragte er: «Der Typ hat sich an Hawk rangemacht?»

«Als Hawk noch ein kleiner Junge war.»

«Kann mir kaum vorstellen, dass Hawk mal klein war.»

«Ich hab ihn als Jungen gekannt, und es fällt mir genauso schwer.»

«Du hast Hawk schon als Kind gekannt?»

«Mit achtzehn haben wir für den gleichen Verein geboxt. Aber ich mache mir nicht wegen Hawk Sorgen.»

«Ihr Heteros seid wirklich leicht zu durchschauen», sagte Farrell. «Soll ich dir sagen, was dir Sorgen macht? Du jagst hinter irgendwas her, das du nicht zu fassen kriegst, und jeder Schwule, der dir dabei begegnet, ist niederträchtig, betrügerisch, schäbig und überhaupt unsympathisch.»

«So macht es jedenfalls den Eindruck.»

«Und weil du ein ernsthafter Mensch bist, wenn man mal von deinem vorlauten Mundwerk absieht, fürchtest du, von deinen Vorurteilen beeinflusst zu werden, was dein Urteilsvermögen trüben könnte.»

«Alles richtig, abgesehen vom vorlauten Mundwerk.»

«Mir geht's genauso, wenn ich mit Schwarzen zu tun habe», sagte Farrell. «Wenn ich zwei Monate mit einem Mord im Drogenmilieu zu tun habe und alle Beteiligten schwarz sind und alle Beteiligten verkommene Mistkerle, dann frage ich mich manchmal auch, ob's vielleicht an mir liegen könnte.»

«Keiner von uns hat mit den nobelsten Repräsentanten einer Bevölkerungsgruppe zu tun», sagte ich.

«Nein, wir haben es mit den Schlimmsten zu tun. Wenn's um Mord und Erpressung geht, sind die meisten Leute, mit denen man es zu tun bekommt, Drecksäcke.»

«Egal welcher Rasse oder Glaubensgemeinschaft sie angehören oder wie ihr Sexualleben aussieht.»

«Denn es hat nichts mit der Zugehörigkeit zu einer Rasse, einer Glaubensgemeinschaft zu tun, und auch nichts mit der sexuellen Orientierung.»

«Du meinst also, Schwule sind keine besseren Menschen?» fragte ich.

«Die meisten schon, aber nicht alle.»

«Wie enttäuschend.»

«Ich weiß», sagte Farrell.

Die Frontseite der Bar wurde von einem großen Schaufenster eingenommen. Die Sonne hatte sich weit nach Westen bewegt und warf nun lange Schatten auf die Straße dort draußen. Männer in Anzügen mit Aktentaschen strömten auf einen oder mehrere schnelle Drinks herein, bevor sie ihren Zug Richtung Dover nahmen. Frauen kamen hier so gut wie gar nicht hin.

«Trinken wir noch ein Bier?», fragte ich.

Farrell grinste.

«Wir wären ja blöd, wenn wir's nicht täten.»

30

Den Rest des Nachmittags verbrachte ich in meinem Büro und zeichnete kleine Diagramme mit Bleistift auf Schmierpapier, um die Verbindungen im Prentice-Lamont-Fall vor Augen zu haben. Die Zeichnungen brachten mich nicht weiter, genauso wenig wie alle anderen Versuche, Klarheit in die Angelegenheit zu bringen. Vielleicht war es an der Zeit, die Polizei einzuschalten. Ich wusste, dass Quirk mir Recht geben würde, wenn er erst mal das Fenster begutachtet hatte, aus dem Lamont angeblich gesprungen war. Aber mit den Cops würde sich auch die Presse für den Fall interessieren, und dann würde Robinson Nevins' Name regelmäßig in Zusammenhang mit dem Mord an einem schwulen Studenten genannt werden. Das hatte er sich bestimmt nicht vorgestellt, als er mit Hawk zu mir gekommen war.

Das Telefon klingelte zwei Mal, und beide Male sagte der Anrufer kein Wort. Ich hatte mit genug Verrückten zu tun, dass es irgendjemand sein konnte, aber momentan dachte ich vor allem an KC Roth. Nach dem zweiten Mal wählte ich ihre Nummer, aber niemand ging ran, was nichts heißen musste. Vielleicht hatte KC ihren Anrufbeantworter abgestellt. Vielleicht hob sie einfach nicht ab. Vielleicht hatte sie aus einer Telefonzelle angerufen. Genauso gut konnte auch jemand anderes bei mir angerufen haben.

Es war schon nach sechs, als ich mein Büro verließ und die Berkeley Street entlang nach Hause ging. Als ich nach rechts in die Marlborough Street abbog, sah ich sie. Sie versteckte sich hinter einem Baum gegenüber meiner Wohnung. Als ich meine Haustür erreicht hatte, drehte ich mich um und sah zum Baum rüber.

«KC», sagte ich. «Du bist etwas breiter als der Baumstamm. Ich kann dich sehen.»

Sie trat hinter dem Baum hervor und kam zu mir herüber. Sie war ganz in Schwarz gekleidet. Sie trug einen großen schwarzen Hut, und ihr Gesicht wirkte im Gegensatz zu ihrer Kleidung geradezu tragödinnenhaft bleich.

«Ich kann nicht ohne dich leben», sagte sie.

«Versuch's einfach.»

«Ich muss immer an dich denken.»

«Was ist mit diesen Anrufen. Wirst du noch belästigt?»

«Nein. Ich muss mit dir reden.»

«Nur zu.»

«Wollen wir nicht nach oben gehen?»

«Nein.»

«Hast du Angst?»

«Ja.»

Sie blickte zu mir auf und sah aus wie ein altes Hedy-Lamarr-Starporträt.

«Vor mir oder vor dir?»

«Vor dir.»

«Verdammt, du hast ja keine Ahnung, wie einsam ich mich fühle. Ich wurde abgewiesen, betrogen, mein Ehemann ist weg, ich werde belästigt.»

«Ich glaube nicht, dass du noch belästigt wirst», sagte ich.

«Hast du ihn gefunden?»

«Ja.»

«Und?»

«Ich habe ihm ins Gewissen geredet.»

«Wer ist es?»

«Louis Vincent.»

«Louis?»

«Tut mir Leid.»

«Louis – o Gott!», sagte sie und ließ sich in meine Arme fallen.

Ich hielt sie fest, während sie ein bisschen weinte. Als sie damit fertig war, ließ ich sie los. Sie blieb vor mir stehen und lehnte sich gegen mich.

«Lass mich los», sagte ich.

«Ich kann nicht», sagte sie. «Es ist zu viel für mich, zu schrecklich.»

Ich gab ihr ein paar Sekunden Bedenkzeit, und als sie dann immer noch nicht von mir abließ, trat ich ganz plötzlich zurück. Sie fiel nach vorne und konnte sich gerade noch auffangen.

Kaum hatte sie sich wieder aufgerichtet, verfinsterte sich ihr Gesicht, und sie starrte mich böse an.

«Du bist ein unaussprechlicher Mistkerl», sagte sie, drehte sich um und ging davon.

Ihre Hüften wiegten sich zornig, als sie in die Arlington Street einbog.

Unaussprechlich, dachte ich. Gar nicht schlecht.

31

Hawk und ich saßen auf ein Bier in einer Kneipe gegenüber dem Fleet Center. Das Fleet Center stand jetzt da, wo früher das Garden gewesen war, und ich bemerkte, dass die Kneipenbesitzer versuchten, mit ihrer aufstrebenden Kundschaft mitzuhalten: Sie hatten jetzt eine Schale mit Cashewnüssen auf dem Tresen stehen. Ich nahm mir eine Hand voll. Hawk tat es mir nach.

«Normalerweise streitet man sich immer um die sechs Cashews in einem Nusscocktail», sagte ich.

«Ruiniert den Wettbewerb, wenn nur noch Cashews drin sind», meinte Hawk.

Wir tranken unser Bier.

«Hast du diesen Fall mit dem Telefonterror gelöst?», fragte Hawk.

«Ja, ich hab den Typen gefunden und ihm erklärt, dass es besser für ihn ist, wenn er damit aufhört.»

«Deutlich», sagte Hawk.

«Recht deutlich.»

«Gut», sagte Hawk. «Ich mag solche Typen nicht.»

«Mein Problem ist jetzt eher, die Belästigte wieder los zu werden.»

Hawk drehte sich um, sah mich an, und seine Augen glänzten vor Begeisterung.

«Sie hat dich wohl ins Herz geschlossen?»

«So könnte man sagen.»

«So was kommt in solchen Fällen manchmal vor.»

«Manchmal.»

«Sieht sie denn gut aus?»

«Hmhm.»

«Aber du bist nicht frei, weil du eine andere liebst und so weiter?»

«Stimmt.»

«Vielleicht kannst du sie mal in meine Richtung lenken», schlug er vor. «Sie wird's dir bestimmt danken.»

«Ich werd diese Möglichkeit im Kopf behalten.»

Wir aßen die Schale mit den Cashewnüssen leer, und der Barmann kam rüber, um sie wiederaufzufüllen und uns zwei neue Biere zu zapfen. Es ging aufwärts.

«Was machen wir mit Robinson?»

«Wir?»

«Ja, du und ich. Haben wir irgendwas herausgefunden?»

«Wir nehmen an, dass Prentice umgebracht wurde», sagte ich.

«Weil er das Fenster allein nicht aufbekommen hätte?»

Ich nickte.

«Außerdem sind wir uns ziemlich sicher, dass er sich als Erpresser betätigt hat», sagte ich.

«Was ist sonst noch an der Uni los?»

«Ich hab herausgefunden, dass das Gerücht von einer Beziehung zwischen Robinson und Prentice von Lillian Temple und einem Typen namens Bass Maitland in die Welt gesetzt wurde.»

«Lillian aus Cambridge», sagte Hawk.

«Genau. Bass ist ihr Freund.»

«Sie hat einen Freund?»

«Vielleicht ist sie zu Hause ganz locker drauf, wenn sie erst mal die Brille abgenommen hat.»

«Nicht in Cambridge», sagte Hawk.

Ich zuckte mit den Schultern.

«Jedenfalls wissen wir, dass Lillian und Bass mit Amir Abdullah befreundet sind», sagte ich.

«Was eine ganze Menge über sie aussagt.»

Es waren immer noch Cashews übrig. Ich nahm mir noch ein paar.

«Und wir wissen, dass Amir sich mit Prentice getroffen hat, weil der einen Artikel über ihn in seiner Zeitschrift geschrieben hat.»

«Also gibt es eine Verbindungslinie von Prentice zu Amir zu Lillian Cambridge und ihrem Freund …»

«Bass Maitland. Ja, gibt es.»

Wir tranken beide von unserem Bier. Die Bar war jetzt am Nachmittag recht leer. Der Fernseher über dem Tresen war ausgeschaltet. Aus der Jukebox kam Musik. Das Licht von draußen drang leicht abgemildert durch die Fenster.

«Weißt du, was ich glaube?», fragte Hawk.

«Vielleicht.»

«Ich glaube, dass es doch schade wäre, mit den Erpressungen aufzuhören, wo Prentice doch eine Viertelmillion damit gemacht hat.»

«Du meinst, es wäre angebracht, ein Auge auf die Jungs zu haben, die die Zeitschrift weiterhin herausbringen?»

«Genau.»

«Also Walt und Willie.»

«Kennst du sie?»

«Ja.»

«Sind sie nur geschäftlich oder auch privat zusammen?»

«Auch privat, glaube ich.»

«Also stecken sie wahrscheinlich beide mit drin.»

«Könnte sein.»

«Sie kennen dich auch?»

«Ja.»

«Also gehen wir morgen mal hin», sagte Hawk, «und du zeigst mir die beiden, damit ich sie eine Weile beobachten kann.»

«Jesses», sagte ich, «das klingt ja fast nach einem Plan.»

«Klingt so», sagte Hawk.

32

Pearl der Wunderhund blieb bei mir, während Susan an einer zweitägigen Konferenz in Atlanta teilnahm. Wir lagen zusammen auf meinem Bett und sahen uns das Spiel der Braves an, als das Telefon klingelte.

Eine Frauenstimme fragte: «Ist Susan da?»

«Nein», sagte ich. «Soll ich ihr was ausrichten?»

«Stöhnt sie sehr laut, wenn du sie fickst?», fragte die Stimme.

«Meistens schreit sie bravo», sagte ich.

«Jede Wette, dass sie daliegt wie ein nasser Sack», sagte die Stimme.

«KC, hör auf damit, du nervst.»

«Unten in deinem Briefkasten ist ein Brief für dich», sagte sie.

Dann legte sie auf. Ich überlegte, ob ich vielleicht gar nicht nachsehen sollte, aber das wäre albern gewesen. Also stand ich auf, zog meine Hose an, steckte die Pistole in meine Gesäßtasche und ging runter, um in den Briefkasten zu sehen. Da war ein Brief. Persönlich eingeworfen, ganz offensichtlich ohne Briefmarke, keine Anschrift, nur mein Name. Ich nahm ihn raus und mit nach oben. Pearl lag immer noch auf dem Bett, hatte aber den Kopf gehoben und sah beleidigt aus. Ich legte mich wieder neben sie aufs Bett und öffnete den Brief. Er war handgeschrieben, mit blauer Tinte, und zwar von jemand, der mal gehört hatte, dass man Menschen nach ihrer Handschrift beurteilen kann.

Ich muss die ganze Zeit über dich und Susan nachdenken. Ist es immer noch aufregend, oder zieht sie sich einfach aus und legt sich hin? Ziehst du sie aus, ganz langsam, Stück für Stück, bis sie ganz nackt ist? Bist du nackt, wenn du das tust? Oder ziehst du dich erst nach ihr aus? Macht sie mit? Ist sie leidenschaftlich? Hat sie ein paar Tricks auf Lager? Hat sie spezielle Vorlieben? Oder ist sie eins von diesen prüden Hühnern, legt sich einfach nur hin, schließt die Augen und lässt alles mit sich machen? Sie ist ja so clever und spöttisch, dass ich mich oft gefragt habe, ob sie überhaupt fähig ist, so wie ich Spaß an Sex zu haben. So wie wir zusammen Spaß haben könnten, du und ich. Ich würde dir alles geben. Macht Susan das auch? Ich würde keine Gegenleistung verlangen. Susan auch? Du könntest ja mit ihr zusammenbleiben. Und mich nebenher vernaschen. Wenn du mit mir zusammen wärst, wür-

dest du bestimmt einiges lernen, was Susan dir niemals beibringen könnte.

Der Brief war mir unangenehm. Ein kleines Mädchen bemühte sich, obszön zu schreiben, ohne schmutzige Worte zu benutzen. Es hat mich schon immer gewundert, dass es den Leuten viel leichter fiel, schmutzige Worte zu sagen, als sie zu schreiben. Es war mir außerdem unangenehm, das Objekt einer lüsternen Phantasie zu sein. Der Gedanke, dass eine gut aussehende Frau so über mich dachte, war vielleicht ganz interessant. Aber das, was hier passierte, war mehr als peinlich. Ich fragte mich, wie es wohl kam, dass KC Probleme mit Männern hatte. Sie dachte, es geht um Sex, wo es doch um Liebe ging. Sie tat mir Leid. Ich hätte versuchen können, ihr das zu erklären, aber sie hätte es garantiert nicht verstanden, und wenn sie es verstanden hätte, hätte sie es nicht geglaubt.

«KC ist wirklich arm dran», sagte ich zu Pearl.

Pearl schlug die Augen auf und sah mich an, ohne den Kopf zu bewegen. Ich fügte nichts weiter hinzu, und sie schloss gelangweilt wieder die Augen. Auf dem Fernsehbildschirm schoss Andres Galarraga eine Flanke in die Hälfte von Buckhead auf Chipper Jones, und dann war das Spiel zu Ende. Ich schaltete den Fernseher aus, blieb regungslos neben Pearl liegen und dachte über KC nach. Ich fragte mich, ob ich wirklich etwas lernen würde, wenn ich mit ihr ins Bett ginge.

«Das weiß man nie», sagte ich zu Pearl.

Pearl hatte längst erkannt, dass ich keine Antwort erwartete, und bewegte ihr Ohr ein kleines bisschen in meine Richtung, ohne die Augen aufzumachen. Ich hatte

Hunger. Ich stand auf, ging in die Küche und belegte eineinhalb Scheiben helles Roggenbrot mit Schinken und gab etwas Senf drauf. Das Sandwich nahm ich zusammen mit einer Flasche Sam Adams White Ale ins Schlafzimmer mit, setzte mich wieder aufs Bett, gab Pearl die kleinere Schnitte, biss in mein Sandwich und trank das Bier aus der Flasche.

«Wir müssen irgendwas wegen KC unternehmen», sagte ich.

Pearl war mit ihrem Sandwich beschäftigt.

«Wenn ich nur wüsste, was.»

Pearl hatte Senf an der Schnauze, den sie auf die Bettdecke schmierte, während ich sprach. Ich trank einen Schluck Bier und biss wieder ins Brot.

«Das wäre vielleicht eher ein Job für Susan», sagte ich dann.

Pearl erhob sich, drehte sich dreimal um die eigene Achse und legte sich laut seufzend wieder hin. Damit war klar, dass sie genug geplaudert hatte für heute Abend.

33

Es war an der Zeit, sich etwas mehr mit Lillian Temple zu befassen. Ich rief in Brandeis an, ließ mich mit der Stelle verbinden, die die Namen der Ehemaligen archivierte, und bekam ihre aktuelle Adresse. Diese Uni-Archive haben sogar Adressen von Leuten, die nicht mal die Steuerfahndung aufgespürt hat. Ich rief an der Uni an, um sicherzugehen, dass sie keinen Abendkurs gab. Ihre

Sekretärin schien es als Affront aufzufassen, dass ich danach gefragt hatte.

Gegen sechs Uhr abends stieg ich in meinen Wagen und fuhr rüber nach Cambridge. Susan würde nicht vor dem nächsten Morgen zurück sein, also nahm ich Pearl mit. Wir parkten vor dem Apartmenthaus an der Kirkland Street, in dem Lillian wohnte, und warteten. Ich wusste nicht, auf was ich eigentlich wartete, aber das kam ja oft genug vor. Ich musste einen Weg finden, die widerspenstige Zeugin zum Sprechen zu bringen.

Wir blickten nach draußen auf das Treiben in Cambridge und horchten auf alles, was um unseren Wagen passierte. Pearl reagierte nur auf andere Hunde, und zwar ziemlich feindselig. Ansonsten blieb sie ruhig, ließ den Kopf auf dem Rücksitz ruhen und sah durchs Fenster.

«Cambridge wurde aus guten Gründen auf die andere Flussseite verbannt», sagte ich.

Eine Frau mit einem hässlichen schwarzen Hund, der eine Bandana trug, kam vorbei. Pearl bellte den Hund an. Vielleicht auch seine Besitzerin. Auf der anderen Straßenseite trat Lillian Temple aus ihrem Haus und lief den Gehsteig entlang. Es war ein kühler Abend. Ich ließ das Fenster einen Spaltbreit herunter.

«Ich muss los», sagte ich zu Pearl. «Du bleibst hier. Ich komme wieder.»

Ich schloss den Wagen ab und folgte Lillian die Kirkland Street entlang Richtung Mass Ave. Es war noch immer hell, aber wie die meisten Leute hier in Cambridge war sie eher in sich gekehrt und achtete nicht auf das, was um sie herum passierte. Sie bemerkte nicht, dass ich hinter ihr hertrottete. An der Mass Ave bog sie nach links Richtung Harvard Square. Ein paar Typen in peruanischer Landestracht spielten auf Panflöten vor dem Harvard Coop. Drei oder vier Leute bettelten mich nach Geld an. Einer bot an, mir eine Zeitschrift namens *Spare Change* zu verkaufen, die «Zeitschrift von und für Obdachlose». Ein anderer trommelte auf Eimern verschiedener Größe. Eine Menge gepiercte Kids mit gebleichten Haaren hingen vor dem U-Bahn-Kiosk herum. Studenten von Harvard und solche, die es mal sein würden, Eltern, Lehrer und Angestellte liefen über den Platz zwischen den Pennern hindurch und ignorierten den Verkehr und die Verkehrsregeln. Verschiedene Arten von Cops standen um den Platz herum. Die U-Bahn-Bullen lungerten vor dem Eingang zum Untergrund herum, die Polizisten aus Cambridge an der Ecke JFK und Brattle. Ein Motorrad-Polizist mit glänzenden Stiefeln hatte neben Cardullo's gehalten, die Harvard-Bullen standen vor dem Holyoke Center in der Nähe der Freiluft-Schachbretter.

Lillian bog bei Nini's Corner rechts ab, ging die Brattle Street entlang und betrat das Casablanca Restaurant. Ich folgte ihr und entdeckte sie an der Bar. Es war zwanzig nach sieben an einem Donnerstagabend, die Bar war nur zur Hälfte gefüllt. Oder halb leer, je nachdem, wie viel man getrunken hatte. Ich setzte mich auf den Barhocker neben ihr. Sie beachtete mich nicht. Aber sie hatte bemerkt, dass neben ihr ein männlicher Schatten aufgetaucht war, denn sie sah demonstrativ auf ihre Armbanduhr, um mir zu signalisieren, dass sie auf jemanden wartete. Sie bestellte ein Glas Weißwein und komplizierte die Bestellung, indem sie fragte, welche Sorten sie hätten und was sie kosteten. Sie entschied sich für einen mittelmäßigen kalifornischen Chardonnay. Ich bestellte ein Bier vom Fass. Ich suchte den Tresen ab, keine Cashewnüsse. Sie schienen kein Interesse am Aufsteigen zu haben. Vielleicht waren sie ja schon ganz oben. Lillian nippte an ihrem Wein und blickte wieder demonstrativ auf ihre Uhr, um zu verhindern, dass ein einsamer Mann, getrieben von animalischer Lust, sich ihr womöglich nähern könnte. Sie sah niemanden direkt an. Alles an ihr signalisierte nur das eine: *Ich warte auf jemanden.*

«Entschuldigung», sagte ich. «Kommen Sie öfter hierher?»

Sie bedachte mich mit einem vernichtenden Blick, der sich ganz langsam in ängstliche Nervosität verwandelte, als sie mich erkannte.

«Oh», sagte sie. «Sie sind's.»

«Ja, ich bin's.»

«Ich erwarte jemanden», sagte sie und trank einen Schluck Wein.

«Wirklich?»

«Ja, Bass. Bass Maitland.»

So wie sie es aussprach, erwartete sie wohl, ich würde sofort vom Hocker springen und Richtung Ausgang flüchten. Aber ich blieb ungerührt. Sie nahm noch einen Schluck Wein.

«Darf ich Ihnen vielleicht, während Sie warten, ein Glas Wein spendieren?», fragte ich.

«Es … es … wäre mir lieber, wenn Sie das nicht täten», sagte sie.

«Okay.»

Ich saß da und schaute sie an. Sie sah mich an, dann auf

ihre Uhr, dann ließ sie ihren Blick durch die Bar schweifen, ungefähr so wie eine Ratte, die merkt, dass sie in die Enge getrieben ist. Ich nahm einen Schluck von meinem Bier. Sie trank ihren Wein aus. Ich schwieg und sah sie weiterhin freundlich an. Spenser, der nette Riese von nebenan. Sie starrte auf ihr leeres Weinglas. Dann warf sie mir einen Blick zu und lächelte dünn. Dann sah sie schnell wieder zur Tür, um mich daran zu erinnern, dass Bass jeden Moment auftauchen konnte. Ich blieb ruhig und gefasst.

«Mein Angebot gilt noch», sagte ich.

«Oh, ja, also gern. Das ist nett von Ihnen.»

Ich winkte dem Barmann.

«Martin», sagte ich. «Ein Glas Weißwein für die Dame, bitte.»

«Sie sind schon mal hier gewesen?»

«Ich bin überall schon mal gewesen», sagte ich im besten Humphrey-Bogart-Tonfall.

Schien ihr nicht aufzufallen.

«Wirklich?», fragte sie.

Martin servierte den Wein und warf einen Blick auf mein Bier. Ich schüttelte den Kopf.

«Klar», sagte ich zu ihr. «Der andere heißt Gary. Beeindruckt?»

Sie lächelte höflich. Smalltalk war wohl nicht ihr Ding. Sie trank beinahe die Hälfte des Weins in einem Zug aus. Vielleicht war das ja ihr Ding. Ich schwieg. Sie sah sich wieder um. Ich nahm einen Schluck Bier. Sie trank den Wein fast aus. Ich nickte Martin zu. Sie schaute zur Tür, dann auf die Uhr, und Martin brachte ihr ein weiteres Glas Wein.

«Oh, wirklich, das geht nicht», sagte sie.

«Macht nichts», sagte ich.

Sie sah sich das frische Glas an. Es war beschlagen, kühle Wassertropfen rannen herunter.

«Ich möchte nicht unhöflich sein», sagte sie.

«Kein Problem.»

Sie sah den Wein an. Ich trank ein bisschen was von meinem Bier. Sie nahm den Wein und trank einen Schluck.

«Man sollte nicht zu verbohrt sein», sagte sie mit einem dünnen Lächeln.

Sie trug schwarze Sandalen und ein langes, lockeres schwarzes Kleid mit aufgedruckten gelben und rosafarbenen Blumen. Ihre Haare hatte sie straff zurückgekämmt und zu einem Pferdeschwanz gebunden. Sie war blass, und außer dem rosa Lippenstift trug sie kein Make-up.

«Wie kommen Sie denn mit Ihren, äh, Ermittlungen voran?», fragte sie.

«Hängt davon ab, was man unter Vorankommen versteht», sagte ich. «Ich habe immer noch nicht herausgefunden, warum Robinson Nevins die Festanstellung verweigert wurde, aber ich habe herausgefunden, dass Prentice Lamont ein Erpresser war und dass er ermordet wurde.»

«Ermordet?»

«Hmhm.»

«Wie können Sie das wissen?»

«Ich hab's ermittelt.»

«Und was heißt, er war ein Erpresser?»

Sie hatte ihr drittes Glas Wein fast vollständig ausgetrunken und winkte Gary zu, als er vorbeikam.

«Er erpresste Homosexuelle, die sich nicht outen lassen wollten», sagte ich.

Sie trank das Glas aus, reichte es Gary und nahm das neue in Empfang.

«O Gott», sagte sie.

«Genau.»

Sie sah mich einen Moment lang unsicher an.

«Sind Sie hierher gekommen, um mit mir zu reden?», fragte sie.

«Ich bin Ihnen hierher gefolgt.»

«Gefolgt?»

«Yep. Ich möchte wissen, wer Ihnen erzählt hat, dass der Selbstmord von Lamont etwas mit Robinson Nevins zu tun hat.»

«Ich habe Ihnen doch erklärt, dass das vertraulich behandelt werden muss.»

«Jetzt nicht mehr», sagte ich. «Ich hab' noch nicht mit der Polizei gesprochen, weil ich versuche, allen Beteiligten eine Menge Ärger zu vermeiden. Aber falls ich den Fall nicht alleine lösen kann, muss ich die Cops alarmieren. Dann können Sie das alles den Typen von der Mordkommission erzählen, die, nebenbei bemerkt, nicht so zimperlich sind wie ich.»

«Mordkommission?»

«Sie werden aussagen müssen, Professor Temple. Sie können es jetzt mir erzählen oder später der Polizei.»

Sie sah wieder zur Tür hinüber, dann musterte sie die Bar, dann blickte sie auf die Uhr, trank einen Schluck Wein, drehte sich zu mir um und sagte: «Schwierige Wahl.»

«Eigentlich nicht», sagte ich. «Die eine Möglichkeit ist bequem, die andere nicht. Heraus kommt das Gleiche.»

Sie starrte mich einen Augenblick lang an, sah weg, dann auf ihr Weinglas, wieder zu mir, konnte mich aber nicht mehr genau fixieren.

Wieder mit Blick auf das Weinglas sagte sie: «Wird er es erfahren, wenn ich ausgesagt habe?»

«Wahrscheinlich nicht. Ich kann's nicht garantieren, aber ich werd's nicht weitererzählen, wenn ich nicht muss.»

Sie nickte, immer noch den Blick aufs Weinglas geheftet.

«Amir», sagte sie.

«Amir Abdullah?»

«Ja.»

«Er hat Ihnen gegenüber behauptet, Prentice Lamont und Robinson Nevins hätten eine Affäre?»

«Ja. Und dass Robinson die Beziehung plötzlich abgebrochen und Prentice sich deswegen umgebracht hat.»

«Hat er auch gesagt, woher er das weiß?»

«Nein.»

«Und Sie haben es geglaubt und genau so weitererzählt.»

«Ich hatte ... habe ... doch keinen Grund, ihm zu misstrauen. Amir ist ein Mann mit Prinzipien.»

Ich hatte da so meine Zweifel, aber ich ließ es unkommentiert, denn jetzt traf Bass Maitland ein. Er spazierte gemächlich durch die Tür. Lillian starrte ihn an, als ginge er über Wasser.

«Bass», sagte sie.

«Hallo, Lil», sagte er mit seiner tiefen, satten Stimme.

Er trug ein Leinenjackett und gut gebleichte Blue Jeans, ein schwarzes Polohemd, dessen Kragen über den Jackettkragen geschlagen war, und Docksteppers ohne Socken.

«Du erinnerst dich noch an Mr. … den Detektiv, mit dem wir gesprochen haben?», sagte Lillian.

«Spenser», sagte ich.

«Oh, selbstverständlich. Wie geht's Ihnen?»

Er schüttelte mir kräftig die Hand, wie das von so einem kräftigen Mann erwartet wurde. Er war derart begeistert von sich selbst, dass es schon ansteckend war. Ich war kurz davor, ihn zu mögen.

«Ist das ein Zufall», sagte er mit einem breiten Lächeln. «Oder verfolgen Sie uns?»

«Ich habe den Platz für Sie frei gehalten», sagte ich und stand auf.

«Danke schön.»

Er setzte sich auf den Barhocker und lächelte wieder wie ein leutseliges Krokodil. Er war bestimmt ein Mann mit Prinzipien. So waren sie alle, diese Männer mit Prinzipien. Frauen auch. Es gab kaum etwas Lästigeres als einen Menschen, der seine Prinzipienhaftigkeit zur Schau trug. Oder auch nichts, was mehr Ärger einbrachte. Den meisten, die ich getroffen hatte, hätte ein bisschen gesunde Unsicherheit ganz gut getan. Aber das war wohl als Diskussionsthema für Bass und Lillian nicht geeignet. Also verabschiedete ich mich und ging nach draußen zu meinem Hund.

34

Der Anruf von KC Roth kam gerade, als ich es mir gemütlich gemacht hatte, um das Spiel der Sox und der Angels anzusehen, das irgendwo an der Westküste stattfand.

«Du musst schnell kommen», sagte sie. «Bitte. Es ist dringend.»

Sie klang verheult.

«Was ist denn passiert?»

«Louis.»

«Was ist mit Louis?»

«Er ist da gewesen.»

«Wirklich?»

«Oh, bitte, komm schnell. Bitte.»

«Warum?»

«Er, er … bitte komm.»

«Was hat er denn getan?»

«Er hat mir wehgetan.»

«Hat er dich etwa vergewaltigt?»

Sie schwieg.

«Hat er dich vergewaltigt?»

«Ja.»

«Hast du die Polizei angerufen?»

«O Gott, nein. Ich kann doch nicht mit der Polizei darüber sprechen. Bitte, komm. Du bist der Einzige, mit dem ich reden kann.»

«Wann ist es passiert?», fragte ich.

«Gerade eben. Er ist gerade gegangen.»

«Er ist weg?»

«Ja. Er hat mich geschlagen und mich vergewaltigt.»

«Bist du beim Arzt gewesen?»

«Nein. Ich hab doch gesagt, ich kann nicht …»

«Geh nicht unter die Dusche», sagte ich. «Du darfst dich weder baden noch waschen. Bleib ganz ruhig. Ich bin in einer halben Stunde da. Kannst du bis dahin durchhalten?»

«Ja.»

«Okay. Wenn ich da bin, werde ich dich zu einem Arzt bringen.»

«Nein.»

«Wenn du nicht einverstanden bist, komme ich gar nicht.»

«Ich … ich kann nicht …» Sie weinte.

«Du musst es mir versprechen. Andernfalls lege ich auf und rufe die Cops in Reading an. Dann musst du dich mit ihnen auseinander setzen.»

«Nein … warum bist du nur so schrecklich zu mir?»

«Versprochen?»

Sie schwieg schluchzend. Ich wartete.

«Ja, ja, verdammt», sagte sie und legte auf.

Ich zog mich an und fuhr nach Reading. Sie stand mit verschränkten Armen in der Tür und hielt nach mir Ausschau. Bis ich sie dort sah, war ich davon ausgegangen, dass sie sich das alles vielleicht ausgedacht hatte. Jetzt war ich mir ziemlich sicher, dass dem nicht so war. Irgendjemand hatte sie ganz schön malträtiert. Ihre Oberlippe war dick, ein Auge war geschwollen. Am Morgen würde sie damit nichts mehr sehen können. Sie trug ein weißes T-Shirt, graue Jogginghosen und Mokkasins. Ihre Haare waren ein einziges Durcheinander.

«O Gott», sagte sie und ging rückwärts ins Haus, als ich eintrat.

«Komm», sagte ich. «Wir müssen ins Krankenhaus.»

«Du willst mich wirklich dazu zwingen?»

«Auf jeden Fall.»

Ich fasste sie am Arm. Sie schreckte kurz zurück, aber ich hielt sie fest, und sie entspannte sich und kam mit.

Die Gynäkologin vom Bereitschaftsdienst war jung und rothaarig, mit strammem Hintern. Sie stürmte ins Notfallzimmer, warf einen Blick auf KC und winkte mich energisch aus dem Raum. Ich nahm im Wartebereich Platz und sah mir die Leute an, die mit Prellungen, Schnittwunden, Atemproblemen oder Bauchschmerzen ankamen und wieder gingen. Ich las mehrere uralte Ausgaben von *People* durch und fühlte mich danach, als hätte ich zu viel Pudding gegessen.

Nach ungefähr einer Stunde kam die Gynäkologin aus dem Behandlungszimmer und sagte: «Mr. Spenser?»

«Das bin ich.»

«Kommen Sie bitte.»

Ich ging hinein. KC trug einen Kittel und diese lächerlichen Schlappen, die man immer bekommt. Ihre Haare waren gekämmt worden, das Gesicht gewaschen, und sie schien etwas benommen zu sein. Eine große schwarze Frau in Schwesterntracht machte sich hier und da zu schaffen und blickte mich ungnädig an.

«Ich bin Dr. Tripp», sagte die Rothaarige. «Mrs. Roth sagte mir, ich kann frei mit Ihnen sprechen. In welchem Verhältnis stehen Sie zu ihr?»

«Angestellter», sagte ich.

«In welcher Eigenschaft?»

«Ich bin Detektiv. Sie hat mich angeheuert, um das zu verhindern, was jetzt passiert ist.»

«Vielleicht wird sie das noch mal überdenken», sagte Dr. Tripp.

«Vielleicht. Ist sie vergewaltigt worden?»

«Ja.»

«Kein Zweifel?»

«Nein. Vaginale Verletzungen. Samenspuren. Die Polizei wurde bereits verständigt.»

KC blickte sie erschrocken an.

«Nein», sagte sie mit schleppender Stimme. «Ich will das nicht.»

«Mrs. Roth», sagte die Ärztin. «Ich bin dazu verpflichtet. Es gibt keine andere Möglichkeit, weder für Sie noch für mich.»

«Beruhigungsmittel?»

«Valium. Sie sind aber kein Polizist.»

«Nein, ich bin Privatdetektiv.»

«Tatsächlich. Und haben Sie eine Ahnung, wer das getan haben könnte?»

«Ich glaube schon.»

«Nein», sagte KC. «Ich schwöre, er war's nicht.»

Dr. Tripp blickte sie erstaunt an.

«Sie wollen den Mann schützen, der das getan hat?»

«Ich weiß nicht, wer es war», sagte KC.

Dr. Tripp sah mich an. Ich zuckte mit den Schultern.

«Ich würde sie gern über Nacht hier behalten», sagte die Ärztin.

«Ich denke auch, dass das besser wäre», sagte ich. «Vielleicht können Sie die Cops ja bis morgen zurückhalten.»

«Das ist ein Grund, weshalb ich möchte, dass sie bleibt.»

«Bleibst du bei mir?», fragte KC. «Ich will nicht hier bleiben, wenn du nicht bei mir bist.»

«Das ist möglich», sagte Dr. Tripp.

«Na toll», sagte ich.

Die Nacht in einem Stuhl neben dem Krankenbett von KC Roth zu verbringen, kam mir ungefähr so attraktiv vor wie der Besuch eines Howard-Stern-Filmfestivals. Ich atmete tief durch die Nase ein und wieder aus. Dr. Tripp, die schwarze Schwester und KC blickten mich auf verschiedene Weisen feindselig an.

«Geht schon in Ordnung», sagte ich. «Ich bleibe gern.»

35

Am nächsten Morgen stellten die Cops unter dem strengen Blick von Dr. Tripp fürsorgliche Fragen, und KC beantwortete sie sehr vage. Ich war müde. KC bestand darauf, ihren Vergewaltiger nicht gekannt zu haben. Die Cops glaubten ihr natürlich nicht, konnten sich aber nicht erklären, warum sie ihn decken wollte. Mir war es auch ein Rätsel. Mitgekommen war auch eine junge Assistentin von der Staatsanwaltschaft in Middlesex, die einen sehr intelligenten und netten Eindruck machte und kluge Fragen stellte. Offenbar war sie aber nicht intelligent oder nett genug. KC weigerte sich, ihre Aussage zu ändern, und brach in Tränen aus, was gut funktionierte. Vielleicht war das Weinen ja echt. Immerhin war sie geschlagen und vergewaltigt worden. Aber ich wusste auch, dass sie auf Kommando losheulen konnte, und das Leben hatte mich zum Zyniker gemacht.

Nachdem die Cops und die intelligente, junge und sympathische Assistentin von der Staatsanwaltschaft gegangen waren, erklärte Dr. Tripp KC, dass eine Sozialarbeiterin sich mit ihr eine Weile unterhalten würde. Außerdem habe sie den Eindruck, KC sollte noch eine Nacht länger im Krankenhaus bleiben. KC nickte. Von ihrem Tränenausbruch war nur noch ein Schniefen übrig geblieben. Sie tupfte sich das heile Auge mit dem Kleenex-Tuch ab, putzte sich die Nase und setzte sich im Bett etwas aufrechter hin.

«Halten Sie das Auge kühl», sagte Dr. Tripp, als sie das Krankenzimmer verließ.

Wir waren allein. Ich gab KC eine der Kompressen, die auf einem Tablett auf dem Nachtschränkchen bereitlagen. Sie hielt es auf ihr fast gänzlich zugeschwollenes Auge.

«Es ist niemand hier, außer mir und dir», sagte ich. «Ich werde es niemandem erzählen, das verspreche ich, aber ich will es jetzt wissen. Du hast mir am Telefon gesagt, es sei Vincent gewesen.»

Sie fing wieder an zu weinen. Nicht laut, eher schniefend, aber sie weinte. Offenbar versuchte sie, sich hinter ihrer Kompresse zu verstecken.

«Du solltest das ins Eiswasser tunken», sagte ich. «Er war es, stimmt's?»

Sie weinte heftiger.

«Verdammt noch mal, KC, ja oder nein? Du musst ja nicht sprechen. Nick einfach mit dem Kopf. Du hast gesagt, es sei Vincent gewesen.»

Nicken.

«Danke.»

Wir schwiegen. Sie schniefte noch etwas und hörte dann auf damit.

«Wirst du ihn für mich töten?», fragte sie.

«Nein. Aber ich werde dafür sorgen, dass er dich in Ruhe lässt.»

«Versprochen?»

«Versprochen.»

«Ich glaube, er ist ein bisschen verrückt», sagte sie. «Du weißt ja, wie jemand durchdrehen kann, wenn eine Beziehung kaputtgeht.»

«Hmhm.»

«Ich kann mich doch auf dich verlassen?»

«Ja.»

«Es kommt mir so vor, als hätte ich dich schon mein ganzes Leben lang gekannt.»

«Hast du nicht», sagte ich. «Und du bist selbst auch ein bisschen durchgedreht. Aber das geht wieder vorbei.»

«Natürlich bin ich durchgedreht», sagte sie. «Nach allem, was ich durchgemacht habe, habe ich ja wohl auch das Recht dazu.»

«Natürlich hast du das. Aber nur für eine gewisse Zeit.»

Die Sozialarbeiterin steckte ihren Kopf durch den offenen Türspalt.

«Darf ich reinkommen?»

«Sag ihr, sie kann», sagte KC zu mir.

«Kommen Sie rein», sagte ich.

Die Sozialarbeiterin war schwarzhaarig, hatte ein schmales Gesicht und trug eine Brille mit runden Gläsern und grüner Fassung.

«Ich bin Amy Coulter vom Sozialamt», sagte sie. «Dr. Tripp hat mich gebeten, mal nach Ihnen zu schauen.»

«Setzen Sie sich», sagte ich. «Ich wollte sowieso gerade gehen.»

«Wohin gehst du?», fragte KC.

«Nach Hause. Schlafen.»

«Kommst du zurück?»

«So sicher wie ein esophagealer Reflux», sagte ich.

Ich versuche immer, meine Vergleiche den Orten entsprechend zu formulieren. Überraschenderweise reagierte weder Amy Coulter noch KC darauf. Schade, dass Dr. Tripp nicht da war. Sie hätte meinen feinen medizinischen Humor sicherlich zu würdigen gewusst.

36

Ich hielt an, um mir Kaffee und ein paar Donuts zu besorgen, und fuhr dann zu Susans Haus. Ich schloss die Tür zu ihrer Wohnung auf und ließ fünf Minuten lang die lautstarke und quirlige Begrüßung von Pearl über mich ergehen. Als sie sich endlich beruhigt hatte, zog ich mich aus und legte mich in meinen Shorts aufs Bett. Pearl, die immer zu einem Nickerchen bereit war, sprang hoch, drehte sich ein paar Mal um die eigene Achse und legte sich dann neben mich. Ich war schon vor ihr eingeschlafen.

Als ich aufwachte, war Pearl verschwunden. Ich sah auf meine Uhr. Es war zwanzig nach sechs Uhr abends. Ich stand auf und ging durch die Wohnung. Ich bemerkte Susans Handtasche auf dem Tisch im Flur und dass

Pearls Leine fehlte. Ich ging wieder ins Schlafzimmer zurück und duschte mich ausgiebig, rasierte mich in der Duschkabine und zog mir frische Klamotten an, die ich in einem Schränkchen bei Susan aufbewahrte. Anschließend goss ich eine doppelte Portion Dewar's über eine Menge Eis in ein großes Glas. Im gleichen Moment kamen Pearl und Susan von ihrem Spaziergang zurück. Pearl sprang auf und ab wie immer, wenn sie wusste, dass es bald Zeit fürs Abendessen war. Susan beherrschte sich besser und kam zu mir, um mir einen Kuss zu geben.

«Gut, dich wieder aufrecht zu sehen», sagte sie. «Als ich vom Büro hoch kam und dich entdeckte, dachte ich einen Moment, du wärst tot.»

Ich goss etwas Club Soda über das Eis in meinem Glas, bis es so voll war, dass ich es gerade noch hochheben konnte, ohne etwas zu verschütten.

«Was hättest du gemacht, wenn's wirklich so gewesen wäre?», fragte ich.

«Wenn du jetzt nach unserem Spaziergang immer noch tot gewesen wärst, hätte ich jemanden zu Hilfe gerufen.»

Ich zog eine Packung Kibbles 'N Bits-Hundefutter aus dem Regal und schüttete eineinhalb Tassen in Pearls Schälchen. Dass es Pearls Schälchen war, wusste ich, da es in violetten Buchstaben darauf geschrieben worden war.

«Sie mag es mit Käse», sagte Susan. «Vergiss das nicht.»

Ich holte eine Packung geriebenen Käse aus dem Kühlschrank und streute ihn über das Futter. Dann stellte ich die Schale auf den Boden, Pearl liebte es mit Käse. Sie liebte es aber auch ohne Käse oder mit Sägemehl. Susan ging ins Schlafzimmer. Ich setzte mich an den Küchentresen und nippte an meinem Scotch mit Soda. Kurz darauf kam Susan barfüßig aus dem Schlafzimmer. Sie trug weiße Shorts und ein dunkelblaues Oberteil, hatte sich gekämmt und Lippenstift aufgelegt.

«Gibt's was zu knabbern?», fragte ich. «Ich glaube, ich habe das Mittagessen verschlafen.»

Susan holte einen eleganten Weinkelch aus dem Schrank, schenkte sich etwas Merlot ein und nahm einen kleinen Schluck.

«Ich hab ein paar Reiscracker da», sagte Susan. «Und ein bisschen Broccoli und …», sie stand auf, öffnete den Kühlschrank und warf einen Blick hinein, «… einen halben Bagel.»

«Hey, wir leben im Überfluss», stellte ich fest.

Susan besaß tolle Gläser, wunderbares Porzellan und sehr schönes Silberbesteck, aber Lebensmittel fehlten grundsätzlich.

«Außerdem ein bisschen geriebenen Käse, aber der ist für den Hund …», sie schloss den Kühlschrank und öffnete den Küchenschrank, «… und noch ein paar mundgerechte Stückchen gepresste Weizenkleie.»

Sie drehte sich um und sah mich aufmunternd an, als würde sie ernsthaft erwarten, ich würde Weizenkleie und Broccoli zu meinem Whisky-Soda haben wollen.

«Macht nichts», sagte ich. «Wir können uns was kommen lassen.»

«Chinesisch?»

«Ja, von allem etwas, und sag ihm, er soll sich beeilen. Es dauert nicht mehr lange, und ich bin ein medizinischer Notfall.»

Susan rief an und bestellte von allem etwas, auch Broccoli und Extrasauce und gekochten Reis. Dann kam sie zu mir zurück, setzte sich gegenüber von mir an den Tresen und nahm einen Schluck von ihrem Wein.

«Was ich nicht verstehe», sagte ich, «ist, dass dieser Dreckskerl sie verprügelt und vergewaltigt und sie es trotzdem nicht den Cops erzählen will.»

«Aber sie hat es dir gegenüber zugegeben.»

«Ja.»

«Gut, abgesehen davon, stell dir die ganze Sache doch mal aus ihrer Perspektive vor», sagte Susan.

Sie stemmte ihre Ellbogen auf den Tresen, hielt ihren eleganten Weinkelch mit beiden Händen umfasst und schaute über den Glasrand hinweg. Ich mixte mir einen weiteren Drink.

«Okay», sagte ich. «Sie verlässt ihren Ehemann, um mit dem Mann ihrer Träume zusammen sein zu können, und der entpuppt sich dann als prügelnder Vergewaltiger.»

«Ein schlimmer Fehler», sagte Susan. «Aber wenn sie es der Polizei erzählt, gibt sie diesen Fehler offiziell zu.»

«Und?»

«Und das bedeutet, ihr Ehemann behält Recht, und sie ist im Unrecht.»

«Du meinst, sie würde eher noch den Vergewaltiger schützen, als in den Augen ihres Ex-Mannes als Verliererin dazustehen?»

«Es geht nicht so sehr ums Verlieren. Es geht darum, dass er triumphieren könnte, weil sie sich durch ihre eigene Dummheit in eine solche Lage gebracht hat. Das könnte sich noch schlimmer auf sie auswirken als die Vergewaltigung.»

«Aber warum erzählt sie mir dann alles?»

«Weil sie es irgendjemandem erzählen muss. Weil sie dich als Beschützer braucht. Weil sie inzwischen bemerkt hat, dass du es nicht gegen sie verwendest. Weil du den Platz von diesem, wie heißt er noch, eingenommen hast.»

«Louis Vincent.»

«Du bist anstelle von Louis Vincent als der Mann ihrer Träume getreten.»

«Tja», sagte ich. «Du wirst ja so ungefähr wissen, wie das ist.»

Susan hörte mir nicht zu. Wenn sie nachdachte, ließ sie sich durch nichts anderes ablenken.

«Außerdem», sagte sie leicht lächelnd, «hast du es ohnehin gewusst. Und sie hat nun die Möglichkeit, sich bei dir einzuschmeicheln, weil du als Einziger für würdig befunden wurdest, es zu erfahren.»

Es klingelte an der Tür. Pearl schoss durchs Zimmer wie eine Kugel, so wie sie es immer tat, wenn es klingelte. Ich ging nach unten, bezahlte das chinesische Essen und trug es nach oben. Der Duft von frisch geliefertem chinesischem Essen weckt immer Erwartungen. Pearl bellte mich an, als ich ins Wohnzimmer trat, dann erst merkte sie, dass ich kein Eindringling war. Dann registrierte sie den Essensgeruch und konzentrierte sich darauf. Ich stellte alles auf den Tresen, um es gleich aus der Packung heraus zu essen. Aber natürlich hatte Susan die Theke mit Tellern und Besteck gedeckt. Das Silberbesteck war für mich, die Essstäbchen aus Elfenbein für sie selbst. Sie aß gerne mit Stäbchen. Ich nicht. Susan tat auf.

«Wenn sie es nicht den Cops erzählen will, dann wird die ganze Angelegenheit zu meinem Problem», sagte ich.

«Ach wirklich?»

«Was meinst du mit ‹ach wirklich›?»

«Wenn wir mal das einbeziehen, was wir von ihr wissen und auch den Brief, den sie dir geschrieben hat, müssen wir doch zu dem Schluss kommen, dass es genau das ist, was sie wollte.»

Ich dachte darüber nach.

«Ja», sagte ich. «Aber sie kann doch unmöglich die Vergewaltigung simuliert haben.»

«Nein, das hat sie bestimmt nicht getan. Aber sie benutzt sie, ob bewusst oder unbewusst, um ihre Interessen zu verfolgen.»

«Das heißt mich.»

«Ja.»

«Weil ich so ein höflicher Mensch bin?»

»KC ist ein lebendiges Klischee. Aus welchem Grund auch immer, jedenfalls braucht sie einen Ritter, der herangaloppiert und sie rettet. Wenn's auch noch ein höflicher Ritter ist, umso besser.»

«Ich bin so stark wie zehn starke Männer ...»

«Ich weiß», sagte Susan. «Was hast du ihr versprochen?»

«Wie kommst du darauf, dass ich ihr etwas versprochen habe?»

«Weil ich dich seit sehr langer Zeit kenne, mein Parzival. Was hast du ihr versprochen?»

«Das ich dafür sorgen werde, dass er sie in Ruhe lässt.»

«Super. Und was willst du tun?»

«Ich hab ja schon mal mit ihm gesprochen», sagte ich.

«Und es hat nicht funktioniert. Wie resolut willst du denn das nächste Mal sein?»

«Ich hab's nun mal versprochen.»

«Wie wär's mit Hawk», schlug Susan vor.

«Nein. Hawk hat es nicht versprochen. Ich war es. Ich kann ihn nicht um etwas bitten, nur weil ich keine Lust habe, es selbst zu erledigen.»

«Nein. Das kannst du wohl nicht.»

Wir schwiegen. Pearl stand aufrecht mit beiden Vorderpfoten auf dem Tresen und starrte das Essen an. Ich gab ihr ein gefülltes Teigröllchen, und sie ließ vom Tresen ab, um es zum Sofa zu tragen.

«Vincent ist ein Opfer seiner eigenen Wahnvorstellung», sagte Susan. «Du hast es bisher immer geschafft, den Leuten Angst einzujagen.»

«Ich weiß.»

«Aber du wirst ihn nicht umbringen.»

Das war keine Frage.

«Nein.»

«Vielleicht könntest du ihn zusammen mit Hawk in dieser Angelegenheit aufsuchen.»

Ich nickte.

«Viele Weiße haben mehr Angst vor schwarzen Männern als vor weißen», sagte ich. «Wenn er auch einer von denen ist, könnten wir uns seinen unterschwelligen Rassismus zunutze machen.»

«Genau das dachte ich auch.»

«Kannst du KC irgendwie helfen?», fragte ich.

«Du meinst beruflich?»

«Irgendwie. Sie braucht unbedingt Hilfe.»

«Ich kann nicht ihre Therapeutin sein», sagte Susan.

«Ich kenne sie schon zu lange, und außerdem bin ich nicht, äh, unparteiisch.»

«Bist du nicht?»

«Du kannst dir ja mal ein paar von diesen Formulierungen ins Gedächtnis zurückrufen, die in dem Brief standen, den du in deinem Briefkasten gefunden hast: ‹Wenn du mit mir zusammen wärst, würdest du bestimmt einiges lernen, was Susan dir niemals beibringen könnte.›»

«Das bedeutet mir nichts», sagte ich.

«Aber mir schon.»

«Haben wir etwa einen Anfall von unprofessioneller Eifersucht?»

«Eher einen Anfall von unprofessionellem Bedürfnis, ihr in den fetten kleinen Arsch zu treten», sagte Susan.

Ich trank Scotch mit Soda, aß Hühnchen mit Cashewnüssen, und die Frau meiner Träume war eifersüchtig. Ich grinste glücklich vor mich hin.

37

Hawk betrat mein Büro gegen 9.30 Uhr mit einer braunen Papiertüte in der Hand. Bei ihm war ein stämmiger schwarzer Mann mit leichten O-Beinen und langen Armen. Der schwarze Mann hatte graue Haare, und in seinen Augen lag dieser amüsierte Blick, den Robert Benchley gehabt hatte. Hawk legte die Tüte auf meinen Schreibtisch, zog einen der Bürostühle heran, und der grauhaarige schwarze Mann setzte sich.

«Spenser», sagte Hawk. «Bobby Nevins.»

Ich stand auf, lief um den Schreibtisch herum und gab Nevins die Hand. Hawk ging zur Kaffeemaschine und machte sich dort zu schaffen. Ich warf einen Blick in die Papiertüte. Darin befand sich ein großes quadratisches, in Aluminiumfolie eingewickeltes Ding.

«Maisbrot», sagte Bobby Nevins. «Hawk hat schon immer Maisbrot gemocht.»

Bobby Nevins war eine Legende. Mehr als fünfzig Jahre lang hatte er Boxer ausgebildet. Alle seine Schützlinge konnten kämpfen. Alle waren bestens in Form. Keiner hat jemals den Ring liegend verlassen. Keiner ist auf die schiefe Bahn geraten. In einem Geschäft, in dem viele Scharlatane zugange waren, galt sein Wort etwas. Hawk hatte die Kaffeemaschine eingeschaltet, kam herüber und setzte sich auf den zweiten Besucherstuhl.

«Bobby will mal gucken, wie wir mit seinem Sohn klarkommen», sagte Hawk.

Ich nickte und dachte über das Maisbrot nach.

«Außerdem hab ich was rausgekriegt.»

«Soll ich das Maisbrot anschneiden, während der Kaffee durchläuft?», fragte ich.

«Warum nicht», sagte Hawk. «Einverstanden, Bobby?»

«Klar», sagte Nevins.

Seine Stimme kam tief aus dem Brustkorb und schien in seinem stämmigen, fassähnlichen Körper ins Schwingen zu kommen, bevor sie zu hören war. Ich zog das Maisbrot aus der Tüte und legte es auf die Schreibtischunterlage in der Mitte des Tischs. Es roch gut. Ich holte ein großes Schnappmesser aus der Schublade, das ich mal einem randalierenden Drogendealer weggenommen hatte und inzwischen als Brieföffner benutzte. Damit schnitt ich drei Scheiben vom Maisbrot ab. Hawk brachte den Kaffee. Ich nahm mir ein Stück Brot, biss rein, kaute sorgfältig, schluckte und spülte mit dem Kaffee nach.

«Schmeckt großartig», sagte ich.

«Ich hab schon immer ganz gern ein bisschen gekocht und gebacken», sagte Nevins. «Jetzt bin ich älter und hab mehr Zeit dafür. Hawk meinte, diese Geschichte mit meinem Jungen wird immer vertrackter.»

«Ja, stimmt», sagte ich. «Ich weiß immer noch nicht, warum ihm die Festanstellung verweigert wurde. Das ist das Einzige, was ich nicht herausfinden kann. Ansonsten haben wir einen Mord und diverse Erpressungen – was, soweit ich weiß, mit Ihrem Jungen nichts zu tun hat.»

«Bezahlt Sie jemand für diese Arbeit?»

«Ein wenig Maisbrot reicht aus.»

«Ist nicht in Ordnung, dass Sie nicht bezahlt werden.»

«Ich schulde Hawk noch einen Gefallen.»

Hawk schnaubte.

«*Einen* Gefallen?»

«Einen oder zwei.»

Nevins nickte. Er aß noch etwas von seinem Maisbrot und trank seinen Kaffee. Hawk stand auf, nahm Nevins' Tasse, schenkte nach, gab etwas Milch aus dem Mini-Kühlschrank dazu, zwei Stück Zucker und rührte um. Er brachte die Tasse wieder an den Tisch und stellte sie vor Nevins hin. Nevins nahm sie, trank einen Schluck und behielt sie in der Hand.

«Vielen Dank, Hawk», sagte er.

Hawk nickte. Nevins sah mich an.

«Glauben Sie, dass Robinson schwul ist?»

«Weiß ich nicht», sagte ich.

«Ich auch nicht. Dürfte ziemlich schwer für einen Jungen sein, so etwas seinem Vater zu erzählen.»

Ich nickte.

«Immerhin ist er schon vierzig und noch nicht verheiratet.»

«Hawk und ich waren auch noch nie verheiratet», sagte ich.

«Woher willst du das bei mir denn wissen?», fragte Hawk.

«Wer würde dich schon heiraten.»

«Okay», sagte Hawk. «Da hast du auch wieder Recht.»

Nevins achtete nicht auf unser Geplänkel.

«Es wäre sowieso nicht so wichtig», sagte er. «Er bleibt trotzdem mein Sohn.»

«Ja», sagte ich.

«Ich war zweiundvierzig, als er geboren wurde», sagte Nevins. «Könnte glatt sein Großvater gewesen sein. Seine Mutter war gerade mal dreiundzwanzig, eine Lehrerin, frisch aus dem College. Ich hätte ihr Vater sein können.»

Hawk schwieg, ich auch. Wir tranken unseren Kaffee und hörten Nevins zu. Seine Stimme klang kein bisschen alt oder schwach.

«Sie hat mich verlassen, als sie dreißig war.»

«Wegen eines anderen?», fragte ich.

«Eines anderen und noch eines anderen», sagte Nevins. «Wahrscheinlich ging's immer so weiter.»

In Nevins' Stimme schwang keine Verbitterung mit, kein Bedauern, kein Zorn, keine Selbstgerechtigkeit. Er blickte nüchtern zurück.

«Hab ihr immer rechtzeitig das Geld für Robinson geschickt, und ich muss zugeben, dass sie mir immer erlaubt hat, ihn am Wochenende zu sehen. Aber ich weiß, dass sie das Boxen nie mochte. Schätze, sie hat auch mich nicht besonders gemocht. Wahrscheinlich hat sie Robinson das spüren lassen. War wohl schwierig für ihn, seinen Vater zu mögen. Schon als Junge war er ziemlich intelligent. Hat immer gern gelesen. Er hatte Angst vor den Boxern. Bin mit ihm ins Museum gegangen, in die öffentliche Bibliothek und so weiter. Hab ja selbst nie viel gelesen, aber mir war klar, dass das sein Leben sein würde. Schade, dass ich mich mit solchen Dingen nicht auskannte. Wir haben nie viel miteinander geredet. Hat eine Menge Geld gekostet, ihn durch Harvard durchzukriegen und all die anderen Schulen, damit er Professor werden konnte. Ich glaube, er weiß das. Vielleicht könnte er seiner Mutter erzählen, dass er schwul ist, aber bestimmt nicht mir.»

«Sollen wir es herausfinden?», fragte Hawk.

Nevins dachte eine Weile darüber nach, trank bedächtig seinen Kaffee, und sein Blick war über den Rand der Tasse hinweg in vergangene Zeiten gerichtet.

«Nein», sagte er. «Es ist nicht so wichtig.»

Wir schwiegen.

«Erzählen Sie mir was über diesen Mord und die Erpressungen.»

«Ich erzähl Ihnen, was ich weiß und was ich vermute», sagte ich.

Und das tat ich.

Nevins unterbrach mich kein einziges Mal. Er blieb unerschütterlich und blickte gleichzeitig gütig und streng vor sich hin. Als ich fertig war, sah ich Hawk an.

«Gibt's was Neues?», fragte ich.

«Hmhm.»

«Willst du's uns erzählen?»

«Hmhm.»

Ich schnitt noch eine dünne Scheibe vom Maisbrot ab. Von Susan hatte ich gelernt, dass es besser war, immer eine Scheibe nach der anderen abzuschneiden, auch wenn man vorhatte, das ganze Ding auf einen Satz aufzuessen. Hawk holte sich noch etwas Kaffee. Dann sah er Nevins an.

«Bobby?», sagte er.

Nevins schüttelte den Kopf. Hawk blickte zu mir rüber. Ich schüttelte ebenfalls den Kopf. Hawk kam zurück und setzte sich wieder.

«Hab Walt und Willie beschattet», sagte er.

Ich sah Nevins an.

«Das sind die Typen, die die Zeitschrift weiter betreiben, von der ich erzählt habe.»

Nevins nickte. Er saß fast völlig regungslos da. Zeit spielte für ihn keine Rolle mehr.

«Könnte ja sein, dass sie von den Erpressungen wussten. Könnte ja sein, dass sie damit weitermachen. Also bleib ich an ihnen dran und warte ab, was passiert.»

«Nachts hättest du wahrscheinlich bessere Chancen», warf ich ein.

«So gute wie du in einem Schneesturm», sagte Hawk. «Wie heißt der Blonde?»

«Willie.»

«Er hat noch einen Freund außer Walt.»

«Weiß Walt davon?»

«Keine Ahnung. Scheint jedenfalls nicht schlecht auf

ihn zu sprechen zu sein. Willst du wissen, mit wem Willie ihn betrügt?»

«Ja, klar.»

«Mit unserem gemeinsamen Freund Amir Abdullah.»

«Oho», sagte ich.

«Oho?»

«Ja. Das sagt man als Superdetektiv, wenn einem ganz plötzlich ein entscheidender Hinweis vom Baum direkt auf den Kopf fällt.»

Hawk sah Nevins an.

«Sind schon komisch drauf, diese Weißen, was Bobby?», sagte Hawk.

«Was für ein Hinweis?», fragte Nevins.

«Die Verbindung zwischen den Typen, die das Schwulenblättchen betreiben, und den Mitgliedern des Personalausschusses. Amir war derjenige, der behauptet hat, Robinson hätte eine Affäre mit Prentice Lamont. In der Redaktion von *OUTrageous* gibt es eine Liste von Leuten, die geoutet werden könnten, auf der Robinsons Name steht mit dem Vermerk: ‹Weitere Nachforschungen nötig›.»

«Was soll das denn heißen?»

«Weitere Nachforschungen nötig?»

«Nein, was ergibt sich daraus?»

«Zum Teufel, Mr. Nevins, das weiß ich auch nicht. Aber jetzt wissen wir mehr als vorher. Vielleicht hat Abdullah die Information von Willie bekommen, vielleicht auch Willie von Abdullah – was ich eher annehmen würde.»

«Damit bekommt mein Sohn die Festanstellung immer noch nicht.»

«Noch nicht.»

«Komisches System», sagte Nevins. «Entweder nehmen sie dich für immer, oder sie schmeißen dich raus.»

«Stimmt.»

«Robinson möchte gern Professor auf Lebenszeit werden», sagte Nevins.

«Wir werden ihm den Job beschaffen, Bobby», sagte Hawk.

Ich hätte es besser gefunden, wenn Hawk sich etwas vorsichtiger ausgedrückt hätte, aber Hawk war nicht der Typ, der sich vorsichtig ausdrückte.

«Ich will's hoffen», sagte Nevins.

Ich auch.

38

Ich machte einen Spaziergang. Manchmal, wenn ich nachdenken musste, lief ich am Flussufer entlang. Der heutige Tag war besonders gut dafür geeignet, denn es regnete leicht vor sich hin. Es war warm, kein Lüftchen regte sich, nur der stetige sanfte Regen fiel gerade herunter und kräuselte die glatte Oberfläche des Flusses. Ich trug Jeans und Joggingschuhe, eine Windjacke und meine alte Boston-Braves-Basecap. Der Regen konnte mir nichts anhaben.

Bevor ich Robinson Nevins die Festanstellung an seiner Uni verschaffte, musste ich mich um die Angelegenheit zwischen Louis Vincent und KC Roth kümmern. Ich konnte nicht einfach zu ihm hingehen und ihn umbringen. Ich hatte schon Leute getötet. Vielleicht würde ich es wieder tun, aber nur dann, wenn es sich wirklich nicht vermeiden ließ. Hawk würde es vielleicht auch in diesem Fall tun. Aber er war praktischer veranlagt als ich. Er würde nicht warten, bis es sich nicht mehr vermeiden ließ. Er würde es tun, wenn es eine gute Lösung des Problems wäre – was in diesem Fall ja stimmte. Aber ich konnte Hawk nicht bitten, etwas zu tun, wovor ich zurückschreckte. Stattdessen musste ich herausfinden, wovor ich nicht zurückschrecken würde.

Ich überquerte die kleine Fußgängerbrücke, die über den Storrow Drive führte, erreichte die Esplanade und lief in westlicher Richtung weiter den Fluss entlang. Auf der Bostoner Seite des Charles River zog sich die Parklandschaft dahin bis hinauf nach Watertown und noch weiter. Bei schönem Wetter war die Gegend hier mit Leuten überfüllt, die spazieren gingen, joggten, Hunde ausführten, Fahrrad fuhren, Rollerblades benutzten oder sich sonnten. Heute hatte ich, wenn man mal von ein paar unerschrockenen Hunden und ihren Herrchen absah, den Platz ganz für mich alleine. Nicht jeder liebte es, im Regen zu laufen. Pearl zum Beispiel hatte trotz ihrer Jagdhund-Ahnen nichts dafür übrig. Nicht mal ein Hundekeks würde ihre Meinung da ändern.

Zurückschrecken war eigentlich nicht das richtige Wort. Natürlich hätte es mir gefallen, Louis Vincent von einer Brücke zu werfen. Aber irgendwie war es nicht das Richtige. Ich versuchte zwar, mich von derart abstrakten Überlegungen nicht zu sehr beherrschen zu lassen, aber ich kam trotzdem nicht davon los. Ich könnte den Cops erzählen, dass Vincent der Vergewaltiger war, aber solange KC es nicht bestätigte, gab es keine legale Handhabe gegen ihn. Ich hatte ihn verprügelt, aber das hatte nichts genutzt. Ich könnte ihn noch mal und diesmal heftiger verprügeln. Das würde mir zwar gefallen, aber wenn er wirklich so obsessiv war, würde er erst recht weitermachen. Ich musste KC dazu bringen, auszusagen.

Auf dem Fluss trainierten die Rudermannschaften in ihren Achtern, die einen mit Männern, die anderen mit Frauen besetzt, was wohl bedeutete, dass es nicht nur Mannschaften, sondern auch Frauschaften gab. Die Trainer zockelten in ihren Motorbooten daneben her und bellten wie Schäferhunde. Während der Ruhephasen hingen die Ruderer über ihre Riemen gebeugt, als wären sie tot, und achteten nicht auf den Regen, der auf sie herabprasselte.

Ich dachte über Susans Analyse nach. KCs Weigerung, Louis Vincent zu identifizieren, schien genauso viel mit ihrem Ex-Mann wie mit Vincent zu tun zu haben.

An der B.U.-Brücke drehte ich um, stellte den Kragen höher, zog die Basecap tiefer ins Gesicht und genoss den Regen, der ganz gerade und sehr sanft auf mich herunterfiel, und entwickelte langsam und gemächlich eine neue Idee. Als ich wieder zu Hause ankam, war die Idee so gut wie fertig oder jedenfalls so fertig, wie sie eben sein konnte.

Ich zog meine nassen Klamotten aus und stopfte sie in die Waschmaschine, nahm eine heiße Dusche, trocknete mich ab und zog frische Sachen an. Dann ging ich in die Küche. Es war zwanzig nach fünf am Nachmittag. Eine gute Zeit für den ersten Drink des Tages, vielleicht sogar schon ein bisschen spät. Ich warf ein paar Eiswürfel in ein großes Glas, goss einen guten Schuss Scotch darüber und füllte es mit Soda auf. Ich nahm einen ersten Schluck. Der erste Schluck war vielleicht nicht das Beste, was einem in dieser Welt passieren konnte, aber er gehörte in die Top Five. Und wenn man versuchte, sich den Geschmack des ersten Schlucks noch mal in Erinnerung zu rufen oder zu wiederholen, klappte das nie hundertprozentig. Ich nahm das Glas mit und überprüfte meine Essensvorräte. Sie waren leider auch nicht üppiger als die von Susan. Aber es gab noch eine Knoblauchknolle und eine Dose mit schwarzen Bohnen, ein paar Linguine und einige Kekse, die vom Frühstück übrig geblieben waren.

Ich legte die Kekse in den Ofen, um sie aufzubacken. Und plötzlich nahm meine vage Idee endgültige Formen an, und ich wusste, was ich tun würde. Ich sprach einen Toast auf mein gut funktionierendes Gehirn aus und trank einen Schluck. Dann stopfte ich ein Geschirrtuch in meinen Gürtel, um eine Schürze zu simulieren, so wie es mein Vater immer gemacht hatte, holte mir ein Messer, teilte die Knoblauchknolle in Zehen und schälte sie. Dann schmorte ich die Knoblauchzehen in einer Pfanne mit Olivenöl und stellte einen Topf Wasser auf den Herd. Als das Wasser kochte, goss ich etwas Olivenöl dazu sowie Salz und warf die Linguine hinein. Als die Knoblauchzehen weich gedünstet waren, gab ich etwas Sherry dazu. Während es einkochte, öffnete ich die Dose, goss die Flüssigkeit ab und schüttete die Bohnen in die Pfanne mit dem Knoblauch-, Olivenöl- und Sherry-Sud. Ich stieß ein weiteres Mal im Geiste auf meine großartige Idee an, leerte das Glas und mixte mir einen neuen Drink. Er schmeckte immer noch gut, aber nicht so wie das erste

Glas. Der wunderbare erste Schluck würde erst morgen wieder möglich sein.

Ich gab eine Spur Cilantro in die Pfanne mit den Bohnen und dem Knoblauch. Nachdem es eine Weile geköchelt hatte, vermischte ich die Bohnen mit den Linguinen, holte die Kekse aus dem Ofen und setzte mich an den Küchentresen. Ich aß die Pasta, trank den Scotch mit Soda dazu und fragte mich, ob mein Plan wohl funktionieren würde. Es gab eine Menge Unwägbarkeiten, aber der Plan war immer noch besser als die meisten anderen, abgesehen von der Idee, Louis Vincent einfach zu erschießen. Aber da ich das nicht tun und Hawk nicht darum bitten wollte und außerdem KC versprochen hatte, dafür zu sorgen, dass Louis Vincent sie nicht länger belästigte, und inzwischen schon zwei Scotch mit Soda intus hatte, schien es ein Superplan mit eingebauter Erfolgsgarantie zu sein. Natürlich hing eine Menge von Burton Roth ab. Aber er hatte einen recht soliden Eindruck auf mich gemacht, und ich hoffte auf seine Mitarbeit. Wenn ich keine Hoffnungen haben würde, hätte ich den falschen Beruf gewählt. Dann sollte ich vielleicht mein Geld besser damit verdienen, aus dem Nichts ein großartiges Abendessen zu zaubern.

39

Der Vorfrühling hatte sich in Frühling verwandelt, und es regnete immer noch am nächsten Morgen. Auf meinem Weg ins Büro sah ich mit aufgestelltem Mantelkragen und ins Gesicht gezogenem Hut verdammt *noir* aus.

Ich machte in einem Laden namens Bijoux an der Newbury Street Halt, wo ich mit der Besitzerin, einer großen gut aussehenden Frau namens Barbara Jordan, ein Komplott hinsichtlich eines Geburtstagsgeschenks für Susan in die Wege geleitet hatte. Dann ging ich ins Büro und nahm mir ein paar geschäftliche Angelegenheiten vor, die noch nicht erledigt waren. Ich beantwortete einige Briefe, überprüfte mein Konto und rief einen Typen namens Bill Poduska an, um ihn zu fragen, wie viel er mir für den Hubschrauber berechnen wollte, der mir bei der Suche nach einem vermissten Kind im letzten Winter behilflich gewesen war. Ich hoffte, er würde die Sache auf sich beruhen lassen, denn mein Klient hatte mich nicht bezahlt, obwohl ich das Kind zurückgebracht hatte. Bill schien davon Wind bekommen zu haben, jedenfalls erließ er mir die Gebühr, und ich dankte ihm. Dann kochte ich Kaffee und sah eine Weile hinaus in den Regen. Es war ein besonders schöner Regen mit Donner und Blitz und das gab dem Ganzen eine Spannung, die ich sehr liebte.

Nachdem ich den Blitz gesehen und die Sekunden bis zum Donner gezählt hatte, um auf diese Weise herauszufinden, wie weit das Gewitter entfernt war, und nachdem ich mich gefragt hatte, ob meine Berechnung wohl stimmte, und mich dann fragte, warum mich das überhaupt interessierte, entschied ich, dass ich lange genug gezögert hatte, und rief bei Burton Roth an, allerdings weniger überzeugt vom Gelingen meines Plans als gestern Abend. Wir unterhielten uns eine halbe Stunde lang, und danach wusste ich, dass ich Recht gehabt hatte. Er verstand das Problem und wollte mir gern helfen, es zu lösen. Ich hatte doch gewusst, dass ich Recht hatte. Ich sagte ihm, ich würde mich dann bei ihm melden, und legte auf. Im gleichen Moment trat Hawk ins Büro, bekleidet mit einem von Regentropfen besprenkelten lavendelfarbenen Trenchcoat.

«Hast du einen Plan?», fragte er.

«Eine Million davon», sagte ich. «Oder meinst du etwa einen Plan, der funktioniert?»

Hawk knöpfte seinen Mantel auf, ging zum Fenster und blickte hinaus in den Regen, der auf die Berkeley und die Boylston Street fiel.

«Bobby macht sich Sorgen wegen seines Jungen», sagte er.

«Sogar noch nachdem er mich kennen gelernt hat?»

«Bobby weiß nicht viel von dir.»

«Ich komme mir selbst auch manchmal spanisch vor.»

«Ich hab's ihm versprochen.»

«Ja, danke.»

«An was hast du also gedacht?»

«Ich dachte, wir schmeißen es hin und machen einen Catering Service auf, so nach dem Motto: Resteverwertung für alle. Kommen Sie, bringen Sie mit, was Sie übrig haben, wir bereiten daraus eine schmackhafte Mahlzeit.»

Hawk starrte weiter aus dem Fenster in den Regen. Ich ging zu ihm rüber, blieb neben ihm stehen und sah nach unten. Es gab viele Pfützen, in die die Regentropfen fielen und kleine Erschütterungen auf der Wasseroberfläche verursachten. Blitze zuckten über den Himmel, kurz darauf grollte der Donner. Es war toll.

«Ich konzentriere mich auf die weiße Kundschaft», sagte ich.

Hawk nickte. Der Regen floss in breiten Bächen das Fensterglas hinab. Die Blitze brachen sich darin und wurden wie durch ein Prisma in ihr Farbspektrum aufgesplittert.

«Es gibt wahrscheinlich hundert Millionen weiße Typen in diesem Land», sagte Hawk, während die Elektrizität die Luft zum Knistern brachte, «und ausgerechnet mit dir muss ich hier enden.»

«Nenn es einfach Glück.»

«Sag mir lieber mal, was wir mit Bobbys Sohn jetzt machen.»

«Wir tun das, was wir immer tun», sagte ich. «Wir ziehen an dem Ende, das wir erwischt haben, und warten ab, was wir alles aus dem Loch herausziehen.»

«Welches Ende haben wir denn erwischt?»

«Willie und Amir.»

«Also folgen wir ihnen und warten ab, was am anderen Ende zappelt.»

«Genau.»

«Ist das dein Plan?»

«Gut erkannt», sagte ich.

«Und damit verdienst du deinen Lebensunterhalt?»

«Bis jetzt.»

«Teilen wir?», fragte Hawk.

«Ja, du übernimmst Amir. Ich kümmere mich um Willie.»

«Ist es okay, wenn ich Amir eine verpasse, wenn's sich ergeben sollte?»

«Solange er nicht merkt, dass du ihm folgst.»

Hawk wandte sich vom Fenster ab.

«Wie kommst du mit dem anderen Fall klar?»

«Ich arbeite dran.»

«Und kommst du so gut voran wie mit diesem Fall hier?»

«Nein.»

Hawk nickte und grinste.

«Resteverwertung für alle», sagte er. «Könnte funktionieren.»

Unten auf der Straße schützten sich die Passanten auf verschiedenste Arten vor dem Regen, manche sogar mit Schirmen. Eine Frau hielt sich ihre Handtasche über den Kopf. Verschiedene *Boston Globes* und mindestens ein *Boston Herald* wurden ebenfalls zweckentfremdet.

«Ich dachte mir, ich könnte mir einfach ein paar Dosen Pilzcremesuppe besorgen, und schon bin ich im Geschäft», sagte ich.

«Die Grundlage der weißen Küche», sagte Hawk. «Kannst du mir auch sagen, wonach ich Ausschau halten soll, wenn ich hinter Amir Abdullah herzockel?»

«Wir werden es wissen, wenn wir's sehen», sagte ich. «Zwei Dinge müssen wir herausfinden: Wer hat Prentice Lamont aus dem Fenster geworfen, und warum versucht Amir zu verhindern, dass Robinson Nevins Professor auf Lebenszeit wird.»

«Vielleicht weil Amir ein Arschloch ist.»

«Das reicht für dich und mich, aber dem Personalausschuss der Uni wird es nicht genügen.»

«Der Uni-Ausschuss kann die Entscheidung des Fachbereichsausschusses korrigieren?», fragte Hawk.

«Kann er. Hat mir Susan erklärt. Der Dekan kann es ebenfalls. Aber Susan meint, beides käme nur sehr selten vor.»

«Immerhin hat Robinson also noch ein paar Möglichkeiten.»

«Falls wir etwas zu seinen Gunsten herausfinden.»

«Wenn's sein muss, kann ich mir immer noch Amir schnappen, ihn an den Füßen hochhalten und warten, was unten rausfällt.»

«Das ist Plan B», sagte ich. «Zuerst versuchen wir es mal mit Überwachung. Sonst kann es passieren, dass andere, die du nicht an den Füßen hochhältst, sich heimlich davonstehlen.»

«Welche anderen?»

«Das wollen wir ja herausfinden.»

«Wie kommst du darauf, dass es noch andere geben könnte?»

«Weil's eine Spur sein könnte. Stell dir vor, es gibt keine anderen, und wir wissen nicht, was wir als Nächstes tun sollen.»

«Ihr Caterer seid wirklich eisenharte Philosophen», sagte Hawk.

«Sind wir», sagte ich.

40

Bevor wir uns auf Amir und Willie stürzen konnten, mussten wir uns erst mal mit Louis Vincent befassen. Es war ein ziemlich ausgeklügelter Plan. Ich hatte ihn mit Sergeant O'Connor von der Polizei in Reading abgesprochen. Er behielt KC im Auge und würde Bescheid geben, wenn sie zu Hause angekommen war. Burt Roth hatte mir die Nummer seines Piepers gegeben und mitgeteilt, dass er bereit war. Alles war gut organisiert, jedenfalls im Augenblick, und wenn Louis Vincent gegen Mittag zum Essen herauskam, ging's los. Falls er nicht kam, mussten wir uns was Neues ausdenken.

Er kam. Ich wartete in einem Hauseingang auf der gegenüberliegenden Straßenseite, Ecke State und Congress Street, damit ich ihn bemerkte, egal, durch welche Tür er rausging. Die State Street war eine Einbahnstraße, also wartete Hawk mit seinem Jaguar im Leerlauf an der Ecke State und Broad Street, zwei Häuserblocks weiter unten. Vincent ging die Congress Street entlang. Er trug einen Burberry-Trenchcoat und einen Tweed-Hut. An der Ecke bog er in die State Street Richtung Hafen. Ich richtete es so ein, dass er mich sehen konnte, und schon begann er zu laufen. Panische Flucht. Hawk wendete auf der State Street und wartete in einer Parklücke, während ich mir Vincent schnappte. Vincent versuchte, mich zu treten. Ich drehte meine Hüfte, entschärfte den Tritt und verpasste ihm einen rechten Kinnhaken. Er brach zusammen, und ich schnappte ihn mir. Hawk war bereits aus dem Wagen gestiegen und hatte die Hecktür geöffnet. Ich schob Vincent hinein und folgte ihm.

Hawk saß schon wieder hinterm Steuer, als ich mich aufrichtete, und ab ging's Richtung Reading. Ein paar Passanten glotzten uns hinterher.

Vincent brauchte eine Weile, um sich von dem Kinnhaken zu erholen, blieb also erst mal ruhig, während wir am Nordbahnhof vorbei durchs alte West End fuhren. Als Hawk beim Leverett Circle auf die Schnellstraße bog, sagte Vincent: «Was soll das?»

«Maul halten.»

«Sie können doch nicht einfach ...»

Ich gab ihm eine Ohrfeige. Sie dürfte ihn mehr erstaunt als wehgetan haben. Er hielt die Hände hoch, falls ich es noch mal versuchen würde.

«Maul halten.»

Vincent lernte schnell, die eine Ohrfeige genügte. Er sagte nichts mehr, als wir die Route 93 entlangfuhren. Hawk wählte die Nummer des Piepers von Burt Roth, tippte die Nummer seines Autotelefons und legte auf. Als wir den Medford Square erreichten, klingelte das Autotelefon. Hawk beantwortete den Anruf knapp und legte wieder auf. Vincent sah ziemlich beunruhigt aus, sagte aber kein Wort mehr.

«Er wird da sein», sagte Hawk, ohne den Kopf zu drehen.

Vincent sah beunruhigter aus, als wir in Reading die Schnellstraße verließen, und noch beunruhigter, als wir in nördlicher Richtung auf KCs Wohnung zuhielten. Ein Streifenwagen der Polizei von Reading parkte vor dem Haus. Roth hatte seinen grünen Subaru-Kombi ebenfalls am Straßenrand abgestellt. Nachdem wir gehalten hatten, stieg ich aus und winkte dem Streifenwagen zu. Sergeant O'Connor hielt, streckte den Arm durchs Fenster und hielt den Daumen hoch, als er losfuhr. Hawk war bereits ausgestiegen und stand neben Vincents Tür. Ich ging um den Wagen herum, zog sie auf und beugte mich zu Vincent hinunter.

«Wo gehen wir hin?», fragte er.

Hawk fasste nach ihm, packte ihn bei den Haaren und zog ihn aus dem Wagen.

«Ich hasse Vergewaltiger», sagte er.

Burt Roth stieg aus seinem Kombi und kam zu uns rüber. Er blieb direkt vor Vincent stehen und sah ihn ausdruckslos an.

«Kennt ihr euch?», fragte ich.

«Vom Hörensagen», sagte Roth. «Wir sind uns nie begegnet.»

«Wer sind Sie?», fragte Vincent.

«Burt Roth.»

«Jesus.»

«Gehen wir rein», sagte ich.

«Ich will da nicht rein», sagte Vincent.

Ich nahm seinen Arm und schob ihn Richtung Haustür. Währenddessen warf er Hawk aus dem Augenwinkel einen ängstlichen Blick zu.

«Niemand hier interessiert, was du möchtest, Louis.»

Ich klingelte, und KC kam zur Tür. Sogar jetzt, angesichts der Konfrontation mit dem wohl schlimmsten Erlebnis ihres Lebens, reagierte sie theatralisch. Sie starrte uns an, öffnete den Mund und stolperte rückwärts in ihr Wohnzimmer. Burt Roth trat als Erster ins Haus.

«Ist schon okay, KC», sagte er. «Alles in Ordnung.»

Sie hatte die Augen weit aufgerissen und gab leise Töne von sich, die aber nichts mit Weinen zu tun hatten. Es klang, als würde sie nicht genug Luft einatmen können, um wirklich weinen zu können. Ich schob Vincent vor mir her. Hawk folgte uns, schloss die Tür und lehnte sich mit verschränkten Armen dagegen. Das zum Thema theatralisch.

«Burt», sagte KC mit seltsam veränderter Stimme. Sie sah Vincent nicht an.

Roth sprach sanft, aber hastig.

«Wir sind so eine Art Eingreiftruppe, KC. Menschen, denen du etwas bedeutest, haben sich zusammengetan, um dir zu helfen, eine schwierige Angelegenheit zu bewältigen.»

«Ich bedeute dir etwas?»

«Natürlich. Versteh es bitte nicht falsch. Unser gemeinsames Leben ist vorbei. Jeder von uns ist jetzt für sich. Aber ich kenne dich, seit ich erwachsen bin. Wir haben ein Kind zusammen. Natürlich bedeutest du mir etwas.»

Sie war so sehr darum bemüht, Vincent zu ignorieren, dass ihre Bewegungen sehr steif wirkten, weil sie vermeiden wollte, ihn ansehen zu müssen.

«Aber diesen Mann dort kenne ich überhaupt nicht», sagte sie und sah Hawk an.

Hawk lächelte sie an. Wenn er wollte, konnte er so warm und reizend aussehen wie ein Zimtmuffin.

«Er gehört zu mir», sagte ich. «Wir haben Vincent hergebracht.»

Als ich seinen Namen sagte, war es, als hätte ich ihr einen Elektroschock verpasst. Sie zuckte heftig zusammen und starrte ihren Ex-Mann an.

«Was wollt ihr denn tun?», fragte sie.

«Dieser Mann hier hat dich vergewaltigt», sagte Burt Roth sanft. «Du bist ein zu wertvoller Mensch, als dass man zulassen dürfte, dass jemand dich derart missbraucht.»

«Du weißt ...»

«Ich weiß, dass er es getan hat, KC.»

«Ich habe nie ...», begann Vincent.

Hawk legte eine Hand auf seine Schulter und sagte «Schsch». Vincent erstarrte.

«Vielleicht hast du einen Fehler begangen, was ihn betrifft», sagte Burt Roth. «Jeder macht mal einen Fehler. Vielleicht hast du sogar mit mir einen Fehler begangen. Aber das sind ehrenhafte Fehler. Fehler aus Liebe. Das ist der beste Grund, einen Fehler zu begehen.»

KC starrte ihn an, als hätte sie ihn oder jemanden wie ihn nie vorher gesehen. Ich war mir nicht sicher, ob er wirklich alles, was er da sagte, auch glaubte, aber er sagte genau das Richtige.

«Und ich bin dafür verantwortlich», fuhr Roth fort, «dass du nicht noch mehr leidest als für die ehrenhaften Fehler, die du begangen hast.»

«O Gott», sagte KC. «Ich habe gelitten.»

«Und falls wir diesen Mistkerl hier nicht dahin schicken, wo er hingehört ...» Er deutete mit dem Kopf auf Vincent und hielt inne.

Ich fand es großartig wie er es schaffte, gewisse Dinge unbestimmt zu lassen.

«Falls wir das nicht tun», sagte Roth, «wird er dich vielleicht wieder vergewaltigen. Oder eine andere.»

Er machte wieder eine Pause und blickte KC unverwandt an.

«Vielleicht wird er eines Tages sogar Jennifer vergewaltigen», sagte Roth ganz leise.

KC stöhnte laut auf, trat einige Schritte zurück und setzte sich auf den Rand ihres Sofas, als hätten ihre Beine plötzlich nachgegeben. Ich glaubte ihr, dass ihre Gefühle echt waren, auch wenn sie derart übertrieb. Vielleicht bestand sie einfach aus einer Ansammlung von Übertreibungen, die man nach und nach abschälen konnte, und am Ende würde nichts mehr übrig bleiben.

«Hat Louis Vincent dich vergewaltigt, KC?», fragte ich.

Sie starrte Roth eine Weile an, als hätte sie mich nicht gehört. Dann blickte sie zum ersten Mal auf Vincent.

«Ja», sagte sie.

In ihren Augen funkelte für einen Moment der blanke Hass wie Blitze in einem Gewitter.

«Ja, er hat es getan», wiederholte sie.

Vincent wollte etwas sagen, sah Hawk an und ließ es bleiben. Er suchte hektisch mit den Augen den Raum ab, als würde er eine Fluchtmöglichkeit suchen. Es gab keine. Ich ging zum Tisch neben dem Sofa, nahm das Telefon und rief Sergeant O'Connor an. Roth setzte sich neben KC aufs Sofa. Sie hielt ihm eine Hand hin, und er nahm sie. Hawk sah Roth an und nickte zufrieden. Das war Hawks höchste Auszeichnung.

O'Connor kam an den Apparat.

«Spenser», sagte ich. «Wir haben einen Vergewaltiger für euch. Ihr könnt kommen und ihn abholen.»

Ich legte auf und drehte mich um. Vincent starrte mich an. Plötzlich rollten seine Augäpfel nach hinten, und er ging zu Boden. Hawk trat zur Seite und ließ ihn gegen die Wand fallen und gegen die Tür rutschen. Er blieb auf dem Boden liegen, mit geöffneten Augenlidern, die den Blick auf die weißen Augäpfel freigaben, den Mund weit aufgerissen. Wir sahen ihn alle an.

«Der Vergewaltiger hat sich ausgeknipst», sagte Hawk.

In der Ferne hörte ich die Martinshörner der nahenden Streifenwagen.

41

Am späten Abend traf ich mich mit Robert Walters von Walt und Willie in einer Schwulenbar im South End in der Nähe des Balletts.

«Sieh mal an», sagte Walt, als ich eintrat. «Der heteroste Hetero der Welt.»

Er trank Rotwein. Ganz offensichtlich war er schon eine ganze Weile dabei.

«In irgendwas muss man ja die Nummer eins sein», sagte ich.

Der Barkeeper war hellblond und trug einen Ohrring. Es gab Brooklyn Lager vom Fass. Ich bestellte eins.

«Über was wollen Sie denn mit mir reden, Mr. Hetero?»

Es gab keinen Grund, herumzudrucksen.

«Ich würde gern mit dir über dieses Erpressungstrara sprechen, das ihr Jungs mit eurer Zeitschrift gestartet habt.»

«Hä?»

«Ich würde gern mit dir über dieses Erpressungstrara sprechen, das ihr Jungs mit eurer Zeitschrift gestartet habt.»

«Trara?»

«Ihr habt heimliche Schwule ausfindig gemacht und gedroht, sie zu outen, wenn sie nicht zahlen. Darüber würde ich gern mal reden.»

Walt trank seinen Wein aus und winkte dem Barkeeper.

«Ich wechsle zu Martinis, Tom.»

«Belvedere», sagte der Barkeeper. «Eine Olive und randvoll.»

«Genau», sagte Walt.

Ich wartete. Walt sah zu, wie der Barkeeper seinen Martini mixte und ihn zu ihm brachte. Der Barkeeper legte eine kleine Serviette auf den Tresen, stellte den Martini darauf und ging wieder. Walt griff vorsichtig nach dem Martini, nahm einen Schluck und sagte: «Aaah!» Dann sah er mich an, und ich sah ihn an, und seine Augen füllten sich ganz langsam mit Tränen.

«Wessen Idee war es?», fragte ich.

Tränen rannen über Walts Gesicht.

«Seit sieben Jahren bin ich mit Willie zusammen», sagte er. Seine Stimme zitterte.

«Ziemlich lange», sagte ich.

Susan und ich waren über zwanzig Jahre zusammen, abgesehen von einer Auszeit in der Mitte. Deshalb fand ich eigentlich nicht, dass sieben Jahre besonders lang waren, aber es schien die richtige Bemerkung in diesem Moment zu sein.

«Ich hab ihn nicht einmal betrogen», sagte Walt.

Er trank seinen Martini fast ganz aus und starrte dann mit tränenverhangenem Blick das Glas an, das er am Stiel festhielt und langsam in der Hand drehte.

«Und plötzlich schmeißt er sich diesem Amir Abdullah an den Hals», sagte ich.

Walt sah mich an, als hätte ich gerade einen Wolkenkratzer mit einer einzigen Handbewegung umgestoßen.

«Ich bin Detektiv», sagte ich. «Ich weiß eine Menge.»

Walt trank den Martini aus und winkte nach einem neuen.

«Dieser Mistkerl», sagte er. «Er war mal mit Prentice zusammen. Wussten Sie das auch schon?»

Walt beobachtete die Zubereitung seines zweiten Martinis, und als er serviert wurde, nahm er sofort einen Probeschluck. Er achtete kaum noch auf mich.

«Wie lief das also mit diesen Erpressungen ab?»

«Willie und ich wussten überhaupt nichts davon. *OUTrageous* war uns wichtig wegen der Sache.»

Er blickte wieder seinen Martini an. Sein Gesicht war tränenüberströmt.

«Als Prentice starb, kam Amir zu Willie und mir. Er erklärte uns, was Prentice getan hatte. Er meinte, es sei doch ein Ausdruck von Gerechtigkeit, wenn Schwule, die nicht den Mut hatten, sich zu outen, wenigstens einen Beitrag dazu leisten mussten, damit wir Aktivisten unterstützt werden.»

«So kann man's natürlich auch sehen.»

«Er meinte, Willie und ich sollten einfach weitermachen. Es wäre absolut in Ordnung.»

«Wollte er einen Anteil?»

«Nein. Er sagte, er bräuchte kein Geld.»

Walt aß die Olive aus seinem Cocktail in mehreren winzig kleinen Bissen.

«Willie fand das großartig», sagte Walt. «Er war immer viel subversiver als ich. Immer bereit, den Heteros eins auszuwischen.»

«Was hat das alles denn mit den Heteros zu tun?», fragte ich.

«Für die Schwulenparade hat er sich immer besonders provozierende Kostüme angezogen. Einmal hat er sich als Priester verkleidet, mit allem Drum und Dran, aber einem viel zu kurzen Rock. Und rechts und links hielt er jeweils einen Messdiener an der Hand.»

«Das hat die Leute in Roslindale bestimmt schwer geschockt», sagte ich.

«Mir hat das schon ein bisschen zu schaffen gemacht», sagte Walt.

Er hatte immer mehr Schwierigkeiten mit dem Reden, denn er musste sich regelmäßig unterbrechen, um sein Schluchzen zu unterdrücken, damit er überhaupt weiterreden konnte.

«Willie meinte, ich würde direkt in die Schuldfalle tappen, weil ich mich wegen meiner Sexualität schämte. Wahrscheinlich bin ich ziemlich konservativ. Willie war immer viel aktiver als ich lahmer Sack. Wahrscheinlich ist es deshalb so gekommen.»

Er hatte seinen zweiten Martini fast ganz ausgetrunken. Er nuschelte jetzt. Ich hatte keine Ahnung, wie viel Wein er sich hinter die Binde gegossen hatte, bevor ich kam. Nicht wenig wahrscheinlich. Im Moment kam mir das zugute. Er war betrunken und redselig und hatte jemanden gefunden, dem er von seinem Schmerz erzählen konnte. Die Frage war nur, wie lange es noch dauern würde, bis er zu betrunken war, um weiterzusprechen. Ich wollte ihn antreiben, hatte aber das Gefühl, dass er sich dann daran erinnern würde, dass es hier um ein Verbrechen ging, und aufhören könnte zu reden.

«Was ist so gekommen?», fragte ich vorsichtig.

«Willie hat sich von Amir ficken lassen», sagte Walt und brach in lautes Schluchzen aus.

Der Barkeeper sah zu mir rüber. Ich zuckte mit den Schultern. Er ging ans andere Ende der Bar und begann seine sauberen Gläser neu zu ordnen.

«Wer kann ihm das schon verdenken», sagte Walt

schniefend und schluckend. «Wo er doch mit diesem ängstlichen homophoben Typen zusammen ist. Wer würde sich da nicht was Aufregenderes wünschen, verdammt. Wer würde sich nicht jemanden wünschen, der mehr ...» Er hielt inne, um seine Atmung unter Kontrolle zu bekommen. «Der mehr ... ich weiß auch nicht was ...»

«Ich kenne mich ja nicht besonders gut aus in solchen Dingen», sagte ich. «Aber ich weiß, dass es in so einer Situation schon mal ein gutes Zeichen ist, wenn man die Schuld bei sich selbst sucht. Er ist weg, aber da es dein Fehler war, lässt es sich vielleicht wieder reparieren.»

«Ich kann mich bessern», sagte Walt.

Er hatte jetzt Probleme, das «S» auszusprechen.

«Natürlich», sagte ich. «Glaubst du, dass Amir etwas damit zu tun hat, dass Prentice aus dem Fenster gestürzt ist?»

«Amir?»

«Amir Abdullah.»

«Sie meinen, ob er ihn umgebracht hat?»

Das Wort *umgebracht* kam ihm nur schwer über die Lippen.

«So könnte man es auch ausdrücken», sagte ich.

«Ich ... ich ... ich weiß nicht ...» Er stolperte über die Worte und setzte dann diesen wichtigtuerischen Blick auf, den Betrunkene haben, wenn sie plötzlich eine tiefe Wahrheit erkannt haben, und am nächsten Morgen schämen sie sich dann dafür.

«Er hat's bestimmt getan», sagte er. «Bestimmt war er's, und bestimmt hat Willie ihm geholfen.»

«Warum?»

«Weil sie Mis'kerle sin', beide sin' Mis'kerle.»

Er schob das fast leere Martiniglas von sich, legte seine Arme auf die Bar und dann den Kopf darauf, murmelte noch ein paar Mal «Mis'kerle» und schwieg.

«Gibt's noch mehr Beweise, außer der Tatsache, dass er ein Mistkerl ist?», fragte ich.

Ich wartete. Walt bewegte sich nicht mehr. Der Barkeeper schlurfte herbei. Walt begann zu schnarchen.

«Sind Sie ein Freund von Walt?», fragte der Barkeeper.

«Nein.»

«Okay, er ist hier Stammgast. Die Bar ist fast leer. Soll er ein bisschen seinen Rausch ausschlafen. Wenn er aufwacht, ruf ich ein Taxi und schick ihn nach Hause.»

«Gut», sagte ich.

«Er hat eine Rechnung von 43 Dollar offen», sagte der Barkeeper, «Ihr Bier inklusive.»

Ich legte einen Hunderter auf den Tresen.

«Geht auf mich», sagte ich. «Und bezahlen Sie das Taxi auch davon.»

«Danke.»

«Geht schon klar.»

Als ich rausging, grübelte ich über die eigentlich ja illusorische Macht nach, die man bekam, wenn man einen Hunderter auf den Tresen knallte. Vielleicht sollte ich immer ein paar davon bei mir tragen. Wichtiger wäre vielleicht noch, ab und zu ein paar davon zu verdienen. Zurzeit arbeitete ich an zwei Fällen umsonst, dem einen wegen Susan, dem anderen wegen Hawk. Ich fragte mich, ob es wohl schon zu spät war, bei *OUTrageous* einzusteigen. Vielleicht könnte ich mir ein Extra verdienen, wenn ich allen alles über alle erzählte.

Es regnete schon wieder, aber ich war entsprechend

angezogen, und außerdem war es bis zu meinem Büro nicht besonders weit. Ich lief ja gern durch den Regen. Also spazierte ich einen Block weit die Tremont Street entlang und bog dann in die East Berkeley, die Hände in den Taschen, den Kragen hoch gestellt, während der Regen sanft auf mich herabfiel. Ich dachte über das nach, was ich wusste. Ich hatte inzwischen eine Menge erfahren, aber nichts, was die Sache mit Robinson Nevins wieder ins Lot brachte. Es war eindeutig an der Zeit, sich noch mal mit Amir Abdullah zu unterhalten. Er war unter Garantie ein Mistkerl, aber er sah nicht aus wie einer, der in der Lage gewesen wäre, das defekte Fenster zu öffnen und jemanden hinauszuwerfen. Andererseits könnte er jemanden kennen, der dazu in der Lage war.

42

Wir parkten auf der Commonwealth Avenue vor dem Hotel Vendome, das inzwischen in Eigentumswohnungen umgewandelt worden war. Hawk und ich hatten entschieden, dass wir unser nächstes Gespräch mit Abdullah anders angehen wollten, da die erste Konfrontation ein wenig rüde geendet hatte.

«Er wohnt im zweiten Stock mit Blick nach vorn», sagte Hawk.

«Hast du sonst noch was über ihn herausgefunden?», fragte ich.

«Mehrmals die Woche schaut er in dem Weinladen auf der Boylston vorbei und kauft zwei, drei Flaschen Wein», sagte Hawk. «Normalerweise kurz bevor Willie ihn besucht.»

«Besucht ihn sonst noch jemand?»

«Jeden Tag. Junge Typen. Alle Rassen. Sehen aus wie Studenten. Die meisten kommen nur ein einziges Mal.»

«Glaubst du, er bringt ihnen das Versmaß der nordafrikanischen Berberpoeten bei?»

«Könnte auch sein, dass sie Körpersäfte austauschen.»

«Ja, wäre auch möglich.»

«Letztes Wochenende war er verreist.»

«Wohin?»

«Hat ein Taxi nach Logan genommen, zu einem dieser privaten Flugplätze, ist aufs Rollfeld spaziert und in einen Jet gestiegen und dann ...»

Hawk hob die Hand und ahmte den Start des Flugzeugs nach.

«Montagmorgen kam er zurück und ging direkt zur Uni.»

«Privatflugzeug?», fragte ich.

«Yep.»

«Hast du eine Ahnung, wohin er geflogen ist?»

«Niemand, den ich gefragt hatte, konnte mir Auskunft geben. Es war eine Hawker-Siddeley, sie startete um 14.35 Uhr direkt vor dem Hauptgebäude der Baxter Airways. Auf der Heckflosse standen ein paar Zahlen.»

Hawk reichte mir einen Notizzettel.

«Irgendjemand muss doch Bescheid wissen», sagte ich. «Es muss doch einen Flugplan geben.»

«Weißt du, wen man da fragen muss?»

«Im Moment nicht.»

«So geht's mir auch», sagte Hawk. «Amir weiß es bestimmt.»

«Klar. Fragen wir ihn halt.»

«Er hält gerade ein Seminar ab. Kommt nicht vor sieben Uhr nach Hause.»

«Prima», sagte ich. «Da haben wir ja noch genug Zeit, um bei ihm einzubrechen.»

«Meinst du etwa, er lässt uns nicht rein, wenn wir ganz nett anklopfen und brav guten Tag sagen?»

«Ich hasse es, wenn du einen auf lieben Jungen machst.»

«Geht den meisten so», sagte Hawk zufrieden.

Wir ließen den Wagen im Parkverbot stehen und gingen rüber zum Vendome. Hawk grüßte die gut aussehende Schwarze am Pult des Sicherheitsdienstes und deutete zum Aufzug. Sie lächelte und nickte.

«Sollte sie nicht oben anrufen und uns ankündigen?», fragte ich.

«Hmhm.»

«Ist wohl besetzt.»

«Wir sind keine Fremden für sie, sondern Freunde, die sie bis eben noch nicht kannte», sagte Hawk.

«Das stimmt.» Ich drückte auf den Knopf, um den Aufzug zu rufen.

«Weißt du», sagte Hawk, während wir auf den Aufzug warteten, «ich denke, Amir hat das Recht übers Wochenende zu verreisen, ohne dass wir ihn gleich nach dem Warum und Wohin fragen.»

«Selbstverständlich.»

«Aber wir werden ihn trotzdem fragen.»

«Selbstverständlich.»

«Weil's sonst gar nichts zu fragen gibt.»

«Richtig», sagte ich und trat in die Aufzugskabine.

Hawk folgte mir und drückte auf den Knopf für den zweiten Stock.

«Hast du mal drüber nachgedacht, in einen Job zu wechseln, bei dem du weißt, was du tust?», fragte Hawk.

«Warum sollte ausgerechnet ich damit anfangen.»

«Weiß nicht. War nur so ein Gedanke.»

Der Aufzug hielt an. Wir stiegen aus. Hawk deutete nach links, und wir gingen den Flur entlang bis zur letzten Tür. Ich klopfte, nur um sicherzugehen. Niemand öffnete. Ich bückte mich, um das Schloss zu studieren.

«Willst du die Tür eintreten?», fragte Hawk.

«Sieht ziemlich stabil aus. Würde einen Höllenlärm machen, wenn wir sie eintreten wollten.»

«Vielleicht nehmen wir besser den Schlüssel», sagte Hawk.

Ich sah auf. Er sah aus, als hätte er einen Kanarienvogel gefressen.

«Die nubische Göttin vom Sicherheitsdienst?»

«Hmhm.»

«Bist du sicher, dass du Amir die ganze Zeit wirklich nicht aus den Augen gelassen hast?»

«Sie hat ja diese Video-Überwachungsanlage mit einem eigenen Monitor in ihrem Schlafzimmer», sagte Hawk. «Während Amir seinen jungen Besuchern die Poesie der Berber nahe gebracht hat, habe ich Unterricht bei Simone genommen.»

Hawk schloss Amirs Tür auf. Wir traten ein. Es war dunkel und roch schwer nach Herrenparfüm, vermischt mit etwas Ähnlichem wie Weihrauch. Ich betätigte den Lichtschalter neben der Tür. Das Zimmer war ganz in Braun und Zinnober gehalten. Vor der gegenüberliegenden Wand stand eine 1,80 Meter hohe afrikanische Maske zwischen den beiden etwa zwei Meter breiten Fenstern. Eine hockende Fruchtbarkeitsgöttin aus der afrikanischen Bronzezeit stand auf dem Tisch vor dem beigefarbenen Sofa, von dem aus man auf ein großes Gemälde von Shaka Zulu blickte. Die Teppiche waren dick, die Vorhänge schwer. Links vom Wohnzimmer gab es eine Essecke mit einem Glastisch, auf dem Kerzen in Ebenholzständern standen, die in Form von Weinranken geschnitzt worden waren. Von der Essecke ging eine L-förmige Küche ab. Bad und Schlafzimmer waren zu unserer Rechten. Das Bett hatte einen Baldachin. Auf einem der Nachtschränkchen stand ein kleines Messingschälchen, worin man Räucherkerzen abbrennen konnte. Auf dem Schreibtisch stand eine gerahmte Fotografie, die eine strenge schmalgesichtige schwarze Frau mit zurückgekämmten Haaren und einem bis zum Hals zugeknöpften Kleid zeigte.

«Amir hat Stil», sagte Hawk.

«Räucherkerzen sind doch was Nettes», sagte ich.

Ich setzte mich aufs Sofa. Hawk ging zur Tür und schaltete das Licht wieder aus.

«Besser, er sieht es nicht schon von draußen», sagte Hawk. «Er soll erst mal reinkommen und die Tür hinter sich zumachen.»

Er kam wieder rüber und achtete darauf, nichts umzustoßen, während seine Augen sich an die Dunkelheit gewöhnten, und setzte sich neben mich. Die Füße legte er auf den Sofatisch.

«Was ist mit der Frau passiert, die vergewaltigt wurde?», fragte er.

«Sie ist zu ihrer Mutter nach Providence gefahren.»

«Kümmert sich jemand um sie?»

«Susan hat ihr die Adresse einer Therapeutin gegeben.»

«Wird sie hingehen?»

«Keine Ahnung. Ihr Ex-Mann hat gesagt, er bezahlt.»

«Es wird damit enden, dass sie wieder auf seinen Schoß kriecht», sagte Hawk.

«Glaube ich nicht. Ich glaube, er ist sich ziemlich klar über sein Verhältnis zu ihr.»

Hawk schwieg eine Weile.

«Natürlich kann sie sich immer noch auf deinen Schoß setzen», sagte er.

«Nicht, wenn ich in Bewegung bleibe.»

«Haben wir einen Plan, was wir tun wollen, wenn Amir aufkreuzt?»

«Wir stellen ihm ein paar Fragen.»

«Und wenn er uns anlügt?»

«Stellen wir weitere Fragen.»

«Wann soll ich ihn mit dem Kopf nach unten aus dem Fenster halten?»

«Das können wir immer noch machen. In so einem Fall sieht er sich vielleicht genötigt, uns irgendwas zu erzählen, was wir hören wollen. Und dann erfahren wir mehr Unwahrheiten als sonst was.»

«Du bist einfach zu weichherzig», sagte Hawk.

«Jedenfalls weichherziger als du.»

«Womit wir beide wahrscheinlich sehr glücklich sind.»

«Heute versuchen wir es mal auf die sanfte Tour», sagte ich.

«Vielleicht bringt es was in Bewegung», sagte Hawk. «Vielleicht tut er dann etwas, das ihn angreifbar macht.»

«Vielleicht.»

Ein Schlüssel wurde ins Wohnungstürschloss gesteckt. Wir sprangen auf. Ich lief lautlos über den dicken Teppich hinweg in die Küche. Hawk ging ins Schlafzimmer. Der Schlüssel wurde umgedreht. Die Tür ging auf. Die Lichter wurden eingeschaltet. Die Tür wurde geschlossen. Ich hörte, wie er die Sicherungskette einhakte. Ich trat aus der Küche und stand direkt vor Amir. Ein asiatisch aussehender Junge von etwa achtzehn Jahren, ein Japaner, vermutete ich, war bei ihm. Als Amir mich sah, sprang er zur Tür. Hawk war schon aus dem Schlafzimmer gekommen und stand nun zwischen Amir und dem Ausgang. Amir wandte sich wieder um und versuchte ans Telefon neben dem Sofa zu kommen. Ich blockierte seinen Weg. Amir hielt inne und warf einen Blick ins Schlafzimmer. Kein Ausweg. Mit der Küche war es das Gleiche. Er hatte keine Fluchtmöglichkeit. Wie erstarrt blieb er zwischen uns stehen. Hinter ihm hakte Hawk die Sicherungskette aus und öffnete die Tür einen Spaltbreit.

«Du haust ab», sagte er zu dem Asiaten.

Der Junge sah Amir an. Amir reagierte nicht. Er war wie gelähmt vor Panik.

«Aber schnell», sagte Hawk.

Der Junge drehte sich um, und Hawk schob die Tür weit genug auf, dass der Junge hindurchschlüpfen konnte. Dann zog er die Tür wieder zu und hakte die Kette wieder ein.

«Setzen Sie sich», sagte ich zu Amir. «Wir müssen uns unterhalten.»

«Tun Sie mir nicht weh», sagte er.

Seine Stimme klang schrill und dünn, als würde sie durch eine enge Röhre gepresst.

«Ist nicht nötig, Ihnen wehzutun», sagte ich. «Setzen Sie sich einfach hin und unterhalten Sie sich mit uns.»

«Der Junge, der Sie eben gesehen hat, wird die Polizei rufen», sagte er.

Hawk trat hinter Amir, legte beide Hände auf seine Schultern, schob ihn zum Sofa und setzte ihn hin.

«Bleib sitzen», sagte er.

Amir tat, was er verlangte. Hawk setzte sich neben ihn. Ich setzte mich auf ein Sitzkissen gegenüber, die Ellbogen auf den Knien, die Finger verschränkt.

«Ich erzähle erst mal, was wir über Sie wissen. Wir wissen, dass Sie den Personalausschuss des Fachbereichs darüber informiert haben, dass Robinson Nevins für den Tod von Prentice Lamont verantwortlich ist.»

«Ich ...»

«Sei ruhig, Amir», sagte Hawk.

«Wir wissen, dass Sie selbst eine sexuelle Beziehung mit Prentice Lamont kurz vor seinem Tod unterhielten.»

Amir öffnete den Mund, sah Hawk an und schloss ihn wieder.

«Wir wissen, dass Prentice Schwule, die nicht geoutet werden wollten, erpresste. Und wir wissen, dass Sie das wussten.»

Amir saß mit zusammengepressten Lippen da und versuchte regungslos auszusehen, um aus der Not eine Tugend zu machen.

«Was wissen wir noch?», fragte ich Hawk.

«Wir wissen, dass du 'n Kinderficker bist, Amir.»

Amir versuchte arrogant dreinzublicken. Immerhin war er trotz allem Akademiker.

«Ich weiß nicht, wovon du redest.»

«Klar weißt du das», sagte Hawk. «Du würdest sogar eine Schlange ficken, wenn sie jung genug wäre und du sie ruhig halten könntest.»

Wie immer war Hawks Gesichtsausdruck eine Mischung aus Vergnügen und Ausdruckslosigkeit. Amir versuchte vergeblich, arrogant auszusehen. Er wirkte eher verbissen, schien kleiner zu werden, als würde er innerlich schrumpfen und versteinern.

«Wir wissen, dass Sie die Redakteure von *OUTrageous*, auch bekannt als Walt und Willie, ermuntert haben, ihre Erpressungen fortzusetzen», sagte ich. «Wir wissen, dass Sie es ablehnten, finanziell daran beteiligt zu werden, weil Sie, wie Sie sagten, genug Geld hätten. Wir wissen, dass Sie zurzeit eine Affäre mit Willie haben, was Walt dazu gebracht hat, Sie als Mistkerl zu bezeichnen.»

«Und», sagte Hawk. «Wir wissen, dass du letztes Wochenende mit einem Privatflugzeug unterwegs warst.»

«Und jetzt kommt das, was wir nicht wissen», fuhr ich fort. «Wir wissen nicht, ob Sie sich die Geschichte über Nevins ausgedacht haben, oder ob sie wahr ist. Wir wissen nicht, warum Sie dem Personalausschuss davon erzählt haben, egal ob es wahr ist oder nicht. Wir wissen nicht, warum Sie die Erpressungen befürworteten. Wir wissen nicht, warum Sie kein Geld von ihnen nehmen wollten. Wir wissen nicht, warum Sie behauptet haben, Sie bräuchten kein Geld. Wir wissen nicht, wo Sie an diesem Wochenende gewesen sind. Wir wissen nicht, ob Sie für den Tod von Prentice Lamont verantwortlich sind.»

Schweigen breitete sich aus in dem Wohnzimmer mit dem schweren süßlichen Räucherkerzengestank.

«Wir würden's aber gern wissen», sagte Hawk leise.

«Ich habe Prentice nichts getan», sagte Amir.

«Wer war's dann?»

«Prentice hat sich selbst getötet.»

«Nein», sagte ich. «Hat er nicht. Wissen Sie, wer es war?»

«Prentice hat sich selbst getötet», wiederholte Amir.

«Wen haben Sie an diesem Wochenende besucht?»

«Niemanden.»

«Sie haben einen Privatjet vom Baxter-Airways-Flugplatz genommen, am letzten Freitag um 3 Uhr 25.»

«Hab ich nicht.»

«Wir können das überprüfen», sagte ich. «Sind Sie der Meinung, dass heimliche Schwule geoutet werden sollten?»

«Es gibt keinen Grund, sich seines Schwulseins zu schämen.»

«Ich stimme zu. Aber ich bleibe bei meiner Frage.»

«Jeder Homosexuelle, der erhobenen Hauptes seine Veranlagung erklärt, bringt uns einen Schritt weiter in Richtung gesellschaftlicher Anerkennung.»

Wir sprachen jetzt nur noch über theoretische Probleme. Amir bekam wieder festen Boden unter die Füße. Seine Stimme klang jetzt weniger schrill.

«Es sei denn, sie zahlen», sagte ich.

«Das ist eine Art Strafzoll für Unkooperative.

«Aber Sie würden solches Geld nicht nehmen wollen.»

«Ich komme sehr gut mit meinem Gehalt und den Honoraren meiner Vorträge und Veröffentlichungen aus.»

«Hatten Sie eine Affäre mit Prentice Lamont?»

«Wir haben uns geliebt. Daran gibt es nichts auszusetzen.»

«Während er gleichzeitig mit Robinson Nevins zusammen war oder vorher?»

Amir zögerte. Er spürte den Hintergedanken in der Frage.

«Während», sagte er.

Das war die falsche Antwort.

«Also hat er Nevins betrogen, aber als der ihn verließ, war er so verzweifelt, dass er sich umbrachte?»

«Sie verstehen nichts von Homosexuellen.»

«Warum glauben Sie, dass Prentice Selbstmord begangen hat?»

«Alle glauben das doch.»

«Und warum haben Sie es dem Personalausschuss mitgeteilt?»

«Ich fühlte mich dazu verpflichtet.»

«Verpflichtet», sagte Hawk.

Amir sah Hawk schief an, als würde er versuchen, so zu tun, als würde er ihn gar nicht ansehen.

«Ich kenn dich doch irgendwoher», sagte er.

«Klar. Wir sind vor ein paar Wochen bei dir im Büro gewesen», sagte Hawk. «Haben ein paar deiner Fans aufgemischt.»

«Nein, ich meine schon vorher. Ich kenn dich von früher.»

Hawk sagte nichts. Sein Gesicht blieb ausdruckslos. Aber irgendetwas muss in seinen Augen aufgeblitzt haben, denn plötzlich zuckte Amir zurück, als ob er geschlagen worden wäre.

Ich wartete eine Weile, aber es passierte nichts. Amir war heftig bemüht, Hawk nicht ansehen zu müssen.

«Amir», sagte ich. «Ich glaube Ihnen kein Wort.»

Amir blickte starr geradeaus. Ich nickte Hawk zu. Wir standen auf und gingen zur Tür. Ich hakte die Sicherungskette aus. Wir öffneten die Tür und verließen die Wohnung. Hawk drehte sich um und warf einen langen Blick auf Amir. Dann zog er die Tür hinter sich zu.

43

Ich saß mit Robinson Nevins in der Cafeteria seines Fachbereichs. Wir tranken Kaffee. Ich versuchte es neuerdings mit einer Mischung, die je zur Hälfte aus entkoffeiniertem und richtigem Kaffee bestand. Gar nicht schlecht.

«Ich hab Ihren Vater kennen gelernt», sagte ich.

«Die meisten Leute sind sehr beeindruckt, wenn sie ihn kennen lernen», sagte Nevins.

«Er ist beeindruckend.»

«Hawks Zuneigung zu ihm ist berührend», sagte Nevins. «Wenn man bedenkt, was Sie zweifellos besser wissen als ich, dass Hawk seine Gefühle nie zeigt, schon gar nicht Zuneigung.»

«Mögen Sie Ihren Vater?»

«Da er mein Vater ist, denke ich, dass ich ihn liebe. Aber ich habe so meine Schwierigkeiten mit ihm.»

«Warum?»

«Weil er aus einer anderen Welt kommt. Er ist ein echter Macho. Und ich bin sehr weit von so etwas entfernt.»

«Ist er von Ihnen enttäuscht?»

«Warum ... Nein ... ich glaube nicht.»

«Ich glaube es auch nicht», sagte ich.

«Haben Sie mit ihm über mich gesprochen?»

«Ja. Er hat mich gefragt, ob ich glaube, dass Sie schwul sind.»

«Und?»

«Ich sagte, ich wüsste es nicht. Und er sagte, er wüsste es auch nicht, aber es wäre ihm egal. Sie wären zuallererst einmal sein Sohn.»

«Ich weiß, dass er sich Gedanken macht», sagte Nevins. «Ich bin vierzig Jahre alt und nicht verheiratet.»

«Ich glaube, es ist an der Zeit, dass ich erfahre, ob Sie's sind», sagte ich.

«Ob ich schwul bin?»

«Ja.»

«Nein», sagte Nevins. «Bin ich nicht.»

«Hätte Ihnen eine Menge Ärger erspart, wenn das allgemein bekannt gewesen wäre.»

«Vielleicht. Aber ich war immer der Meinung, dass es unlauter ist, einen Menschen danach zu beurteilen, was er im Privatleben mit seinen Geschlechtsorganen anfängt, solange er es mit Erwachsenen tut, die sich frei entscheiden können.»

«Das ist sicherlich richtig», sagte ich. «Aber jetzt kommt eine noch schlimmere Frage: Können Sie es beweisen?»

Nevins, der gerade die Tasse zum Mund führte, hielt auf halbem Weg inne und starrte mich eine Minute lang an. Dann setzte er die Tasse wieder ab, verschränkte die Hände, legte sein Kinn darauf und blickte mich weiter an.

«Wie sollen wir das denn machen?», fragte er. «Wollen wir zusammen ins Pornokino gehen und überprüfen, ob ich eine Erektion bekomme?»

«Wie wäre es mit Aussagen befriedigter Frauen?», sagte ich.

Er nickte langsam und lächelte verhalten.

«Mir gefällt das auch nicht, aber niemand ist bereit, mir irgendwas zu erzählen. Ich bin aber leider gezwungen, Tatsachen zutage zu fördern.»

«Die Ironie an der ganzen Sache ist, dass ein Mitglied des Personalausschusses sehr gut weiß, dass ich heterosexuell veranlagt bin.»

«Wer mag das wohl sein?»

Er schwieg.

«Also», sagte ich. «Es wird wohl eine Frau gewesen sein. Wie viele gibt es im Ausschuss?»

«Vier.»

«Herrgott! Ich bin Detektiv. Glauben Sie, ich finde unter den vier Frauen nicht die Richtige?»

«Wenn ich es Ihnen erzähle, können Sie es dann für sich behalten?»

«Ich werde es niemandem erzählen, der es nicht unbedingt wissen muss», sagte ich.

Er blickte mich immer noch über seine gefalteten Hände hinweg an. Das verhaltene Lächeln verschwand. Schließlich sagte er es ohne jegliche Gefühlsregung.

«Lillian Temple.»

«Wenn das stimmt, dann hat Lillian Temple im Ausschuss wissentlich die Unwahrheit gesagt. Sie hat die Angelegenheit mit Prentice Lamont überhaupt erst aufgebracht.»

Nevins nickte langsam, das Kinn immer noch auf den Händen liegend.

«War das, bevor sie mit Bass Maitland ins Bett ging?», fragte ich.

«Während», sagte Nevins.

«Ah. Und Sie sind zu sehr Ehrenmann, um das aufs Tapet zu bringen.»

«Die Beziehung zu Maitland ist wichtig für sie. Ich möchte sie nicht kaputtmachen.»

«Sie werden hier gelyncht, möchten aber nichts zu Ihrer eigenen Verteidigung vorbringen, weil es nicht ehrenhaft wäre.»

Nevins zuckte mit den Schultern.

«Wenn man ehrenhaft handelt, bringt man sich mitunter in Schwierigkeiten.»

«Jesus Christus», sagte ich. «Ihr Vater ist offenbar nicht der einzige Macho in der Familie.»

Nevins machte große Augen. Dann neigte er den Kopf leicht zur Seite.

«Sie glauben, meine Beweggründe ähneln denen eines Machos?»

«Ich hoffe es. Sonst wären Sie einfach bloß verrückt.»

Eine alte dicke schwarze Frau in weißen Turnschuhen schlurfte an unseren Tisch, nahm den Abfall vom Tisch sowie die Kaffeetassen, die wir nicht ausgetrunken hatten, warf alles in ein Wägelchen, das sie vor sich herschob, und ging weiter. Wir schwiegen. Ich war mir nicht sicher, ob sie uns überhaupt bemerkt hatte.

«Hatten Sie andere Freundinnen?», fragte ich. Das war keine berufliche Frage, ich war einfach interessiert.

«Ja. Ich habe es nicht an die große Glocke gehängt, denn sie waren weiß.»

«Hmhm.»

«Hinzu kommt … ich weiß nicht, wie ich das ausdrücken soll, ohne vollkommen überheblich zu wirken.»

«Ist schon okay», sagte ich. «Sie sind ja Akademiker.»

Er lächelte ganz automatisch.

«Na ja, ich bin sozusagen übergebildet. Ich kann nur mit Frauen zusammen sein, die genauso übergebildet sind wie ich.»

«Und die meisten Frauen dieser Sorte sind weiß.»

«Ja.»

Wir schwiegen, während die dicke alte Schwarze zurückkam, unseren Tisch abwischte und weiterging.

«Ich dachte immer, zwischenrassische Beziehungen sind in Ihren Kreisen kein Problem.»

«Ich weiß nicht, ob es ein Problem wäre. Aber so wie ich erzogen wurde, glaub ich eher nicht daran. Meine Mutter war immer sehr erpicht darauf, auf *unserer* Seite zu bleiben. Es fällt mir nicht leicht, meine Prägung zu ignorieren.»

«Ich nehme an, das kann ziemlich schwierig sein. Also haben Sie Ihre Beziehungen unter Verschluss gehalten.»

«Ja.»

«Und da Sie allein stehend sind und schon vierzig, ging man davon aus, Sie seien schwul.»

«Allein stehend, vierzig, gebildet, Bücherwurm, unsportlich – wussten Sie, dass ich nie in meinem Leben Basketball gespielt habe?»

«Damit haben Sie Ihre Herkunft wirklich verraten.»

«Das Verrückte ist, dass ich zwar kein Interesse an Sex

mit anderen Männern habe, mich aber in mancherlei Hinsicht unter Schwulen mehr zu Hause fühle als unter Heterosexuellen. Die Schwulen akzeptieren die Beziehung von einem Schwarzen und einer weißen Frau. Und niemand erwartet dort von mir, dass ich ein Michael Jordan bin.»

«Auch sonst erwartet niemand von Ihnen, ein Michael Jordan zu sein.»

«Sie wissen, was ich meine.»

«Ja, klar. Haben sie viele schwule Freunde?»

«Ja. Mit Schwulen komme ich besser klar als mit Schwarzen.»

Ich war mir nicht sicher, ob die Welten sich wirklich so eindeutig voneinander abtrennen ließen, aber darum ging es jetzt nicht. Ich nickte aufmunternd.

«Amerika erwartet von einem schwarzen Mann, dass er ein Macho ist», sagte er.

Wieder war ich mir nicht sicher, ob wir beide überhaupt wissen konnten, was Amerika erwartete, und außerdem war auch dies nicht unser Thema. Also nickte ich wieder nur.

«Natürlich», fuhr er mit einem plötzlich aufblitzenden Lächeln fort, «trage ich auch den guten alten Familienkonflikt mit mir herum: die feinsinnige Mutter und der Vater, der Boxer trainierte.»

Jetzt kamen wir der Sache schon wieder etwas näher, und ich fand es gut, dass er das auch wusste.

«Ja», sagte ich. «Sich als Hetero unter Schwule zu mischen ist eine interessante Form, diesen Konflikt auszutragen.»

Er riss die Augen auf und starrte mich an.

«Na so was», sagte er, «Sie sind gar nicht …» Er machte eine unbestimmte Handbewegung.

Ich vollendete den Satz für ihn.

«… so dumm, wie ich aussehe. Eigentlich bin ich das schon, aber ich habe eine sehr intelligente Freundin.»

«Ich bin beeindruckt», sagte Robinson.

Ich zog jetzt richtig vom Leder.

«Ein Schwarzer, der nur mit weißen Frauen Beziehungen eingeht, betont seine grundlegende Zwiespältigkeit.»

«Ihre Freundin hat wohl eine Therapie gemacht», sagte Robinson.

«Sie ist Therapeutin.»

«Oh», sagte Robinson. «Das ist nicht fair.»

«Natürlich nicht. Ich mag auch diese Frage nicht gern stellen, aber darf ich vielleicht mit Ihrer jetzigen Freundin sprechen?»

«Ja. Sie heißt Pamela Franklin. Ich gebe Ihnen ihre Adresse.»

Er zog einen Kugelschreiber und ein kleines Notizbuch hervor, schrieb etwas auf, riss die Seite heraus und gab sie mir.

«Vielen Dank. Kennen Sie Amir Abdullah?»

«Ja.»

«Irgendein Kommentar?»

«Er ist ein Betrüger. Er ist ein unlauterer, manipulierender, ausbeuterischer Scharlatan.»

«Können Sie mir auch irgendwas Negatives über ihn erzählen?»

Robinson wollte aufbrausen, riss sich dann zusammen, sah mich kurz an und lächelte wenig amüsiert.

«Sie machen sich über mich lustig.»

«Ja.»

«Vielleicht sollten Sie das nicht zu weit treiben.»

«Ich werd's versuchen. Erzählen Sie mir was über Amir?»

«Er hat sich selbst das Image des schwarzen Revolutionärs verpasst, ohne irgendwelche theoretischen Grundlagen zu besitzen. Ich bin von Natur aus kein Revolutionär oder Aktivist, aber ich achte Menschen, die es ernsthaft sind. Amir ist es nicht. Er ist eine leere Hülle. Er hat Erfolg, weil er jeden, der ihn angreift, beschuldigt, Rassist oder homophob zu sein.»

«Oder ein Tom», ergänzte ich.

«Ja.»

«Sind Sie beide politische Gegner?»

«Ich bin nicht politisch aktiv», sagte Robinson. «Aber ich bin mit fast allem, was Amir propagiert, nicht einverstanden.»

«Haben Sie ihn kritisiert?»

«Ja.»

«Würde er davon profitieren, wenn Ihnen die Festanstellung verweigert würde?»

Robinson blickte der dicken alten Schwarzen gedankenversunken hinterher, die jetzt wieder zwischen den beinahe leeren Tischen hindurchschlurfte.

«Jemand, ich weiß nicht, wer es war, hat mal gesagt, ein Grund, warum akademische Auseinandersetzungen so heftig geführt würden, sei, dass es um so wenig geht», sagte Robinson. «Amir würde nicht direkt davon profitieren, wenn ich die Stelle nicht bekomme. Aber es würde ihm gefallen.»

«Und es würde die Anzahl derer verringern, die ihn

angreifen können, ohne dass er ihnen vorwerfen kann, rassistisch zu sein.»

«Wenn man bedenkt, wie viele schwarze Professoren es im Fachbereich gibt, würde sich das tatsächlich deutlich auswirken.»

«Was ist mit Lillian?»

«Was soll mit ihr sein?»

«Sie und Amir haben der Polizei gegenüber erklärt, sie wüssten von Ihrer Beziehung zu Prentice Lamont.»

«Lillian? Ich habe ihr nie etwas getan.»

«Wir wissen jetzt, dass die Beschuldigung unwahr ist. Aber warum hat sie das dann getan?»

«Weiß ich nicht», sagte er. «Ich kann nur Vermutungen anstellen.»

«Bitte.»

Robinson atmete tief ein und wieder aus: «Die meisten schwarzen Heteros kennen wenigstens eine Frau wie Lillian. Sie hat wenig Verbindung zur Wirklichkeit außerhalb der Universität. Sie tut bestimmte Dinge, nicht, weil sie Spaß machen oder ihr etwas einbringen, oder weil es vernünftig ist. Sie tut Dinge, weil sie dem Ideal entsprechen, das sie sich angelesen hat.»

«Ich hab Lillian kennen gelernt», sagte ich.

«Okay», sagte Robinson lächelnd, «machen wir ein Quiz: Warum, glauben Sie, ist sie schon so lange mit Bass Maitland zusammen?»

«Weil er sie an Lionel Trilling erinnert», sagte ich.

«Oder an Walter Pater», sagte Robinson. «Sie haben das Prinzip verstanden. Und nun kommt die Bonusfrage: Warum ist sie mit mir ins Bett gegangen?»

«Um die Bürde der weißen Frau zu tragen.»

«Ja.» Robinsons Gesichtszüge wirkten mit einem Mal richtig lebendig. «Und warum hat sie damit aufgehört?»

«Weil Sie ihr nicht schwarz genug waren.»

«Wahnsinn», sagte Robinson. «Sie sind richtig gut.»

«Ich habe so einige Lillians kennen gelernt», sagte ich. «Indem sie ihre Begeisterung für Amir kultivierte, konnte sie ihren schwarzen Brüdern und Schwestern dienen und trotzdem Bass treu bleiben.»

«Ja, ich bin mir ziemlich sicher, dass es sich so abgespielt hat, weil sie genau das dachte. Aber irgendwann wird sie Bass wieder betrügen.»

«Weil sie vor allem scharf auf Sex ist?»

«So lange sie dieses Verlangen unter einem Berg von hochtrabenden Begründungen verstecken kann.»

«Ich vermute mal, dass Bass eben doch nicht Lionel Trilling ist.»

«Nein», sagte Robinson. «Er ist bloß der übliche akademische Opportunist mit einer beeindruckenden Stimme und guter Statur.»

«Wir hätten uns eine Menge Zeit und Ärger erspart, wenn Sie mir das alles gleich zu Anfang erzählt hätten.»

«Oder wenn Sie danach gefragt hätten», fügte Robinson hinzu.

Ich nickte. «Wir hatten wohl beide die gleichen Gründe, denke ich. Können Sie beweisen, dass Sie eine Affäre mit ihr hatten?»

«Natürlich kann ich nicht beweisen, dass ich, äh, Geschlechtsverkehr mit ihr hatte. Aber ich habe Bilder, auf denen wir gemeinsam zu sehen sind.»

«Ich hätte gerne das schönste davon. Haben Sie sich irgendwo getroffen, wo es einen Zeugen gegeben hat?»

«Zeugen?»

«Sind Sie in einem Motel abgestiegen, haben Sie zusammen im Club Café gesessen? Haben Sie eine gemeinsame Nacht im Haus eines Freundes auf dem Kap verbracht?»

«Wir waren einige Tage lang in einer kleinen Pension in Rockport, wo größtenteils Schwarze absteigen.»

«Wie heißt sie?»

«Sea Mist Inn.»

«Wann war das zuletzt?»

«Am Wochenende nach dem Tag der Arbeit. Das war das letzte Mal, dass wir zusammen waren.»

«Vielen Dank.»

«Ich möchte sie nicht in Schwierigkeiten bringen», sagte Robinson.

«Ich auch nicht.»

Wir schwiegen. Die dicke schwarze Frau war hinausgeschlurft, und wir saßen jetzt allein in der leeren Cafeteria.

«Wussten Sie, dass mein Vater mich nach Jackie Robinson genannt hat?», fragte er.

«Besser geht's nicht.»

«Ich weiß. Ich glaube, ich hatte immer das Gefühl, dass ich dem nicht gerecht werden kann.»

«Niemand kann Jackie Robinson das Wasser reichen», sagte ich. «Sie haben sich doch gar nicht schlecht gemacht.»

«Ich wünschte, Sie hätten Recht.»

«Ich habe immer Recht», sagte ich. «Weil ich eine intelligente Freundin habe.»

44

Ich schlief, als mein Auto explodierte. Der Lärm weckte mich, und ich erreichte das Fenster rechtzeitig, um zu sehen, wie einige Teile auf die Marlborough Street herunterregneten. Abgesehen vom Feuer, das nach der Explosion ausgebrochen war, konnte man auf der Straße nichts entdecken. Ich sah auf die Uhr, es war 3.35 Uhr morgens. Mir fiel nichts ein, was ich hinsichtlich meines Wagens tun konnte. Ich sah niemanden, der vom Tatort flüchtete. Aber ich war zu wach, um wieder ins Bett zu gehen, also stand ich da und sah zu. Nach etwa zehn Minuten kam ein Streifenwagen die Marlborough Street entlanggefahren und hielt neben den Überresten meines Autos. Ich zog mich an und ging nach unten, um mich als Besitzer zu erkennen zu geben. Während ich mit den Cops sprach, traf die Feuerwehr ein sowie einige Experten für Brandstiftung. Damit war meine Nachtruhe dahin.

Als ich gegen zehn Uhr morgens mein Büro betrat, war ich weniger ausgeschlafen als sonst. Auf meinem Anrufbeantworter war eine Nachricht, ich sollte Captain Healy vom Polizeihauptquartier anrufen.

«Sie haben doch wegen diesem Flugzeug nachgefragt», sagte Healy, als ich ihn an der Strippe hatte. «Es handelt sich um einen Privatjet einer Firma namens Last Stand Systems, Inc. Der Flug ging von Logan nach Bangor in Maine.»

«Wissen Sie irgendwas über Last Stand Systems?»

«Nein.»

«Haben Sie eine Adresse der Firma?»

«Beecham in Maine.»

«Und das wär's?»

«Das wär's», sagte Healy. «Haben Sie mal von Beecham gehört?»

«Nein.»

«Ich auch nicht.»

«Ein Wunder, dass Sie es trotzdem bis zum Captain geschafft haben.»

«Ist kein Wunder», sagte Healy und legte auf.

Ich holte meinen Atlas raus und sah nach, wo Beecham lag. Irgendwo an der Küste südöstlich von Bangor. Ich rief in Augusta bei der Gewerbeaufsicht des Bundesstaats Maine an und bekam heraus, dass Last Stand Systems, Inc. eine Non-Profit-Organisation war. Ich hakte nach und erfuhr nach einiger Zeit die Namen der wichtigsten Angestellten und der Vorstandsmitglieder der Firma. Laut ihren Statuten war Last Stand Systems eine Organisation, die sich dem sozialen und politischen Arten- und Umweltschutz verschrieben hatte. Nachdem ich aufgelegt hatte, sah ich mir die Liste der Namen an. Sie sagten mir nichts. Der erste Vorsitzende war ein Mann namens Milo Quant.

Ich rief die Auskunft an, fragte nach der Telefonnummer von Last Stand Systems, Inc. und bekam sie auch. Ich wählte die Nummer und fragte nach Informationsmaterial. Sie notierten meinen Namen und meine Adresse. Ich erzählte ihnen, mein Name sei Henry Cimoli und nannte die Adresse des Harbor Health Club.

Dann rief ich Henry an und bat ihn, auf die Post zu achten und Hawk auszurichten, er solle bei mir vorbeikommen. Innerhalb einer Stunde war Hawk bei mir. Wie immer machte er einen geradezu strahlenden Eindruck. Sein rasierter Schädel glänzte. Er bewegte sich geschmeidig, als hätte der Frühling ihn verjüngt. Und wie immer bewirkte seine freundliche Zurückhaltung, dass man ihn beinahe für einen Außerirdischen hielt.

«Ich glaube, wir sind jemandem auf den Schlips getreten», sagte ich. «Letzte Nacht ist mein Wagen in die Luft geflogen.»

«Solltest du dabei draufgehen?», fragte Hawk.

«Ich glaube nicht. Er explodierte um 3.35 Uhr morgens. Wenn jemand mich hätte treffen wollen, hätte er eine andere Uhrzeit gewählt.»

«Wenn er dich hätte umbringen wollen, hätte er die Bombe mit dem Zündschloss verbunden.»

«Ja. Aber ich habe keine Ahnung, wovor man mich warnen will.»

«Also müssen sie noch was hinterherschicken.»

«Hmhm. Rufen Sie an, schreiben Sie mir, schauen Sie mal vorbei.»

«Sie werden vorbeikommen, um dir zu zeigen, dass sie dich jederzeit finden können», sagte Hawk.

«Ja. Sie wollen schließlich auch sehen, wie ich die Warnung aufnehme.»

«Hast du mit jemandem gesprochen, seit wir bei Amir waren?»

«Nein.»

«Dann war das Gespräch mit Amir womöglich der Auslöser.»

«Vielleicht. Oder die Sache mit Louis Vincent. Eine Art Revanche.»

«Nein. Dies ist eine Warnung. Zu spät für Vincent.»

«Ja», sagte ich. «Du hast wohl Recht.»

«Wem gehört das Flugzeug?», fragte Hawk.

«Last Stand Systems, Inc. Aus Beecham in Maine.»

«Beecham in Maine?»

«Hab auch noch nie davon gehört.»

Die Tür meines Büros war offen, damit wir einen guten Blick auf Lila aus dem Design-Büro gegenüber hatten. Jetzt traten plötzlich sechs Männer hintereinander herein, beinahe im Gleichschritt. Zwei stellten sich links neben die Tür, zwei rechts davon, und zwei marschierten direkt vor meinen Schreibtisch und blieben stehen.

«Vielleicht kennen die sich besser aus», sagte Hawk.

«Haben Sie eine Ahnung, wo Beecham in Maine liegt?», fragte ich.

Sie sahen aus, als kämen sie vom Secret Service oder von IBM. Alle trugen schwarze Anzüge und weiße Hemden. Alle hatten Krawatten umgebunden. Alle hatten kurz geschorene Haare. Alle waren nordeuropäischer Herkunft. Nachdem sich alle postiert hatten, schloss einer die Tür.

Der eine der beiden, die vor meinem Schreibtisch standen, fragte: «Spenser?»

Er trug eine Hornbrille und machte damit einen recht intelligenten Eindruck. Wahrscheinlich hatten sie ihn deshalb zu ihrem Sprecher erkoren.

«Ja», sagte ich. «Liegt es an der Küste?»

«Liegt was an der Küste?»

«Beecham.»

Die Hornbrille schüttelte missbilligend den Kopf.

«Ihnen wurde eine Nachricht zugestellt», sagte er. «Heute morgen um 3.35 Uhr.»

Ich warf Hawk einen Blick zu.

«Hast du etwa vergessen, die Bücher in die Bibliothek zurückzubringen?»

Hawk lehnte an meinem Aktenschrank und sah aus, als könne er jeden Moment einschlafen. Er lächelte sanft.

«Sind keine Bibliothekare», sagte er. «Bibliothekare wissen, wo Beecham liegt.»

Die Hornbrille verzog keine Miene.

«Wie fordern Sie auf, sich gänzlich von Amir Abdullah fern zu halten. Ich wiederhole gänzlich. Bei Zuwiderhandlung wird mit Ihnen verfahren werden wie mit Ihrem Auto.»

«Warum das?», fragte ich.

«Wir haben Sie unterrichtet», sagte Hornbrille. «Und Ihren Negerfreund auch.»

«Haben Sie irgendwas mit Last Stand Systems zu tun?», fragte ich.

Einer der anderen öffnete meine Tür, und die hinteren vier marschierten nach draußen. Die Hornbrille und sein Kumpel folgten ihnen. Als sie an der Tür angekommen waren, drehte sich Hornbrilles Kumpel um und hatte plötzlich eine Halbautomatische mit Schalldämpfer in der Hand. Er drückte dreimal ab. Jede Kugel zerfetzte einen der Kaffeebecher, die auf dem Aktenschrank etwa dreißig Zentimeter von Hawk entfernt standen. Hawk bewegte sich keinen Millimeter. Die Pistole verschwand. Die Tür wurde geschlossen. Wir blieben allein zurück. Es war still, der Pulvergeruch hing in der Luft.

Hawk warf einen Blick auf die Überreste der Kaffeebecher.

«Kein schlechter Schütze», sagte er.

«Du hast Recht, Negerfreund», sagte ich. «Aber ist er auch wirklich ein netter Mensch?»

45

Die Fotos, die Lillian und Robinson zeigten, kamen per FedEx in mein Büro. Ich nahm sie mit, als ich zum Sea Mist Inn fuhr, wo ich mit einer gemütlich aussehenden Frau am Empfangspult sprach. Sie erinnerte sich recht gut an den schwarzen Mann und die weiße Frau. Sie hatten sich am Vorabend des Tags der Arbeit als Mr. und Mrs. Robinson Nevins eingetragen. Ja, die Frau auf dem Bild war Mrs. Nevins.

Ich fuhr nach Boston zurück und zur Universität. Die Bilder hatte ich bei mir. Ich schloss mich Lillian Temple an, die gerade mit ihrer Aktentasche aus der Bibliothek kam, und lief neben ihr her. Sie schien mich wiederzuerkennen, zeigte aber nicht die geringste Freude, mich zu sehen.

«Hallo», sagte ich.

«Ich möchte Sie bitten, mich nicht zu stören, wenn ich gerade arbeite», sagte sie.

«Kann ich Ihnen nicht verdenken», sagte ich. «Kennen Sie das Sea Mist Inn?»

«Wie bitte?»

«Das Sea Mist Inn. Eine Pension in Rockport, wo sie letztes Jahr am Tag der Arbeit abgestiegen sind.»

Sie blieb in der Mitte des Innenhofs abrupt stehen.

«Tag der Arbeit?»

Ich zog die Fotos aus meiner Jackentasche.

«Ich hab dort diese Fotos von Ihnen und Robinson gezeigt, und die Frau am Empfang hat Sie wiedererkannt.»

Sie starrte die Fotos an.

«Das kommt jetzt ein bisschen plötzlich für Sie», sagte ich. «Wollen wir uns nicht auf eine Bank setzen, damit Sie nachdenken können?»

Ohne ein Wort ließ sie sich auf eine Bank vor einem Immergrünstrauch neben dem Eingang des Verwaltungsgebäudes fallen. Sie starrte immer noch auf die Fotos, die ich ihr hinhielt.

«Diese Bilder beweisen gar nichts», sagte sie schließlich.

Ich steckte sie wieder in meine Tasche.

«Nein, aber sie regen zum Nachdenken an, zusammen mit der Aussage der Dame vom Sea Mist Inn und dem, was Robinson Nevins erzählt hat.»

Sie starrte schweigend auf die Stelle, wo eben noch die Bilder zu sehen gewesen waren. Sie atmete langsam aus.

«Tja», sagte sie. «Sie schnüffeln ganz schön in meinem Privatleben herum.»

«Ich tue nur meine Arbeit, Ma'am.»

Lillian blickte mich düster an.

«Keine besonders erstrebenswerte Arbeit», sagte sie.

Falls sie irgendeinen Sinn für Humor hatte, wusste ich nicht, wie ich an ihn rankommen sollte.

«Nun», sagte ich. «Da wir also annehmen können, dass Sie über Robinson Nevins' heterosexuelle Veranlagung Bescheid wussten, stellt sich nun eine Frage ganz von selbst.»

Lillian sah mich weiter ganz ernst an, was vielleicht ihr Versuch war, gefasst zu wirken. Ihr Gehirn schien nicht gerade schnell zu arbeiten, sogar für eine Professorin. Obwohl die Frage recht plötzlich aufgekommen war, handelte es sich doch um eine ziemlich eindeutige. Ich wartete.

Schließlich fragte sie ausdruckslos: «Welche Frage?»

«Warum Sie dem Personalausschuss etwas über Robinson Nevins erzählt haben, das nach Ihrer Kenntnis ganz offensichtlich falsch war.»

«Er könnte ja bisexuell sein.»

«Ja, könnte er. Aber glauben Sie das denn?»

«Ich wüsste nicht, was dagegen spricht.»

«Haben Sie ihn danach gefragt?»

«Natürlich nicht.» Sie war jetzt, vielleicht sogar ehrlich, erbost. «Die sexuelle Veranlagung eines Menschen geht weder Sie noch mich etwas an.»

Ich sah sie eine Weile an und spürte, wie mein Atem ging.

«Da bleibt einem ja die Luft weg», sagte ich. «Sie haben die Karriere eines Mannes ruiniert, indem sie ihn skandalöser Dinge beschuldigen, von denen Sie wissen, dass sie falsch sind, und trotzdem fallen Ihnen noch solche moralistischen Plattheiten ein, wenn Sie überführt werden.»

«Ich finde es schade, dass Sie der Ansicht sind, dass das Recht auf Privatleben eine moralistische Plattheit ist.»

«Ich frage mich, ob Sie überhaupt merken, dass Sie mir hier das Wort im Mund herumdrehen. Ich glaube eigentlich nicht, dass Sie so intelligent sind, aber ab und zu bin ich schon überrascht.»

Sie stand auf, die Aktentasche mit beiden Armen umfasst, als wollte sie etwas ganz fest bei sich behalten.

«Ich muss hier nicht herumsitzen und mich von Ihnen beschimpfen lassen», sagte sie.

«Nein, müssen Sie nicht», stimmte ich zu. «Der Dekan, mit dem ich mich darüber unterhalten werde, wird das sicherlich genauso sehen.»

Sie setzte sich wieder hin und presste die Aktentasche noch fester an sich.

«Sie wollen mit dem Dekan sprechen?»

«Yep. Wahrscheinlich auch mit Bass Maitland. Und vielleicht noch mit den Redakteuren der Studentenzeitung.»

Sie war entsetzt. Ihr überheblicher, verständnisloser Gesichtsausdruck wurde durch vor Angst weit aufgerissene Augen ersetzt.

«Ich möchte einen Anwalt», sagte sie.

«Klar», sagte ich. «Holen Sie sich einen. Ich bin kein Cop. Sie sind nicht verhaftet. Aber ich weiß, dass Robinson Nevins auf der Ausschusssitzung angeschwärzt wurde, und ich weiß auch von wem. Ich kann es beweisen, und das werde ich auch tun. Ich weiß nicht, warum das geschehen ist, aber ich könnte mir vorstellen, dass das keine so große Rolle spielt.»

Die Seminarpause war vorbei, der Unterricht ging weiter. Der Innenhof war relativ leer. Ein paar Studenten saßen rauchend auf den Treppenstufen zur Bibliothek, hörten Musik aus Kopfhörern oder unterhielten sich über Sex. Auf dem kleinen Stück Erde neben dem Verwaltungsgebäude, wo die Immergrün wuchsen, pickten einige vom harten Stadtleben gebeutelte Vögel, größtenteils Stare und Spatzen, nach allem, wonach Vögel so picken. Draußen vor dem Universitätseingang hielten die

U-Bahn-Züge, ließen Passagiere aus- und einsteigen und verschwanden wieder im Untergrund.

Schließlich sagte Lillian mit einer Stimme, die beinahe mädchenhaft klang: «Sie würden es sowieso nicht verstehen.»

«Wahrscheinlich nicht», sagte ich.

Sie nahm die linke Hand von der Aktentasche und begann mit den Haaren in ihrem Nacken zu spielen.

«Ein Universitätsfachbereich ist ein besonderer Ort. Es ist vielleicht der einzige Ort, wo das Ideal einer zivilen Gesellschaft noch am Leben ist.»

«Das kann ich noch nachvollziehen», sagte ich.

Falls sie meine Bemerkung gehört hatte, ließ sie es sich nicht anmerken.

«Robinson ist ein sehr anständiger Mann, aber er ... er gehört nicht an diesen Fachbereich. Er ist nicht ... wie soll ich mich ausdrücken ... er steht nicht im Einklang mit dem hohen Standard in Fragen von Rasse und Hautfarbe.»

«Wie gut ist er denn als Lehrer?»

«Das ist nicht der Punkt. An einer Universität geht es nicht nur darum, zu unterrichten. Hier wird eine Kultur entwickelt und weitervermittelt. An einer Universität müssen die besten Köpfe sich in völliger Freiheit den grundlegenden menschlichen Themen widmen. Der Universitätsfachbereich ist die Brut- und Verbreitungsstätte einer ganzen Kultur.»

Ich war froh, dass ich mich in unserem Gespräch einer halbwegs soliden Grammatik befleißigt hatte.

«Würden Sie sagen, dass Robinson sich nicht auf der Höhe der aktuellen Rassendebatte befindet, weil er der

Ansicht ist, dass es nicht an Völkermord grenzt, in seinen Seminaren über tote weiße Dichter zu sprechen?»

«Das gehört dazu, auch wenn Sie diese Angelegenheit natürlich in Worte kleiden, die Sie als unreif entlarven.»

«Sie fühlten sich also verpflichtet, im Ausschuss Lügen über ihn zu verbreiten, weil er Ihnen nicht schwarz genug ist.»

«Sie ziehen meine hehren Motive schon wieder in den Schmutz.»

«Jemand muss es ja tun», sagte ich. «Ich freue mich, dass ich es sein darf.»

«Ich tat das, was mir im größeren Zusammenhang als das Richtige erschien.»

«Darf ich eines ganz klar fragen?», sagte ich. «Das herausragendste Mitglied dieser Bastion der zivilen Gesellschaft, von der Sie sprechen, ist also Amir Abdullah?»

«Ja.»

«Diese These will ich widerlegen», sagte ich.

Es gelang ihr, ihr Abstraktionsniveau zu verlassen und erstaunt auszusehen.

«War das ein Zitat?», fragte sie.

Ich hielt es nicht mehr aus und stand auf.

«Samuel Johnson», sagte ich. «Schlagen Sie's nach.»

Dann ging ich.

46

Wenn ich nicht gerade unter Beschuss stehe, lese ich morgens die Zeitung und trinke Kaffee. Wenn ich unterwegs bin, lese ich immer das jeweilige Lokalblatt. Zu Hause lese ich den *Boston Globe.* Als Henry mir das Info-Material von Last Stand Systems Dienstagmorgen vorbeibrachte, schob ich es erst mal beiseite, bis ich meine dritte Tasse Kaffee und die Seite mit den Comics hinter mich gebracht hatte. Dann faltete ich die Zeitung wieder zusammen und legte sie ordentlich weg, für den Fall, dass ich später noch mal einen Blick hineinwerfen wollte. Manchmal war «Doonesbury» für mich beim ersten Mal zu schwierig, und ich musste mir den Polit-Comic später noch mal vornehmen.

Die Unterlagen von Last Stand Systems waren offensichtlich am Computer hergestellt worden. Sie sahen trotzdem sehr professionell aus, waren vierfarbig layoutet und mit guter Typographie versehen. Ansonsten war es Dreck. Im Mittelpunkt ihrer Propaganda stand eine Zeitschrift namens *Alert!*, in der vor der schleichenden Degeneration der weißen Rasse gewarnt wurde, vor der Feminisierung des amerikanischen Mannes, vor den homosexuellen Anschlägen auf die Familie, vor der Entwürdigung christlicher Werte und der bevorstehenden Wiederkehr des Anti-Christ. Ein Artikel entlarvte mit großem Ernst sowie Fußnoten und einer Bibliographie den geheimen Plan, der tief im Innern der Machtzentren von Washington von den Handlangern des Zionismus ausgebrütet wurde und die Übergabe des Landes an die Eine-Welt-Propagandisten der Vereinten Nationen zum Ziel hatte. Der Autor hatte mit Octavio Smith, Ph. D. unterzeichnet. Stilistisch sehr bemüht und ganz schön hölzern.

Ich legte *Alert!* beiseite und nahm mir die restlichen Materialien vor. Darunter befand sich ein Brief des Vorstandsvorsitzenden Milo Quant, in dem er erklärte, dass

Last Stand Systems Amerika so wiederherstellen wollte, wie es einst von unseren Vätern gegründet worden war. Ein Formular zur Beantragung der Mitgliedschaft war ebenfalls dabei und eine Liste mit den nächsten Last-Stand-Terminen. Ich heftete den Antrag, auf dem eine Aufnahmegebühr von 100 Dollar vermerkt war, ab und sah mir die Termine an. Es handelte sich vor allem um öffentliche Auftritte von Quant. Der nächstgelegene Ort war das College in Fitchburg, Massachusetts, wo am Freitagabend eine Veranstaltung stattfinden sollte, die von einer Studentenvereinigung unterstützt wurde. Ein Termin, den man unbedingt wahrnehmen musste.

Es gab wohl keine Organisation, die weniger dazu geeignet schien, einen schwarzen, schwulen und radikalen Aktivisten wie Amir Abdullah für ein Wochenende nach Maine zu fliegen, als Last Stand Systems, Inc. Aber sie hatten genau das getan, und ich konnte mir nicht im Entferntesten vorstellen, wieso. Außerdem war es gut möglich, dass sie eine Truppe von geschniegelten Meisterschützen auf uns gehetzt hatten, um uns davon abzuhalten, ihm hinterherzuschnüffeln. Auch darauf konnte ich mir keinen Reim machen. Vielleicht benutzten sie ihn als Köder für potenzielle Mitglieder. Wer sich lange genug mit Amir Abdullah auseinander setzen musste, wurde zweifellos irgendwann zum homophoben Rassisten.

Meine Bürotür ging auf. Es war Susan. Sie hatte eine kleine Tüte Limonenkekse dabei, die sie irgendwo gekauft hatte, und nun mit mir zusammen zum Kaffee essen wollte. Was wie immer darauf hinauslaufen würde, dass sie knapp einen Keks und ich in der gleichen Zeit den Rest der Packung vertilgte. Für mich war das kein Problem.

«Freitagabend findet im ART eine Wohltätigkeitsveranstaltung statt», sagte Susan. «Ich würde gern mit dir hingehen.»

Sie hatte die Kekse auf einen Pappteller gelegt und bereitete jetzt den Kaffee zu.

«Oh, verdammt», sagte ich. «Ich muss leider nach Fitchburg fahren und mir die Rede eines homophoben Rassisten anhören.»

«Tja», sagte Susan. «Den Spaß muss ich dir natürlich gönnen. Ist Entkoffeinierter okay?»

«Klar. Hast du nicht Lust, die ART-Veranstaltung sausen zu lassen und mitzukommen?»

Ich sah ihr zu, wie sie den Kaffee mit einem Löffel in den Filter füllte. Sie machte ihn immer zu schwach.

«Ja», sagte sie, «aber ich kann nicht. Ich sitze doch im Vorstand. Ich will nur nicht allein hingehen.»

«Nimm Hawk mit», sagte ich. «Er ist ein amüsanter Gesprächspartner.»

«Oje.»

Wir schwiegen eine Weile und dachten beide über Hawk und die Wohltätigkeitsveranstaltung nach.

«Warum gibst du nicht noch einen Löffel Kaffee dazu?», fragte ich.

«Wird er dann nicht zu stark?»

«Nein. Und eine Prise Salz.»

«Okay», sagte sie und tat es, obwohl ich an ihrer Haltung erkennen konnte, dass sie sich sicher war, der Kaffee würde zu salzig und zu stark werden. Sie schaltete die Kaffeemaschine ein, blieb davor stehen und sah zu, wie sie zu arbeiten anfing.

«Ich vermisse dich», sagte sie.

«Ja. Ich vermisse dich auch.»

«Ich hab das Gefühl, wir haben uns länger nicht gesehen.»

«Wir arbeiten eben beide.»

«Meinst du, wir könnten bald mal wieder wegfahren. Nur wir beide, egal wohin?»

«Ja», sagte ich. «Eine Fahrt ins Blaue vielleicht?»

«Das wäre toll», sagte Susan.

«Ich werde mir was ausdenken.»

«Aber bitte keine Besichtigungstour durch das neue Stadion in Cleveland.»

«Und nach Cooperstown in die Hall of Fame willst du auch nicht.»

«Bleiben doch trotzdem noch ein paar Möglichkeiten übrig», sagte Susan.

«Ich glaube schon», sagte ich. «Ich frage mich, ob KC Roth wohl gerne mal die Hall of Fame besuchen würde.»

«Sie ist dort wahrscheinlich Ehrengast. Bestimmt haben sie dort ihr Diaphragma ausgestellt.»

«Ihr Diaphragma?»

«Ich bin eben altmodisch.»

«Und kein bisschen eifersüchtig.»

«Kein bisschen», sagte Susan.

Die Kaffeemaschine hatte genug Kaffee für zwei Tassen gebrüht. Susan schenkte ein, stellte die Kanne zurück, gab Milch und Süßstoff dazu und brachte die beiden Tassen zum Schreibtisch.

«Warum hörst du dir die Rede eines homophoben Rassisten an?», fragte sie.

«Sein Name ist im Zusammenhang mit dem Robinson-Nevins-Fall aufgetaucht.»

«Tatsächlich.»

Ich aß bereits meinen zweiten Keks. Susan kaute auf ihrem ersten kleinen Bissen herum.

Der Kaffee war genau richtig. Ich wusste, dass sie ihn auch gut fand, es aber aus Trotz niemals zugeben würde.

«Letzte Woche ist Amir Abdullah mit einem Privatjet von Logan nach Bangor geflogen worden. Das Flugzeug gehört einer Organisation namens Last Stand Systems, Inc. aus Beecham in Maine. Dieser Redner ist der Vorsitzende dieses Vereins, der offenbar das rechteste Spektrum der christlichen Wertegemeinschaft repräsentiert.»

«Hast du das absichtlich so harmlos ausgedrückt?», fragte Susan.

«Sehr harmlos», sagte ich. «Wir haben Amir danach gefragt. Er hat den Flug bestritten.»

«Und was willst du herausfinden, wenn du dir diesen Vortrag anhörst?»

«Keine Ahnung. Mal sehen, wie der Kerl aussieht. Hören, wie er klingt. Vielleicht frag ich ihn nach Amir. Meistens weiß ich nicht, was ich tun werde, also gehe ich hier genauso vor. Du weißt schon, so lange hinsehen, bis ich etwas erkennen kann.»

«Ich weiß. Die gleiche Strategie verfolgen wir in unseren Therapien.»

Wir aßen die Kekse auf und tranken den Kaffee.

«Der Kaffee ist genau richtig», sagte ich.

«Ich meine, er ist ein bisschen zu stark und etwas zu salzig.»

Ich grinste sie an. Dann stand ich auf, ging um meinen Schreibtisch herum und stellte mich vor sie hin.

«Ich liebe es, wenn meine Erwartungen erfüllt werden», sagte ich. «Bekomme ich jetzt einen dicken, feuchten, schmatzenden Kuss?»

Susan tupfte sich die Lippen mit einer Papierserviette ab, die bei den Keksen in der Tüte gewesen war, und stand auf.

«Ja», sagte sie. «Bekommst du.»

47

Am nächsten Morgen rief mich KC Roth im Büro an, um mich zum Mittagessen einzuladen. Ich ging davon aus, dass ich in der Öffentlichkeit einigermaßen sicher war, und sagte zu. Wir trafen uns im Legal Seafood in Chestnut Hill, und weil wir früh dran waren, mussten wir nicht lange warten.

«Ich lebe jetzt wieder in einer anständigeren Gegend», sagte KC, nachdem sie sich mit ihrem Glas Weißwein mir gegenüber an den Tisch gesetzt hatte.

«In Chestnut Hill?»

Sie schüttelte den Kopf.

«Dafür reicht's nicht. Ich wohne jetzt in Auburndale, im Erdgeschoss eines hübschen Zweifamilienhauses.»

Wir studierten die Speisekarte und bestellten. KC nahm ein zweites Glas Weißwein.

«Ich … ich muss einiges loswerden», sagte sie.

«Okay.»

«Ich … ich schäme mich für die verrückten Sachen, die ich gemacht habe. Dich anzurufen oder dir Briefe zu schicken.»

«Nichts Schlimmes passiert.»

«Ich war einfach … verrückt, denke ich. Eine verrückte Zeit, verstehst du?»

«Ich verstehe.»

«Und natürlich möchte ich mich dafür bedanken, dass du mir geholfen hast.»

«Ich musste dich nur davon überzeugen, dass du dir selbst helfen musst. Dein Ex-Mann hat sich da wesentlich nützlicher gemacht als ich.»

«Ja, Burt war für mich da. Manchmal denke ich, ich habe einen schrecklichen Fehler begangen. Ich könnte immer noch in einem schönen Haus leben, zusammen mit jemandem, der für mich sorgt.»

«Du kannst gut für dich selbst sorgen.»

«Bisher habe ich eher das Gegenteil bewiesen.»

«Unterstützt dich dein Ex-Mann?»

«Ich bekomme monatlich Geld von ihm.»

«Reicht es?»

«Es genügt, um unabhängig zu sein.»

«Oder abhängig.»

«Ja, sicher, Männer sehen das immer so. Ihr habt ja keine Ahnung, wie das ist, wenn man eine verheiratete Hausfrau war und plötzlich für sich selbst sorgen muss.»

«Du hast Recht.»

Sie nippte an ihrem Wein. Im Restaurant war viel los. In den Legal Seafoods ist immer viel los.

«Meinst du, ich sollte mir einen Job suchen?», fragte sie.

«Ich meine, du würdest dich längerfristig besser fühlen, wenn du für dich selbst sorgen könntest und nicht auf das Geld deines Ex-Mannes angewiesen bist.»

«Ich frage mich, ob er wohl eine Freundin hat.»

Ich sagte nichts dazu.

«Er hat sich um mich gekümmert.»

«Und er hat dich gebeten, das nicht misszuverstehen. Er hat dir klar gemacht, dass ihr beiden künftig getrennte Leben lebt.»

«Natürlich musst du ihn verteidigen. Alle Männer stecken unter einer Decke. Die Bruderschaft der alten Knaben.»

«So alt bin ich gar nicht.»

«O Mann! Du weißt ganz genau, was ich meine.»

Die Serviererin brachte eine Muschelsuppe für KC und Hummersalat für mich. KC nahm die Gelegenheit wahr, ein weiteres Glas Wein zu bestellen. Wir probierten das Essen. KC bekam ein neues Glas Wein und trank davon.

«Aber», sagte sie, «ich habe dich nicht gebeten, mit mir essen zu gehen, um mich zu beklagen.»

«Oh», sagte ich.

«Ich wollte die Gelegenheit nutzen, um dir zu sagen, dass ich zu schätzen weiß, was du alles für mich getan hast.»

«Es war mir ein Vergnügen.»

«Wird Der-dessen-Name-nicht-genannt-werden-soll für lange Zeit ins Gefängnis kommen?»

«Das wissen wir erst nach dem Prozess.»

«Was passiert, wenn er nicht ins Gefängnis kommt?»

«Er wird reinkommen.»

«Aber was ist, wenn es zu einem, du weißt schon, Justizirrtum kommt?»

«Dann werden wir die nötigen Dinge in die Wege leiten.»

«Wirst du mir dann immer noch helfen?»

«Das ist mein Beruf, KC.»

«Aber ich habe dich nicht mal bezahlt.»

«Ich weiß.»

«Was passiert, wenn er wieder auftaucht, und ich kann dich immer noch nicht bezahlen?»

«Dann werden wir uns was überlegen.»

«Ich ... ich glaube, ich würde das nie durchstehen, wenn du nicht da wärst.»

«Wo?»

«Du weißt schon, bei mir.»

«Wie gesagt, das ist mein Beruf.»

«Du meinst, du bist für jeden da, der dich engagiert?»

«Mehr oder weniger.»

Sie hielt sich mehr an den Wein als an die Suppe, was wirklich schade war, denn die Muschelsuppe im Legal Seafood ist sehr gut. Ich aß meinen Hummersalat auf.

«Als du neben mir auf dem Bett gesessen hast», sagte KC, «nach dieser ... dieser schrecklichen Sache, dachte ich, ich sei mehr als nur jemand, der dich engagiert hat.»

Mir gefiel gar nicht, welche Richtung die Unterhaltung jetzt nahm.

«Gehört zum Service», sagte ich.

Sie streckte die Hand aus, legte sie fest auf meine und sah mir in die Augen.

«Verdammt», sagte sie. «Merkst du denn nicht, dass ich dich liebe?»

Ich kam mir vor, als wäre ich in ein Remake von *Stella Dallas* geraten.

«Das glaube ich nicht», sagte ich. «Ich habe dir aus einer schwierigen Situation herausgeholfen. Du hast das

Bedürfnis, jemanden zu lieben, um dich sicher zu fühlen, und im Augenblick gibt es niemand anderen, und ich bin zufällig verfügbar und deshalb hast du das Gefühl, ich sei der Richtige.»

«Ich lasse mir meine Gefühle nicht vorschreiben.»

«Gehst du immer noch zu der Therapeutin, die Susan dir vermittelt hat?»

«Jede Woche zweimal nach Providence rausfahren, nur um über meinen Vater zu reden? Nein, danke.»

«Susan kann dir auch jemanden hier in der Nähe vermitteln.»

«Glaubst du denn, ich bin nicht ganz richtig?»

«Ich glaube, dass du Hilfe brauchst, um herauszufinden, wen du wirklich liebst, wem du vertrauen kannst und was deine Bedürfnisse sind.»

«Blablabla. Warum könnt ihr Männer nicht einfach euren Gefühlen trauen?»

«Du brauchst auch Hilfe, um deinen Hang zu Verallgemeinerungen zu bremsen.»

Sie stand so plötzlich auf, dass sie ihr leeres Weinglas umstieß. Sie ging um den Tisch herum, warf sich mir an den Hals und küsste mich. Ich blieb stocksteif sitzen und kam mir vor wie eine belagerte Jungfrau. Eine Flucht hätte einen äußerst schlechten Eindruck gemacht. KC küsste mich so heftig ab, wie es nur ging. Ich blieb ruhig. Als sie nach Luft schnappen musste, legte sie den Kopf zurück und sah mir wieder tief in die Augen.

«Ich liebe dich, du Mistkerl», sagte sie. «Kapierst du denn nicht, dass ich dich liebe?»

«Wenn du mich nicht sofort loslässt und dich wieder hinsetzt, bekommst du einen Kinnhaken.»

Sie erstarrte, als hätte ich sie schon geschlagen, starrte mich an und fing an zu heulen. Laut schluchzend drehte sie sich um und rannte aus dem Lokal. Alle Gäste sahen ihr nach und dann zu mir, entweder missbilligend (fast alle Frauen, einige Männer) oder mit Sympathie (manche Männer, eine Frau). Nur die Serviererin blieb unbeeindruckt. Sie brachte mir die Rechnung.

48

Die Post von Beecham in Maine befand sich in einer Ecke eines Gemischtwarenladens, einem kleinen wetterschiefen Häuschen auf einem kleinen Hügel, von dem aus man hinunter zum Hafen gelangte. Die Küste von Maine ist sehr touristisch, und eine Menge Ladenbesitzer haben sich ein künstliches Yankeetum antrainiert, um die Erwartungen der Touristen zu befriedigen.

«Ich suche die Adresse von Last Stand Systems», sagte ich.

Der Ladenbesitzer und Postbeamte war ein dicker alter Kerl, der ein kragenloses blau-weiß gestreiftes Hemd trug und in ziemlich großen Blue Jeans steckte, die von roten Hosenträgern gehalten wurden.

«Hier in der Stadt», sagte er.

Während er antwortete, warf er einen Blick auf Hawk. Es war kein misstrauischer Blick, eher einer, den man einem exotischen Tier zuwirft, das plötzlich und unerwartet auftaucht. Er hätte wahrscheinlich genauso geguckt, wenn ich mit einem Ozelot an der Leine aufgekreuzt wäre.

«Wo in der Stadt?»

«Draußen an der Buxton Road», sagte er.

«Gibt's eine Adresse?»

«Beecham, Maine.»

Der Ladenbesitzer saß auf einem von vier Stühlen, die vor einem marmornen Trinkwasserbecken standen und am Boden festgeschraubt waren. Seine dicken Beine baumelten hin und her, er trug keine Socken, nur Mokkasins. Unter einer Glasglocke lagen Donuts, Strohhalme und Servietten befanden sich in entsprechenden Fächern.

«Wie sieht's mit der Hausnummer aus?», fragte ich.

«Keine.»

«Wenn wir die Buxton Road langgehen, wie finden wir das Gebäude?»

«Steht ein Schild davor.»

«So eins, auf dem steht Last Stand Systems, Inc.?»

«Yep.»

«Das wird uns helfen.»

«Kann sein.»

«Wie kommen wir zur Buxton Road?»

«Vorne raus, nach rechts.»

«Haben Sie lange gebraucht, um diese Rolle einzuüben?», fragte Hawk.

Der fette alte Kerl verzog fast das Gesicht zu einem Grinsen, riss sich aber zusammen.

«Yep», sagte er.

«Solche Typen wie Sie tragen normalerweise aber Socken», sagte Hawk.

«Manche schon», sagte der fette alte Kerl.

Hawk grinste. Wir drehten uns um und gingen nach draußen, stiegen in Hawks Wagen und bogen rechts ab. Fast alle Häuser waren weiß und standen auf niedrigen

Fundamenten. Viele hatten Veranden, die sich die ganze Vorderseite entlangzogen und noch um eine Ecke des Hauses herumführten. Darauf konnten die Bewohner in ihren Schaukelstühlen sitzen und über die Straße zu den anderen Leuten blicken, die in Schaukelstühlen saßen und über die Straße blickten. Die Buxton Road überquerte einen kleinen, schnell fließenden Fluss und erstreckte sich dann zwischen hohen Fichten auf der einen und der von der rauen, schäumenden See zerfurchten Steilküste auf der anderen Seite. Die Möwen hier schienen viel lebendiger zu sein als anderswo. Sie ließen sich nicht einfach vom Wind tragen wie die in Boston. Hier stürzten sie sich immer wieder in die schaumgekrönten Wellen, flitzten über die Felsen hinweg und schnappten sich ihr Futter aus kleinen Tümpeln, die sich während der Ebbe hinter den rostig wirkenden Granitblöcken gebildet hatten. Eine Meile hinter der Stadt führte ein Feldweg in den Pinienwald hinein. Auf einem kleinen Schild mit schwarzen Buchstaben auf weißem Holz stand «Last Stand Systems, Inc.». Hawk wendete und parkte den Wagen an der gegenüberliegenden Straßenseite an der Steilküste, etwa 50 Meter von dem Schild entfernt.

«Wir könnten kühn drauflosmarschieren», sagte Hawk.

«Und wenn es die Firma ist, die uns die Killer in den Anzügen geschickt hat, werden wir ziemlich bald tot sein.»

«Oder wir handeln listenreich.»

«Listenreich?»

«Listenreich.»

«Ich bin für listenreich», sagte ich.

«Gut», sagte Hawk. «Was schlägst du vor?»

«Hast du etwa keinen Plan?»

«Ich bin für das grundlegende Konzept zuständig.»

«Ach, das war das eben? Ich dachte, du wolltest bloß mit einem altmodischen Wort glänzen.»

«Das auch», sagte Hawk.

«Okay, dann lass uns mal im Wald rumschleichen und gucken, was es zu sehen gibt.»

«Heimlich», sagte Hawk.

«Natürlich heimlich.»

Wir trugen beide Arbeitsklamotten, also Jeans, Turnschuhe, T-Shirts. Außerdem trug ich ein blaues Oxford-Hemd über der Hose, um meine Browning zu verdecken, die ich in den Gürtel gesteckt hatte. Hawk benutzte wie meistens ein Schulterhalfter. Um es unsichtbar zu machen, trug er eine graue Windjacke. Er zog sie aus, faltete sie zusammen und legte sie ordentlich auf den Rücksitz. Unterm Arm trug er eine .44er Magnum.

«Bewirkt das Gewicht von diesem Ding da nicht, dass du zur Seite kippst?», fragte ich.

«Schon», sagte Hawk. «Aber man weiß ja nie, ob man nicht einen Elefanten abknallen muss.» Er hängte den Autoschlüssel über die Sonnenblende. «Falls wir schnell abhauen müssen, will ich nicht nach dem Schlüssel suchen müssen.»

«Könnte natürlich auch ein Verein sein, der bloß aus netten Leuten besteht, die Flugblätter in Fußgängerzonen verteilen.»

«Mit Geheimnummern und Privatjets», sagte Hawk.

«War nur so ein Gedanke.»

Wir überquerten die Straße und traten in den Wald. Er

verströmte diesen bittersüßen Geruch, wie es an solchen warmen Tagen typisch ist. Abgesehen vom Zirpen der Grillen und dem gelegentlich anschwellenden Rauschen des Winds war es sehr ruhig. Die Fichtennadeln bedeckten den Waldboden wie ein dicker Teppich. Unsere Schritte waren kaum zu hören. Wir liefen einen großen Bogen, um das Gelände von Last Stand Systems aus einer anderen Richtung als der von der Straße her zu erreichen. Alles kein Problem. Es gab kaum Gestrüpp. Als ob das ganze Gebiet zwischen den hohen Fichten sorgfältig gesäubert worden wäre. Nach etwa zwanzig Minuten entdeckten wir das eingezäunte Gelände. Viel gab es nicht zu sehen. Es sah aus, als sei es irgendwann mal eine richtige Fabrik gewesen, die später saniert worden war. Es gab drei Gebäudekomplexe mit großen Fenstern, wie sie im 19. Jahrhundert bei Fabriken üblich gewesen waren. Die Gebäude waren weiß gestrichen. Das ganze Anwesen war mit einem hohen Drahtzaun abgeriegelt, der von Stacheldraht gekrönt wurde.

Ich kletterte auf einen Baum. Von dort aus konnte ich sehen, dass die Gebäude um ein freies Feld von der Größe eines Fußballplatzes gruppiert waren. Vor einem der Häuser wehte die amerikanische Flagge. Einige Männer in dunklen Anzügen und weißen Hemden kamen aus dem Haus, vor dem der Fahnenmast stand, und verschwanden im Haus auf der gegenüberliegenden Seite. Ich schaute nach unten. Hawk hatte es sich unter dem Baum bequem gemacht. Er lehnte mit dem Rücken gegen den Baumstamm, die Beine überschlagen, und sah aus, als würde er schlafen, was aber wahrscheinlich ein Trugschluss war.

Ich blieb noch eine Weile im Baum sitzen. Wenn man als erwachsener Mann auf einem Baum sitzt, kommt man sich ziemlich dämlich vor. War nicht so schlimm, ich hatte es schon mal so empfunden. Also saß ich einfach ganz dämlich da oben herum und beobachtete das Fabrikgelände. Links von mir befand sich ein bewachter Eingang mit Unterstand und Wachposten. Das Tor war offen und so weit aufgezogen, dass es gegen den Drahtzaun stieß. Das Hauptgebäude mit dem Fahnenmast befand sich direkt gegenüber dem Tor. Ganz offensichtlich war es das Verwaltungszentrum. Die Männer in den Anzügen gingen dort ein und aus. Bei den anderen beiden Gebäuden schien es sich um eine Art Kaserne und ein Lagerhaus zu handeln. Vor dem Verwaltungsgebäude parkten ein paar grüne Jeeps und eine extralange Lincoln-Limousine mit getönten Scheiben. Sie hatten Nummernschilder aus Maine. Ich schrieb mir die Nummern auf.

Während ich das alles beobachtete, lief ein Mann in einem gebügelten Arbeitsanzug mit Pistolengurt langsam den Zaun entlang. Auf der einen Seite seines Gürtels hing ein Funkgerät, auf der anderen die Pistole. An seinem Kragen war ein Mikrophon befestigt. An der Ecke hielt er an und unterhielt sich mit einem anderen Mann mit gleicher Ausrüstung, der ganz offensichtlich die andere Seite entlanggekommen war. Der eine hielt sich mit der Hand am Zaun fest, während er sprach. Das bedeutete, dass der Draht nicht elektrisch geladen war. Die anderen beiden Seiten des Zauns wurden von den Gebäuden verdeckt. Ich beobachtete, wie der Posten sich umdrehte und seinen Weg am Zaun entlang wieder zurückging und garantiert auf der anderen Seite wieder auf einen Kollegen traf. Als geschulter Beobachter, der ich nun mal war, schloss ich messerscharf, dass das Gelände von vier Posten bewacht wurde. Ich hielt weiter Ausschau. Die Wachmänner liefen hin und her. Nach etwa einer halben Stunde traten vier andere Männer in gebügelten Arbeitsanzügen aus dem am weitesten entfernten Gebäude und marschierten los, um die anderen Posten abzulösen. Ich blieb weiter sitzen. Während der nächsten eineinhalb Stunden zählte ich mindestens zwanzig Männer in gebügelten Arbeitsanzügen und mit Handfeuerwaffen, die entweder den Zaun bewachten oder auf dem Gelände auf und ab marschierten. Mein linkes Knie, das einmal eine Kugel abbekommen hatte, begann zu schmerzen. Ich war mir nicht sicher, ob ich das aufregende Schauspiel einer weiteren Wachablösung aushalten würde, kletterte vom Baum, streckte mich und dehnte mein Knie ein bisschen. Hawk legte den Kopf in den Nacken und sah mich an.

«Na, Adlerauge», sagte er. «Was hast du entdeckt?»

«Sieht aus wie eine Mischung aus IBM-Kaserne und Parris Island», sagte ich.

«Die haben sogar Wachposten», sagte Hawk.

«Ich habe mindestens zwanzig bewaffnete Wachmänner gezählt.»

«Passt nicht gerade zum Bild von netten Leuten, die Flugblätter in Fußgängerzonen verteilen.»

«Nein», sagte ich. «Passt nicht.»

«Sind wir stark genug, um da reinzugehen und zwanzig Typen aufzumischen?», fragte Hawk.

«Klar sind wir das.»

«Sind wir auch blöd genug?»

«Klar, aber was dann? Ich weiß ja nicht mal, nach was wir dort eigentlich suchen.»

«Nach genau dem gleichen wie zu dem Zeitpunkt, als wir uns auf diese beschissene Tour hierher gemacht haben», sagte Hawk. «Wir wollen rauskriegen, welche Verbindung es zwischen Amir und dieser Firma hier gibt.»

«Ach ja. Und wir tun das, weil wir glauben, es würde uns helfen, herauszufinden, wer Prentice Lamont aus dem Fenster geworfen hat.»

«Richtig», sagte Hawk.

«Ein Schusswechsel mit zwanzig Wachposten dürfte vielleicht nicht die beste Möglichkeit sein, an diese Informationen zu kommen.»

«Vor allem, wenn nur einer diese Infos hat und wir ihn umlegen.»

«Was ja passieren könnte.»

«Vielleicht würden sie auch uns in Fetzen schießen, und der Fall würde niemals aufgeklärt werden.»

«Unwahrscheinlich, aber nicht unmöglich.»

Wir sahen zu den glänzenden weißen Gebäuden hinüber, die man zwischen den Bäumen hindurch erkennen konnte. Das Zirpen der Grillen gehörte jetzt so sehr zu diesem Wald, dass wir es kaum noch bemerkten. Der bittersüße Geruch hatte sich intensiviert, während die Sonne weiter aufgestiegen war.

«Ich denke, List ist die beste Option», sagte ich.

«Was für ein listiger Plan fällt dir denn ein?»

«Nach Hause fahren, vielleicht, ein paar Bier trinken und darüber nachdenken.»

«Find ich gut.»

49

Als wir auf dem Weg zurück zum Wagen noch etwa zwanzig Meter von der Straße entfernt waren, hielten wir beide plötzlich gleichzeitig inne.

«Riechst du das auch?» fragte ich.

«Zigaretten», sagte Hawk.

Ich nickte. Hawk zog seinen Elefantentöter aus dem Schulterhalfter und steckte ihn hinter seinem Rücken in den Gürtel. Er knüpfte das Halfter auf, ließ es zu Boden fallen und wandte sich nach rechts. Ich ging nach links. Wir erreichten die Straße. Der Wagen befand sich genau zwischen uns, jeweils zehn Meter von uns entfernt. Sie waren zu viert und lehnten am Auto. Sie trugen Uniformen und Handfeuerwaffen. Ein blauer Jeep parkte hinter Hawks Jaguar. Ich schlenderte ihnen lächelnd entgegen. «Hallo», sagte ich. «Warten Sie auf mich?»

Einer drehte sich zu mir um. Er trug immer noch die Hornbrille und sah damit immer noch verdammt intelligent aus. Aber natürlich kann der äußere Schein trügen.

«Ist das Ihr Wagen?» fragte er. Nachdem er es gesagt hatte, sah er mich genauer an, und ich merkte, wie sich hinter seinen Brillengläsern langsam der Ausdruck des Wiedererkennens breit machte.

«Eigentlich gehört er meinem Negerfreund», sagte ich.

Sie waren nicht darauf gefasst gewesen, von zwei Personen zur gleichen Zeit aus zwei verschiedenen Richtungen in die Zange genommen zu werden. Sie hätten sich in zwei Gruppen teilen sollen. Zwei, die mich ins Visier nehmen, zwei für Hawk. Aber sie hatten sich das nicht rechtzeitig überlegt und wussten deshalb nicht, welche zwei in welche Richtung blicken sollten. Training ist gut, aber Flexibilität ist manchmal besser.

«Ich kenne Sie doch», sagte die Hornbrille.

«Und den anderen womöglich auch», sagte ich.

Hawk und ich kamen näher. Die Hornbrille legte eine Hand auf das Funkgerät an seinem Gürtel, drehte den Kopf und sprach etwas in das Mikrophon an seinem Kragen. Dann knöpfte er die Klappe seines Halfters auf.

«Bleiben Sie stehen», kommandierte er.

«Hier?» fragte ich.

Einen Moment lang sahen sie alle vier zu mir herüber. Als zwei von ihnen sich wieder Hawk zuwandten, befand sich der Wagen zwischen ihnen und ihm, und er hatte seine .44er Magnum in der Hand, auf das Dach gestemmt und den Hahn gespannt.

Einer von ihnen sagte: «Jesus Christ», und alle vier sahen einen Moment lang zu Hawk hinüber. Als zwei von ihnen wieder zu mir sahen, hatte ich die Browning gezogen und im Anschlag.

«Ihr solltet euch besser absprechen», sagte ich. «Weg vom Wagen!»

Die Hornbrille schaute zur Straße. Er wartete auf Verstärkung. Ich trat zu ihm und verpasste ihm einen linken Haken, der ihn zu Boden warf. Dann stieg ich in den Wagen und nahm den Schlüssel von der Sonnenblende. Hawk blieb, wo er war, die Pistole auf die Sicherheitsleute gerichtet.

«Du bist ein toter Mann», schrie die Hornbrille mich an. «Egal, wohin du flüchtest, was du tust, sogar wenn du einen von uns tötest, werden wir euch beide finden und fertig machen.»

Von der Straße her hörte ich das Geräusch nahender Fahrzeuge. Mehr als eins. Ich ließ den Motor an.

Ich hörte, wie Hawk sagte: «Sieh mal hier.»

Die Magnum dröhnte zweimal laut, und im Rückspiegel konnte ich sehen, wie sich der vordere Teil des Jeeps senkte, weil die Reifen Luft verloren.

Ich hörte, wie Hawk sagte: «Alle auf den Boden, Gesicht nach unten.»

Dann saß Hawk auf dem Beifahrersitz. Ich trat das Gaspedal durch, und der Jaguar machte einen Satz nach vorn und wirbelte den Kies auf. Wir schlingerten auf die Straße und rasten mit quietschenden Reifen davon. Ich roch das verbrannte Gummi und hörte Pistolenschüsse, die uns aber nicht erreichten. Hawk zog die Tür zu, als der Wagen auf gerader Strecke war, und streckte sich.

«Wir müssen etwas wegen dieser Kerle unternehmen», sagte Hawk.

Ich fuhr so schnell, wie es die Buxton Road erlaubte, Richtung Beecham. Hawk hatte die Trommel seines Revolvers ausgeklinkt und füllte zwei neue Patronen nach, die ungefähr so groß waren wie eine Mittelstreckenrakete.

«Jede Wette, dass einer von denen gerade genau das Gleiche gesagt hat.»

50

Nach unserem Ausflug überdachte ich meine Situation. Bis ich mich mit Hawk darauf verständigt hatte, was wir wegen Last Stand Systems, Inc. tun würden, wollte ich, dass meine Zusammenkünfte mit Susan überwacht wurden. Ich hatte einen Job, wo Bedrohung zum Geschäft gehörte. Für Hawk ging das auch in Ordnung. Aber nicht für Susan. Also überließ ich Hawk sich selbst übers Wochenende und fuhr mit Susan für ein paar Tage in Lee Farrells leere Wohnung auf Sanibal Island an der Westküste von Florida. Es war jetzt Ende Juni, also die völlig falsche Zeit. Aber ich war mir ziemlich sicher, dass dort unten niemand auf uns schießen würde.

Im Flugzeug ging alles glatt, ebenso im Autoverleih, und wir bekamen einen Wagen mit Klimaanlage. Auf dem Weg vom Wagen zum Aufzug und im Aufzug auf dem Weg nach oben gab es keine, und wir waren kurz vor dem Zusammenbruch, als wir Farrells Wohnungstür aufschlossen. Drinnen herrschte eine Bullenhitze. Seit Farrells letztem Urlauber war kein Fenster mehr geöffnet worden. Ich drehte den Thermostat runter und schaltete die Klimaanlage auf volle Kraft. Einige Minuten später war die Katastrophe gebannt, und wir konnten wieder normal atmen.

«Ich möchte dich ja nicht zu sehr enttäuschen», sagte ich zu Susan, nachdem sie ihre Sachen ausgepackt und aufgehängt hatte und mir an der Bar im Wohnzimmer bei einem Cocktail Gesellschaft leistete. «Aber ich musste Farrell versprechen, dass in dieser Wohnung keine heterosexuelle Fleischeslust stattfinden würde.»

«Willst du mir damit etwa andeuten, dass ich Männerkleider anziehen soll?», fragte Susan.

«Lee sagte, dass es im Kaufvertrag einen Paragraphen gibt, der jedwede heterosexuelle Fleischeslust verbietet.»

«O Mann», sagte Susan. «Tolle Ferien.»

«Hmm», sagte ich. «Wenn jemand einem erklärt, dass man etwas nicht tun darf, möchte man es am liebsten sofort tun.»

Susan nippte an ihrem Bellini, sah mich an und runzelte die Stirn.

«Weißt du was», sagte sie, «du hast Recht. So bin ich nun mal. Zum Teufel mit dem Kaufvertrag. Lass uns bumsen.»

«Das ist meine Susan», sagte ich. «Hast du eben etwas über Männerkleider gesagt?»

«War nur Spaß.»

«Wie wär's mit Schlips und Kragen?»

«Hör auf.» Susan stand auf und ging ins Schlafzimmer. Ich folgte ihr.

«Wie wär's nur mit einem Schlips.»

Susan knöpfte ihre Shorts auf.

«Wie wär's mit weniger Gerede und mehr Action?», fragte sie.

Später am Abend aßen wir im Sanibel Steak House zu Abend. Der Speisesaal war klein und angenehm, eine Glasfront gab den Blick auf einen Garten frei. Wie tranken beide Martinis. Sie waren großartig. Wir bestellten beide Steaks. Für Susan war das Bestellen von einem Steak etwa vergleichbar mit Masturbieren in der Öffentlichkeit. Zuerst kamen die Salate. Sie waren großartig. Kurz darauf wurden die Steaks serviert. Susan war wieder soweit gefasst, dass sie ihr Steak erst mal in zwei Hälften teilte und eine davon beiseite schob.

«Denen haben wir es aber gezeigt», sagte sie, nachdem sie sich ein Stück Fleisch in den Mund geschoben hatte. «Sex, Martinis und Steaks. Mehr Fleischeslust kann es gar nicht geben.»

Ich nahm einen Bissen von meinem Steak. Es war großartig.

«Wir können das ja zu unserem Ferienziel ernennen», sagte ich. «Herausfinden, wie viel Fleischeslust möglich ist.»

«Würde es dir was ausmachen, mir zu erklären, warum genau wir eigentlich hier sind?»

«Bin lange nicht mehr weggewesen», sagte ich. «Lee hat's mir angeboten.»

«Lee ist ein Cop. Er wird wohl kaum den ganzen Winter hier verbringen. Wieso müssen wir jetzt im Juni hier sein?»

«Sicher, jetzt ist keine Saison», sagte ich. «Aber es gibt ja Klimaanlagen.»

«Ich beklage mich nicht wegen der Hitze», sagte Susan. «Und bis jetzt geht's mir hier auch prima. Aber ich habe den Verdacht, dass etwas faul ist.»

«Im Staate Dänemark?»

«Da wohl auch», sagte Susan. «Aber lassen wir Shakespeare mal beiseite. Ich kenne dich fast genauso gut wie du mich. Also, was ist los?»

Ich trank meinen Martini aus, und in einem schweren Anfall von Fleischeslust leerte Susan ihr Glas ebenfalls in einem Zug. Die Kellnerin bemerkte, wie es um uns stand, und kam an unseren Tisch. Wir bestellten Rotwein. Sie ging wieder, brachte den Wein und verschwand.

«Schon mal von Beecham in Maine gehört?», fragte ich.

Susan schüttelte den Kopf. Ich erzählte ihr alles. Wie immer hörte sie aufmerksam zu und sah mich dabei prüfend an. Ich spürte, wie sie es verarbeitete. Ich spürte die Energie, die sich zwischen uns aufbaute. Das machte es ja so aufregend, sich mit ihr zu unterhalten.

«Und du glaubst ihnen also ganz offensichtlich», stellte sie fest, als ich fertig war.

«Dass sie versuchen werden, Hawk und mich fertig zu machen? Erinnerst du dich an dieses Zitat von Clausewitz?»

«Sollte ich wohl. Du erwähnst es ja ständig.»

«Und wie geht das Zitat?»

«So ähnlich wie: Konzentriere dich mehr auf die Möglichkeiten des Feindes, weniger auf seine Absichten.»

«Genau.»

«Du gehst also davon aus, dass sie es versuchen könnten?»

«Wenn ich davon ausgehe, dass sie es versuchen werden, und falsch liege, ist das unangenehm. Wenn ich davon ausgehe, dass sie es nicht versuchen werden, ist das tödlich.»

«Deshalb also hast du mich hierher eingeladen. Weil du verhindern wolltest, dass ich in Gefahr gerate, wenn ich mit dir zusammen bin.»

«Yep. Wenn sie uns im Juni hierher folgen, werden wahrscheinlich ihre Kugeln schmelzen.»

«Und du weißt immer noch nicht, in welcher Verbindung sie mit Amir stehen?»

«Nur, dass sie ihm ihr Flugzeug überlassen haben. Und dass sie uns gewarnt haben, ihn zu belästigen.»

«Dies ist das erste Mal während deiner ganzen Nachforschungen in diesem Fall, dass du auf Leute gestoßen bist, die den Eindruck machen, als könnten sie Prentice Lamont umgebracht haben.»

«Ja, das habe ich auch schon gedacht. Ich weiß nicht, ob sie es waren, aber zumindest wäre es möglich.»

Susan aß einen weiteren Bissen Steak. Ich trank etwas Rotwein. Ich hatte mein Steak schon aufgegessen und wartete nun ab, was mit dem Stück passieren würde, das Susan beiseite gelegt hatte. Es lag immer noch am Tellerrand. Ich durfte weiter hoffen.

«Was werden wir nun tun?», fragte sie.

«Druck machen. Irgendwas wird schon passieren.»

«Und die Polizei kann dir nicht dabei helfen?»

Ich zuckte mit den Schultern.

«Wenn wir behaupten, sie hätten uns bedroht, werden sie behaupten, sie hätten es nicht getan. Was sollen die Cops da machen?»

«Du würdest dich sowieso nicht an die Polizei wenden. Und Hawk würde es auch nie tun.»

Ich erwiderte nichts. Susan legte Messer und Gabel beiseite, stützte ihr Kinn auf die gefalteten Hände und blickte mich schweigend an.

«Pass auf, dass sie dich nicht umbringen», sagte sie.

«Das schaffen sie nicht.»

Sie dachte eine Weile nach, sah mich dabei an und sagte dann: «Nein, das schaffen sie nicht, stimmt's?»

«Stimmt.»

Wir saßen da und sahen uns eine Minute lang tief in die Augen.

Schließlich sagte ich: «Willst du den Rest von deinem Steak gar nicht essen?»

Sie sah mich immer noch an, dann lächelte sie, ihre Augen füllten sich mit Tränen, und dann lachte sie und die Tränen liefen ihr über die Wangen.

Schließlich schaffte sie es, «Nein» zu sagen.

«Prima», sagte ich.

Ich spießte das Steak mit meiner Gabel auf, hob es auf meinen Teller und schnitt es klein.

«Hast du schon überlegt, was wir morgen machen?», fragte Susan.

Sie hatte sich wieder unter Kontrolle, aber ihr Gesicht war immer noch gerötet wie jedes Mal, wenn sie weinte oder lachte oder beides, und immer noch lag ein feuchter Glanz auf ihren wunderschönen Wangen.

«Ich dachte mir, wir könnten erst mal ausschlafen, dann frühstücken wir ausgiebig und verstoßen dann wieder gegen diesen Paragraphen im Kaufvertrag, gehen schwimmen und essen in diesem Lokal namens Twilight Café zu Abend. Ich habe gehört, dort soll es ein Steak mit schwarzen Bohnen geben, das so groß ist, dass du es bestimmt nicht schaffen wirst ...»

Sie lachte wieder. Hinter dem Lachen lauerte die Angst, aber sie lachte herzlich.

«Ich werde darüber nachdenken», sagte sie. «Ich glaube, niemand kann dich umbringen.»

«Bis jetzt nicht.»

51

Wir stemmten Gewichte im Harbor Health Club. In seinem Unterhemd sah Hawk ziemlich gefährlich aus, und einige andere Mitglieder schauten ab und zu ängstlich zu uns herüber. Hawk wusste das. Er registrierte immer alles, was um ihn herum passierte, und obwohl er niemandem besondere Aufmerksamkeit schenkte, schien er sich köstlich zu amüsieren. Ab und zu zog er eine besondere Show ab, machte Liegestütze im Handstand, um die Schlappschwänze zu beeindrucken.

«Während du in Urlaub warst», sagte er, «hab ich ein bisschen rumgeschnüffelt.»

«Sehr gut. Ein wenig Praxis schadet dir nicht.»

«Amir macht sich jeden Freitag auf nach Bangor. Jeden Sonntag kommt er zurück. Also hab ich mir gedacht, es wäre nicht schlecht, mal rauszukriegen, was er da so macht, und bin zum internationalen Flugplatz von Bangor gefahren.»

«International?»

«Klar», sagte Hawk. «Dachtest du, das sind Provinzler da oben?»

«Ja, dachte ich.»

Hawk schüttelte den Kopf. Er stemmte ein paar Gewichte, während er sprach. Falls das anstrengend war, konnte man es seiner Stimme jedenfalls nicht anmerken.

«Wie auch immer, ich sitze also an diesem Freitagnachmittag in meinem Wagen, und gegen fünf Uhr kommt Amir mit seinem kleinen Köfferchen aus dem Terminal. Eine schwarze, überlange Lincoln-Limousine erwartet ihn. Der Fahrer steigt aus, hält ihm die Tür auf. Amir gibt ihm das Köfferchen, der Fahrer legt es auf den Vordersitz, Amir steigt hinten ein. Rate mal, was die Kiste für eine Autonummer hat.»

«Kann mich nicht erinnern, aber ich schätze, ich hab sie mir irgendwo aufgeschrieben.»

«Genau die», sagte Hawk.

«Bist du hinterher?»

«Yep.»

«Nach Beecham.»

«Yep.»

«Last Stand Systems, Inc.»

«Yep.»

«Blieb übers Wochenende und fuhr Sonntagabend wieder nach Hause.»

«Yep.»

«Hast du irgendeine Idee, was er da treibt?»

«Kommt auf Besuch.»

«Hast du irgendeine Idee, warum er auf Besuch kommt?»

Hawk stemmte seine Gewichte. Er tat es weitere fünfmal, nachdem ich die Frage gestellt hatte, stellte sie ab und ließ sich seitwärts auf den Boden sinken.

«Wir wissen, Abdullah ist 'n Schwuler.»

«Reimt sich fast», stellte ich fest.

«Und wir wissen, dass er ziemlich, äh, hyperaktiv ist.»

«Interessantes Wort. Glaubst du, er hat einen Freund bei Last Stand Systems, Inc.?»

«Immerhin schickt ihm jemand das Flugzeug.»

«Meinst du, es könnte Milo Quant sein?»

«Gibt's denn eine Mrs. Quant?», fragte Hawk.

Ich schwieg eine Minute lang.

«Du meinst, es gibt ein Techtelmechtel zwischen Milo und Amir?»

«Wenn Amir eine weiße Tussi wäre, was würdest du dann von der Sache halten?»

«Dass es ein Techtelmechtel zwischen Amir und Milo gibt.»

Hawk lächelte.

«Hab ich mir auch gedacht.»

«Tja», sagte ich. «Aber wir wollen jetzt nicht homophob werden.»

«Jedenfalls ist es ein Techtelmechtel.»

«Andererseits», sagte ich. «Du hast ja die Propagandaschriften gelesen. Wenn der Anführer einer solchen Bewegung eine Affäre mit einem schwulen schwarzen Aktivisten hat, dann ist das nicht nur Rassenschande, verdammt, dann ist das Verrat.»

«Du hast Recht», sagte Hawk. «So was ist unmöglich. Das wäre ja so, als würde man sich Edgar J. Hoover in Frauenkleidern vorstellen.»

«Genau», sagte ich. «Absolut unmöglich.»

Ich machte ein paar Lockerungsübungen. Hawk trainierte seinen Trizeps. Ich schnappte mir die Hanteln. Hawk trainierte seine Seitenmuskulatur. Henry kam angeschlurft und erklärte jemandem, dass der Beintrainer einen besseren Effekt hätte, wenn man ihn mit einem Gewicht beschwerte. Er erklärte, wie man das Gewicht einlegte, und ging dann an uns vorbei, ohne uns anzusehen.

Nach einer Weile sagte Hawk: «Ich glaube, ich könnte ein paar frische Elektrolyten gebrauchen.»

«Ich auch», sagte ich. «Wie gut, dass Henry ein paar in seinem Büro aufbewahrt.»

Wir gingen nach hinten in Henrys Büro mit Hafenblick und holten uns ein paar Biere aus dem Kühlschrank.

«Milo hält eine Rede in Fitchburg», sagte ich. «Ich dachte mir, ich geh mal hin und hör's mir an.»

«Warum?»

«Warum nicht? Im Moment hab ich so wenig, dass es vielleicht schon was bringt, wenn ich ihn einfach nur sehe.»

Hawk nickte.

«Wenn man einen Geliebten in Maine hat, der nach Fitchburg kommt, hat man vielleicht Lust, ihn dort zu treffen», sagte er.

«Wie wär's, wenn du an Amir dranbleibst, und ich klemme mich hinter Milo Quant. Dann werden wir's ja sehen.»

«Nehmen wir mal an, wir erwischen sie, wie sie's miteinander treiben. Was haben wir dann rausgefunden?»

«Jedenfalls mehr, als wir bisher wissen.»

«Das ist aber viel.»

«Na ja, immerhin haben wir ein bisschen was in petto. Wir wissen jetzt, dass Amir mit einer Organisation in Zusammenhang steht, die durchaus fähig wäre, jemanden aus dem Fenster zu werfen.»

«Stimmt.»

«Wir haben bloß keine Beweise, dass sie es wirklich getan haben, oder ein Motiv.»

«Prentice war ein Erpresser», sagte Hawk.

«Das könnte ein Grund sein.»

«Vergiss nicht, warum wir überhaupt an dem Fall dran sind.»

«Ich weiß. Es geht um Robinsons Festanstellung. Ich

glaube, was das betrifft, wissen wir genug. Aber es ist ein ziemliches Durcheinander. Ich möchte die Sache lieber ganz aufklären.»

«Wie oft klärst du denn ganz auf?»

Ich grinste.

«Es wird wohl mal wieder Zeit», sagte ich.

52

Ich machte mich gerade fertig, um nach Fitchburg zu fahren, als KC Roth anrief.

«Es tut mir Leid wegen neulich», sagte sie.

«Hmhm.»

«Ich glaube, ich bin zurzeit ein bisschen durchgedreht.»

«Wahrscheinlich.»

«Es ist nicht leicht für mich, weißt du.»

«Ich weiß.»

«Ich bin ganz allein, habe keine Zukunft, ich brauche Unterstützung. Ich schätze, manchmal bin ich ein bisschen aggressiv.»

«Es ist nicht schlimm, aggressiv zu sein», sagte ich. «Aber man sollte die Aggression in die richtige Richtung lenken.»

«Du kannst das leicht sagen. Du bist nicht allein.»

«Die Frage ist nicht, ob ich das leicht sagen kann. Die Frage ist, habe ich Recht?»

«Ich hab dich nicht angerufen, damit du mir Ratschläge erteilst», sagte KC.

«Nein, natürlich nicht.»

«Es geht dich nichts an, verdammt noch mal.»

«Nicht mehr», sagte ich.

«Das heißt aber noch lange nicht, dass ich dich nicht anrufen kann, um mich ganz normal mit dir zu unterhalten, oder?»

«Da hast du Recht.»

«Na prima», sagte sie und knallte den Hörer auf.

Offenbar war ich in einem Streit zwischen Liebenden mit drin, ohne ein Liebender zu sein. Ich legte auf und sah das Telefon eine Weile an. Dann stand ich auf und ging meinen Wagen holen.

Fitchburg ist eine kleine Arbeiterstadt mit etwa 40000 Einwohnern, knapp 80 Kilometer von Boston entfernt. Außerdem liegt es südlich von Ashby, nordöstlich von Winchendon sowie nördlich von Leominster, und vielen Leuten ist es ziemlich egal, wo es sich befindet. Das College liegt auf einem Hügel nicht weit von der Route 2A. Hinweisschilder dirigierten mich zum Veranstaltungsort. Als ich vor dem Audimax ankam, sah ich, dass einige Streifenwagen der Polizei von Fitchburg und mindestens drei blau-graue der State Police auf dem Platz davor strategisch günstig verteilt worden waren. Ich parkte auf einem Parkplatz, der «nur für Lehrpersonal» reserviert war, und ging rüber zum Audimax. In der Eingangshalle waren weitere Cops, ebenso wie an den Eingängen. Sie standen herum und unterhielten sich. Auch einige Ivy-League-Typen in dunklen Anzügen mit weißen Hemden und Krawatten standen am Haupteingang des Saals und begutachteten die Eintretenden. Unter ihnen befand sich der Kerl mit der Hornbrille, der mich zusammen mit seinen Kumpels im Büro aufgesucht hatte und mich und Hawk gewarnt hatte, Amir Abdullah in Ruhe zu lassen. In Beecham hatte er sich dann noch etwas ruppiger verhalten. Ich verspürte große Lust, zu ihm hinzugehen und «Buh!» zu machen, aber ich war hier, um zu beobachten, und in der Regel funktionierte das besser, wenn niemand mich bemerkte. Ich betrat das Auditorium durch einen anderen Eingang und setzte mich auf einen Platz in der hintersten Reihe. Der Saal war gut gefüllt. Größtenteils Studenten. Aus ihren Gesprächen hörte ich heraus, dass sie nicht alle Fans von Milo Quant waren. Um 19.30 Uhr marschierten die Hornbrille und seine Kumpels vor der Bühne auf. Ich bemerkte, dass die Streifenpolizisten und die Beamten von der State Police sich entlang der Seitenwände des Auditoriums postiert hatten. Eine schwergewichtige Frau in einem blassblauen Hosenanzug betrat die Bühne und stellte sich hinter das Rednerpult. Sie wartete einen Moment und begann, als sie merkte, dass das Publikum nicht leiser wurde, mit ihrer Rede.

«Mein Name ist Margaret Dreyer», sagte sie. «Ich bin die Vorsitzende des Studentenausschusses. Wie viele der Anwesenden bin ich nicht mit Milo Quants Thesen über die menschliche Natur einverstanden.»

Das Publikum beruhigte sich jetzt etwas.

«Aber ich respektiere sein Recht, diese Ideen in der Öffentlichkeit zu vertreten, auch wenn ich sie persönlich grundsätzlich ablehne. Milo Quant hat das Recht, seine Meinung frei und unbehelligt zu vertreten, und ich hoffe, dass alle Anwesenden dies auch so sehen. Es gab Gerüchte, jemand wolle die Veranstaltung sprengen. Ich habe davon gehört, Sie sicherlich auch. Deshalb ist die

Polizei hier. Wir haben um ihre Anwesenheit gebeten. Wir haben sie gebeten, das Recht aller Anwesenden auf freie Meinungsäußerung zu schützen. Wir haben sie ebenfalls gebeten, alle Angriffe auf dieses Recht zu unterbinden, und das werden sie sicherlich tun.»

Sie machte eine Pause. Das Publikum war jetzt ruhig. Dann wandte sich sich um und deutete auf den Bühnenrand.

«Ich darf Ihnen den Gast des heutigen Abends vorstellen, Mr. Milo Quant von Last Stand Systems, Inc.»

Die Zuhörer buhten im gleichen Moment, als sein Name genannt wurde. Die Buhrufe schwollen an, als er in die Bühnenmitte ging und die Vorsitzende des Studentenausschusses am Rednerpult ablöste. Eine Weile stand er schweigend da und lächelte ins Publikum und ließ die Buhrufe über sich ergehen. Er war klein und dick, trug einen maßgeschneiderten blauen Anzug, ein weißes Hemd und eine kastanienbraune Krawatte. Es war nicht einfach, das von der Stelle aus zu beurteilen, wo ich saß, aber ich hatte den Eindruck, dass er Einlagen in den Schuhen trug, die ihn größer machen sollten. Seine Nase war spitz und nach unten gebogen wie die eines Falken, sein Gesicht breit. Er hatte dicke Augenbrauen, die von seiner Nasenwurzel aus schräg nach oben verliefen. Sein grinsender Mund war spatenförmig, und er sah aus wie ein teuflischer Weihnachtsmann. Die Buhrufe gingen weiter. Er stand schweigend da und lächelte. Nach einer Weile erlahmte der Protest. Schließlich wurde es nahezu still.

«Na also», sagte Quant. «Fühlen Sie sich jetzt besser?»

Es gab noch ein paar Buhrufe, aber auch vereinzeltes Gelächter. Quant lächelte sein Publikum strahlend an.

«Sehen Sie, ich bin doch gar kein so schreckliches Monster, was? Sehe eher wie ein netter Opa aus, oder?»

Jemand lachte. Ein anderer brüllte: «Faschist!»

«Wissen Sie, woher das Wort Faschist kommt?», fragte Quant.

Er lehnte sich leicht über das Pult, damit sein Mund näher ans Mikrophon kam, und stützte sich mit seinen verschränkten Armen ab.

«Es kommt aus dem alten Rom. Es hat seinen Ursprung im Wort ‹fasces›, das sich auf das Symbol der staatlichen Macht bezieht, ein Reisigbündel, aus dem der Kopf einer Axt hervorragt. Wir von Last Stand sind wirklich keine Faschisten. Wir haben nichts mit der Staatsmacht zu tun. Wir sind gegen sie. Wir bekämpfen eine Regierung, die sich vorgenommen hat, mein Land, euer Land, unser Land zu zerstören. Wir bekämpfen eine Regierung, die uns Amerikaner zu degenerierten Untertanen einer Weltregierung machen will, die der Willkür irgendwelcher arabischer Despoten oder mörderischen Diktatoren unterworfen ist.»

Er war gut. Die Leute hörten ihm zu.

«Wir rufen Sie auf, uns in diesem Kampf zu unterstützen. Wir bitten Sie nicht darum, sich genauso aufzuopfern wie die Männer, die dieses Land gegründet haben.»

«Und die Frauen!», rief jemand.

Quant lächelte.

«Auch sie haben ihren Beitrag geleistet. Aber ich spreche hier von den Männern, die gekämpft haben und oftmals für die Freiheit ihr Leben lassen mussten. Das fordern wir nicht von Ihnen. Wir fordern Sie lediglich auf, sich der Freiheit, die diese Männer erkämpft haben, als würdig zu erweisen. Wir fordern Sie auf, sich sauber und anständig zu benehmen. Wir fordern Sie auf, den heiligen Bund der Ehe zu achten, Gott und die Vorfahren zu ehren, die rassische Reinheit zu erhalten. Wir fordern Sie auf, die große Aufgabe zu erfüllen, für die so viele Männer gelitten haben und gestorben sind.»

Er machte eine Pause. Sie hörten ihm zu. Er lächelte uns alle warmherzig an.

«Falls das Verrat sein sollte», sagte er gemessen. «Dann lasst uns das Beste daraus machen.»

Einige klatschten. Manche johlten. Die meisten schwiegen. Quant sprach weiter. Wenn er andere Rassen und Religionen schlecht machte, wenn er behauptete, dass alle amerikanischen Werte bei den weißen christlichen Männern zu finden waren, dann tat er das ganz beiläufig und kleidete es immer in Worte, die Stolz, Sauberkeit, Erbe, Aufrichtigkeit und Respekt beinhalteten.

Er sprach bis 20.15 Uhr, dann ließ er Fragen aus dem Publikum zu. Die meisten Fragen wurden höflich formuliert. Er beantwortete sie mit Leichtigkeit. Er kannte das alles schon. Niemals sagte er Nigger oder Schwuchtel oder Jude oder Lesbe. Außerdem versuchte er stets großmütiger zu klingen als die Fragenden, und ihm fiel immer eine elegante und überzeugende Antwort selbst für die schwierigsten Fragen ein.

Seine Ausführungen waren größtenteils Blödsinn, aber guter Blödsinn. Ich hatte schon vor Jahren gelernt, dass es nutzlos war, mit Fanatikern zu diskutieren. Sie hatten den größten Teil ihres Lebens damit verbracht, über die Details ihrer Ideologie nachzudenken. Ihre Kritiker normalerweise nicht. Ich wäre gern aufgestanden und hätte ihn gefragt, ob er wirklich Einlagen in seinen Schuhen trug. Aber ich war gekommen, um zuzuhören und zu beobachten und wollte nicht mit der Hornbrille oder anderen Verteidigern unseres Erbes aneinander geraten. Also hielt ich den Mund. Ein Trick, der bei mir meistens ziemlich gut funktioniert.

Als es vorbei war, wurde Quant von seinen Leuten und den Cops nach draußen eskortiert. Es regnete. Eine kleine Gruppe von Studenten stand auf der gegenüberliegenden Straßenseite, ließ sich nassregnen und rief: «Eins, zwei, drei, vier – wir brauchen keine Faschos hier!» Ich fragte mich, warum diese Protestler ihre innerste Überzeugung immer so laut und in so schlechten Reimen brüllen mussten. Niemand aus Quants Anhang beachtete sie. Auch die meisten aus dem Publikum ignorierten die Demonstranten. Von einem Regenschirm eines seiner Bodyguards geschützt, stieg Quant in die Limousine und fuhr zusammen mit drei seiner Männer davon. Die anderen Sicherheitsleute stiegen in einen Bus. Die Demonstranten brüllten weiter, bis sie alle verschwunden waren. Dann standen sie eine Weile ratlos herum und zerstreuten sich in verschiedene Richtungen.

Ich vermutete, dass Quant niemanden überzeugt hatte, der nicht schon seine Überzeugung geteilt hatte. Aber er hatte allen gezeigt, was für ein netter Mensch er war. Und dass er wie ein vernünftiger und zuvorkommender Mann gesprochen hatte, dürfte nicht wenige überrascht haben. Vielleicht würden sie deshalb in Zukunft nicht mehr in schlechten Reimen gegen ihn brüllen.

Unter dem Scheibenwischer meines Wagens hing ein Strafmandat wegen falschen Parkens von der Fitchburg

State College Campus Police. Ich nahm es ab und schob es vorsichtig unter den Scheibenwischer des Wagens neben meinem. Dann stieg ich ein und fuhr hinter Quant her, während sich die Scheibenwischer langsam und stetig über die Windschutzscheibe schoben, im Rhythmus einer Musik, die gar nicht gespielt wurde.

53

Gegen 10 Uhr 30, als der Regen regelmäßiger fiel, verließ die Limousine von Quant die Route 495 in der Nähe von Chelmsford und fuhr auf den Parkplatz eines großen Motels, das wie die Disney-Version eines normannischen Schlosses aussah. Der Bus fuhr weiter. Ich folgte Quant, parkte eine Wagenreihe weiter ein und beobachtete, wie Milo und sein Bodyguard Schirme aufspannten und über den nassglänzenden Parkplatz zum Hoteleingang liefen. Es war mehr Hotel als Motel, denn das Gebäude war vier Stockwerke hoch, und man betrat es durch einen einzigen Vordereingang. Für meine Zwecke wären separate Zugänge zu den jeweiligen Ein-Zimmer-Apartments nützlicher gewesen, aber je älter ich werde, umso weniger bekomme ich, was ich will. Ich blieb eine Zeit lang sitzen und dachte nach. Während ich dies tat, öffnete sich die Beifahrertür, und Hawk glitt auf den Sitz neben mir. Auf seinem glatten Schädel glänzten die Regentropfen.

«Aha!», sagte ich.

«Aha kann man wohl sagen, mein Bester», sagte Hawk. «Das Spiel hat begonnen.»

«Amir», sagte ich.

«Jawollja», sagte Hawk. «Hat heute Nachmittag einen Wagen gemietet und ist hier gegen drei Uhr angekommen. Ich sehe ihn einparken und geh in die Eingangshalle, bevor er aussteigt. Dort gibt es eine Telefonzelle direkt neben dem Empfangspult. Ich stell mich rein und dreh dem Pult den Rücken zu, um zu telefonieren, als er reinkommt. Er hat reserviert. Zimmer vier-siebzehn.»

«Gut zu wissen.»

«Tja, anschließend hab ich nicht mehr viel zu tun und häng da ein bisschen rum, an der Bar, lese Zeitung, trinke Perrier mit einem Stück Limone, esse ein Club-Sandwich, trinke noch etwas mehr Perrier, und fünf Minuten später spaziert eine Gruppe von Leuten rein, und einer von ihnen ist unser Freund mit der Hornbrille. Sie haben reserviert. Zimmer vier-fünfzehn und vier-neunzehn.»

«Auf beiden Seiten», stellte ich fest.

«Hmhm.»

«Es waren vier Bodyguards, richtig?»

«Mit dem Fahrer», sagte Hawk.

«Quant kommt noch dazu.»

«Zwei Bodyguards in vier-fünfzehn», sagte ich. «Zwei Bodyguards in vier-neunzehn. Wo wohnt Quant?»

«Vier-siebzehn», sagte Hawk. «Wollen wir mal nachsehen?»

«Klar», sagte ich. «Wie wär's, wenn ich erst mal einziehe, damit wir uns die Raumaufteilung ansehen können?»

«Ruf vom Wagen aus an, damit du weißt, ob sie überhaupt ein Zimmer frei haben.»

Das tat ich. Sie hatten eins.

«Okay», sagte ich. «Bleib hier. Ich ruf dich an.»

Ich ließ den Motor laufen, holte meine Segeltuchtasche aus dem Kofferraum und ging Richtung Eingang. Die Segeltuchtasche sah gut aus, aber drinnen befanden sich nur Einbruchswerkzeuge. Ich meldete mich am Empfang. Sie gaben mir Zimmer 205. Ich ging nach oben, trat ein, warf die Segeltuchtasche aufs Bett und rief Hawk an.

«Zimmer zwo-null-fünf», sagte ich.

«Prima. Wer steht am Empfang, eine Frau oder ein Mann?»

«Eine Frau.»

«Gut. Ich geh rein und erzähl ihr, ich sei Amir und hätte meinen Schlüssel verloren.»

«Meistens wollen sie einen Ausweis sehen», sagte ich.

«Sie wird viel zu viel Angst haben, mich danach zu fragen. Ich könnte sie ja des Rassismus beschuldigen.»

«Falls sie sich an Amir erinnern sollte, wird sie erinnern, dass er schwarz war, und das bist du auch, also musst du er sein.»

«Hmhm.»

«Na dann bis gleich», sagte ich.

Und so war's auch. Zehn Minuten später klopfte er an die Tür, und ich ließ ihn rein. Er grinste und hielt die Schlüsselkarte hoch.

«Sie meinte, ich würde aussehen wie Michael Jordan», sagte Hawk.

«Du weißt immer noch sehr gut, wie du den Leuten ein schlechtes Gewissen machen kannst, stimmt's?»

«Weiß ich.»

Das Zimmer hatte die übliche zweitklassige Ausstattung. Gekacheltes Bad mit Dusche in einer abgetrennten Nasszelle neben der Eingangstür, Doppelbett, ein kleiner

Tisch mit zwei Sesseln vor dem Fenster, eine Kommode mit Fernseher darauf. Die Tür ließ sich mit der Plastikkarte elektronisch öffnen und konnte von innen mit einer Kette gesichert werden. Ich sah mir die Kette an. Sie war mit zwei Messingschrauben am Türrahmen befestigt. Ich holte ein kleines Stemmeisen aus der Segeltuchtasche.

«Leg die Kette vor», sagte ich.

Ich nahm den Zimmerschlüssel, ging raus und schloss die Tür. Ich hörte, wie Hawk die Kette einhakte. Ich öffnete die Tür mit der Plastikkarte, schob das Stemmeisen durch die Öffnung und riss die Kettenhalterung mit einer Bewegung und ohne große Anstrengung aus dem Rahmen. Dann trat ich wieder ein und schloss die Tür.

«Dürfte nicht schwer sein, reinzukommen», stellte ich fest.

«Wenn wir drin sind, was machen wir dann?»

«Schätze, wir fragen sie, was sie da machen. Und dann warten wir ab, was passiert.»

«Was soll denn passieren?»

«Ich möchte, dass sie so durcheinander sind, dass sie Dinge sagen, die sie später bereuen werden, sodass wir am Schluss etwas Konkretes in der Hand haben.»

«Und was tun wir, wenn sie zu schreien anfangen und die Bodyguards reinstürmen?»

«Ich dachte, dafür hättest du dir was überlegt», sagte ich.

«Klar hab ich das. Ich wollte nur wissen, ob wir sie erschießen oder einfach mit einem vernichtenden Blick fertig machen.»

«Schätze, ein vernichtender Blick wird nicht so viel Aufsehen erregen.»

«Ich werd ein bisschen üben», sagte Hawk, und wir verließen das Zimmer und nahmen den Aufzug in den vierten Stock.

54

Das Zimmer wurde von den Laternen draußen auf dem Parkplatz notdürftig beleuchtet. Wir hätten die Tür eintreten können, während wir gleichzeitig Verdis «Othello» schmetterten, Milo und Amir hätten uns trotzdem nicht bemerkt. Sie lagen zusammen im Bett, völlig weggetreten. Hawk ging rüber zum Bett und richtete seinen Revolver auf sie. Nachdem er seinen Posten bezogen hatte, schloss ich die Tür, suchte nach dem Lichtschalter und knipste ihn an. Sie schliefen weiter. Amir lag auf der Seite, mit dem Rücken zu Milo, der auf dem Rücken lag, den Mund halb geöffnet, sanft schnarchend. Hawk schob die Magnum wieder unter seine Jacke. Er nahm den Hörer des Telefons, das auf dem Nachttisch stand, zog die Schnur ab und warf ihn auf einen der Sessel vor dem Fenster. Auf dem Tisch stand schmutziges Geschirr mit Essensresten, Gläser und eine leere Champagnerflasche. Außerdem lagen dort fünf kleine Pillendosen herum. Ich nahm mir eine davon. Es stand nichts drauf. Ich nahm die Verschlusskappe ab. Drinnen befanden sich fünf große, braune Kapseln. Ich warf sie auf den Tisch.

«Weißt du, was das ist?», fragte ich.

Hawk schüttelte den Kopf.

«Ich steh nur auf Alkohol. Aber die sehen nicht nach normaler Medizin aus.»

Milo schlug die Augen auf. Sie funktionierten noch nicht richtig. Sein Mund blieb offen, und er schnarchte immer noch. Hawk zog seine Kanone wieder hervor. Milo blinzelte ein paar Mal. Er schloss den Mund. Er blinzelte wieder. Dann richtete er sich ruckartig auf, und kaum hatte er es getan, hielt Hawk ihm den Revolverlauf direkt vors Gesicht.

«Nicht schreien», sagte Hawk.

Milo tastete nach dem Telefon. Er fand den Hörer nicht und kam nicht auf die Idee, dass er verschwunden war.

«Das Telefon ist kaputt», sagte Hawk.

«In meiner Brieftasche ist Geld», sagte Milo mit belegter Stimme. «In meiner Hose. Sie hängt dort über dem Sessel.»

«Wecken Sie ihn», sagte ich und deutete auf Amir.

Milo drehte sich um und rüttelte Amir wach. Er brauchte länger, um ins Diesseits zu finden, als Milo, aber nach einer Weile waren beide hellwach und sahen sich an.

«Erzählen Sie Milo mal, wer wir sind», sagte ich zu Amir.

Beide Männer hatten sich aufgesetzt und lehnten mit dem Rücken am Kopfende des Bettes. Beide hatten die Bettdecken halb über sich gezogen. Ihre Oberkörper waren nackt. Amir trug drei dicke Goldkettchen. Sein Brustkorb war schwarz und knöchern. Er hatte viele lockige Brusthaare. Milo trug keinen Schmuck, hatte keine Brusthaare. Er war fett, blass und bleich mit rosa Flecken.

«Das sind –», Amir hielt inne. «Der Weiße ist ein Detektiv.»

«Ein Detektiv? Verdammt noch mal, Sie haben kein Recht …»

Hawk tippte ihm sanft mit dem Revolver gegen die Stirn.

«Psst», sagte er.

«Erzählen Sie ihm, welcher Detektiv ich bin», sagte ich.

«Welcher Detektiv? Ich weiß nicht, was …»

«Ich bin der Detektiv, auf den Sie Ihre Leute gehetzt haben», sagte ich.

«Gehetzt?»

Mir war klar, dass Milos Denkfähigkeit von dem Mittel, das er zusammen mit Amir eingenommen hatte, beeinträchtigt war. Aber dennoch sah er ehrlich erstaunt aus.

«Hat er das etwa nicht getan, Amir?», fragte ich.

«Ich … woher soll ich das wissen?»

«Na ja, ich scheine euch doch noch ganz gut zu kennen», sagte ich. «Hätte ja sein können. Dann erzählen Sie ihm mal, wieso wir hier sind.»

«Wieso? Woher soll ich das denn wissen?»

«Sie wissen es», sagte ich. «Erklären Sie Milo, was wir wollen.»

«Los, mach schon, Amir», sagte Hawk.

Amir sah aus, als hätte jemand auf ihn geschossen.

«Sie sind hinter mir her», sagte Amir. «Sie sind hinter mir her, weil sie glauben, ich sei daran Schuld, dass jemand seine Festanstellung nicht bekommen hat.»

«Festanstellung?», fragte Milo.

«Und weil ein Junge aus dem Fenster geworfen wurde», sagte ich. «Erzählen Sie ihm auch davon.»

«Fenster?», fragte Milo.

«Das ist alles Schwachsinn», sagte Amir.

Milo sah mich und Hawk an. Sich zusammenzureißen ist ziemlich schwierig, wenn man halb hinüber ist und keine Klamotten anhat, aber Milo versuchte es trotzdem.

«In beiden angrenzenden Zimmern befinden sich bewaffnete Männer», sagte er. «Falls Sie den Revolver da abfeuern, werden sie sofort reinkommen.»

Hawk grinste.

«Glauben Sie?», fragte er.

Milo drehte den Kopf und starrte Amir an.

«Was ist das für eine Geschichte mit dieser Festanstellung und dem Jungen, der aus dem Fenster geworfen wurde?»

«Das hat nichts zu bedeuten, Milo.»

«Was tust du mir an, du degenerierter Kannibale?»

«Wieso nennst du mich degeneriert?», sagte Amir. «Ich bin all das, was du verabscheust, und du kannst trotzdem nicht aufhören, mich zu ficken.»

Milo schlug ihm ins Gesicht. Amir lachte ihn aus.

«Wo wir gerade von degeneriert sprechen ...», sagte ich.

Plötzlich war alles da. Einleuchtend. Der ganze Fall gelöst. Zum ersten Mal, seit Hawk im Frühling zusammen mit Robinson Nevins in mein Büro gekommen war, wusste ich, um was es hier ging. Ein seltsames Gefühl, das ich nicht so häufig kannte.

«Prentice wusste von Ihnen und Milo», sagte ich zu Amir.

Amirs Gesicht schien zu erstarren.

«Sie genießen eine Menge Vorteile, weil Sie ein schwarzer Aktivist sind, und Sie genießen weitere Vorteile, weil Sie ein schwuler Aktivist sind.»

Milo hatte den Blick von Amir abgewandt und sah jetzt mich an.

«Prentice hat Sie ertappt», sagte ich zu Amir.

Er erstarrte zu einem reglosen Etwas und schien mehr und mehr zu schrumpfen.

«Wer, zum Henker, ist Prentice?», fragte Milo.

«Der Junge, der von Ihren Sicherheitsmännern aus dem Fenster geworfen wurde», sagte ich.

«Ich weiß nichts von einem Prentice.»

«Nein», sagte ich. «Sie wissen nichts davon. Prentice Lamont hat eine Zeitschrift namens *OUTrageous* herausgegeben, die sich vor allem damit befasste, homosexuelle Männer und Frauen zu outen, die das lieber nicht tun wollten.»

Milo runzelte die Stirn. Damit konnte er was anfangen.

«Zunächst hat der Junge das aus ideologischen Gründen getan. Wer seine Sexualität versteckt, trägt dazu bei, die Vorurteile am Leben zu erhalten. So ähnliche hoch moralische Ansichten eben, aber dann, ich spekuliere jetzt, begann Amir sich für den Jungen zu interessieren. Der Junge war geschmeichelt, denn Amir war ein bedeutender schwuler und noch dazu schwarzer Aktivist, außerdem ein Professor und jemand, mit dem man eine Menge Spaß haben konnte.»

Draußen vor dem Motel fiel immer noch der Regen im Dunkeln. Schwere Tropfen liefen das Fensterglas hinab.

«Amir bescherte ihm die Idee mit den Erpressungen. Vielleicht wollte er daran mit verdienen. Vielleicht wollte er, dass Prentice dachte, er sei ein schlauer Kerl. Vielleicht macht es ihn an, seinen Idealismus zu pervertieren. Ich denke, alles kommt zusammen, und die Pervertierung des eigenen Idealismus ist der Hauptgrund, denn er hat es auch bei Walt und Willie wieder versucht, und da kannte er bereits Sie, Milo, und brauchte das Geld nicht mehr. Es gibt solche Leute, die es anmacht, eine Jungfrau zu verführen, um es mal so auszudrücken.»

Milo und Amir starrten mich an, als sei ich Scheherezade. Hawk hatte sich etwas in den Hintergrund verzogen. Niemand sagte etwas. Ich sprach nun hauptsächlich mit Milo.

«Wie auch immer, die ganze Sache funktionierte gut. Gut genug für Prentice, um im Laufe der Zeit zweihundertfünfzigtausend Dollar anzuhäufen. Und als Amir mit Prentice zusammen war, erfuhr er, dass *OUTrageous* Nachforschungen darüber anstellte, ob ein anderer Professor der Universität, nämlich Robinson Nevins, schwul war. Nevins war Amirs erbittertster Rivale, und Amir hat die Sache in Erinnerung behalten, um sie später einmal zu verwenden.»

Amirs Pupillen hatten sich auf Stecknadelkopfgröße verengt. Ich sprach jetzt wieder mit ihm.

«Aber irgendwann haben Sie sich mit Prentice gelangweilt und ihn fallen gelassen und haben sich andere Liebhaber gesucht, und dann kam Milo Quant ins Spiel.»

Keiner von beiden sagte etwas.

«Und Prentice wurde eifersüchtig, stimmt's?»

Amir zuckte mit den Schultern, als wollte er damit zeigen, wie wenig er dafür könne, dass er nun mal eine so magnetische Anziehungskraft hatte.

«Und dann hat er seine Verbindungen in der Schwulenszene spielen lassen und herausgefunden, wegen wem Sie ihn verlassen haben.»

«Die blöde Schwuchtel ist mir gefolgt», sagte Amir zu Milo.

Milo starrte ihn an, als hätte er gerade herausgefunden, dass er das Bett mit einem Monster teilte.

«Aber das war eine brandgefährliche Information, die niemals an die Öffentlichkeit dringen durfte», fuhr ich fort. «Jeder von euch beiden im Bett mit dem meistgehassten Gegner. Ist schon für mich ziemlich schwer zu begreifen, aber ich nehme an, Sie haben beide viele Anhänger, und die dürften hysterisch auf eine solche Enthüllung reagieren. Es würde Sie beide ruinieren.»

Milos Gesicht war jetzt mit dunkelroten Flecken übersät. Amir saß steif da. Der Regen draußen prasselte stärker. Das Wasser lief in Bächen das Fenster herunter.

«Also haben Sie darüber mit Milos Bodyguard gesprochen, vielleicht mit diesem Typen mit der Hornbrille, und die sind losgegangen, haben Prentice aus dem Fenster geworfen, einen fingierten Abschiedsbrief hinterlassen, und sind wieder nach Beecham zurückgekehrt.»

«Ich ...» Milo Quants Stimme klang heiser, als müsste er die Buchstaben mit aller Gewalt herausquetschen. «Ich wusste nichts davon.»

«Nein», sagte ich. «Wahrscheinlich nicht. Amir hat wahrscheinlich gesagt, Sie wollten, dass es erledigt wird, und ansonsten nichts davon wissen. War es der Typ mit der Hornbrille, Amir?»

Amir stand plötzlich vom Bett auf. Er war nackt. Hawk bewegte sich leicht nach rechts und verstellte Amir den Weg zur Tür.

«Chuck», sagte Milo. «Hast du Chuck angestiftet, diesen Jungen umzubringen?»

Amir stand da und sah sich im Zimmer um. Er schien gar nicht zu registrieren, dass er nackt war.

«Bis zu diesem Punkt hätte er womöglich davonkommen können, und Sie und er hätten Walzer tanzen können bis an das Ende aller Tage. Aber er wurde gierig. Er lancierte die Geschichte, dass der Junge wegen Robinson Nevins Selbstmord begangen hatte. Auf diese Weise konnte er den Mord vertuschen und gleichzeitig seine Position als der Big Boss der Schwarzen an der Universität festigen. Aber an dieser Stelle schaltete sich Robinsons Vater ein. Und der hat sich an Hawk gewandt. Und Hawk hat mich eingeschaltet, und nun sind wir hier.»

«Ist das wahr, Amir?», keuchte Milo.

«Nein, nein, nein.»

«Sie können ja mal Chuck fragen», schlug ich vor. «Mal sehen, was er sagt.»

Amir sprang zur Tür.

«Lass ihn laufen», sagte ich zu Hawk. «Wie weit wird er wohl kommen?»

Hawk grinste, und Amir Abdullah rannte nackt aus dem Zimmer und verschwand im Flur.

Dann brach es aus Milo hervor. Ich konnte kaum verstehen, was er da, auf dem Bett sitzend, von sich gab.

«Ich hab dagegen angekämpft», sagte er, glaube ich. «Tag und Nacht hab ich dagegen angekämpft ... aber es hat mich aufgefressen ... ich bin der Sünde verfallen ... verkommen. Ich habe mich meiner eigenen Verkommenheit ergeben. Und das alles hat mich in diese Situation gebracht.»

Das Bedürfnis, alles aus sich herauszulassen, war so

groß, dass ich den Rest seines aufgeregten Stotterns nicht verstehen konnte.

«Was wir jetzt brauchen», sagte ich zu Hawk, «sind die Cops.»

Hawk grinste, nahm den Hörer und stöpselte ihn wieder in den Telefonapparat. Ich nahm ihn in die Hand und rief die Cops an, während Milo auf dem Bett saß und mit den Händen vor dem Gesicht schluchzte.

55

Pearl war einen Tag bei mir zu Gast. Wir aßen ein paar Donuts, während ich die Zeitung las, und gegen 10.30 Uhr legte ich ihr die Leine an, und wir gingen spazieren. Als wir die Boylston Street entlangliefen, merkte ich, dass wir verfolgt wurden. Als wir die Arlington Street überquerten, wusste ich, dass unser Verfolger KC Roth war. Ich überquerte die Boylston an der Ampel und betrat die öffentliche Grünanlage. Ich ließ Pearl von der Leine, damit sie Tauben jagen und sinnlos hinter Eichhörnchen herrennen konnte. KC kam hinter mir her. Ich überlegte, was ich tun sollte. Pearl entdeckte eine Ente und blieb in Hab-Acht-Stellung stehen, den Körper gestreckt, den Bauch eingezogen, eine Pfote angewinkelt, den Kopf wachsam erhoben, der Schwanz regungslos. Ich trat neben sie, zielte mit dem Finger auf die Ente und sagte laut: «Peng.» Die Ente flog ein paar Meter weiter und ließ sich in der Nähe der kleinen Brücke nieder. Pearl schien zufrieden zu sein und suchte zwischen den Büschen nach Überresten fremder Hundekuchen.

KC war immer noch hinter mir. Ich hätte mich umdrehen und sie ansehen können. Ich hätte sie abhängen können. Oder einfach ignorieren. Es war Mittwoch. Am Mittwoch hatte Susan keine Patienten. Morgens veranstaltete sie ein Seminar, nachmittags hatte sie frei. Es war der Tag, an dem wir zusammen zu Mittag aßen. Ich lächelte vor mich hin – die Lösung des Problems war ganz einfach. Ich bummelte mit Pearl herum, bis wir um 11.30 Uhr wieder vor dem Büro angelangt waren. Wir gingen nach oben. Pearl trank ein bisschen Wasser und legte sich auf den Teppich. Ich ging zum Fenster und schaute hinaus. KC hatte auf der gegenüberliegenden Straßenseite vor F. A. O. Schwarz Posten bezogen, von wo aus sie zu meinem Fenster hinaufsehen konnte. Ich fühlte mich wie der Papst.

Susan wollte um 12 Uhr da sein, traf aber natürlich erst um 12.20 Uhr ein.

«Tut mir furchtbar Leid, dass ich zu spät bin», sagte sie.

«Macht nichts», sagte ich. «Du kommst immer zu spät. Ich erwarte von dir, dass du zu spät kommst.»

Sie trat zu mir und gab mir einen dicken Kuss, der mir wie ein Versprechen für später vorkam. Als sie mit dem Abküssen fertig war, ging sie sofort zum Spiegel, der über meinem Waschbecken hing, und zog die Lippen nach.

«Wo wollen wir essen?»

«Wir könnten direkt in meine Wohnung gehen», schlug ich vor.

«Hmhm», sagte sie. «Und dann erst um vier Uhr mittags essen, was?»

«Wir könnten was kommen lassen.»

«Klar, und während wir warten …? Ich glaube nicht.»

«Wohin möchtest du denn gehen?»

«Überall hin, wo du nicht versuchen wirst, mich auszuziehen.»

«Du bist doch hier hereingestürmt und hast mich abgeknutscht.»

»Muss ich mich denn, bloß weil ich dich liebe, sofort auf den Rücken legen?»

«Ich glaube schon. Obwohl ich mich nicht unbedingt auf eine Position festlegen möchte.»

«Ist mir bekannt», sagte Susan. «Lass uns ins Ritz Café gehen.»

«Klingt gut.»

Ich grinste vor mich hin.

«Warum grinst du denn so?»

«Ich bin bloß glücklich.»

Wir brachten Pearl in meine Wohnung und sperrten sie ins Wohnzimmer. Ich füllte frisches Wasser in ihren Napf und drehte das Radio an, damit sie Musik hören konnte. Sie mochte keine Wortbeiträge. Susan gab ihr einen Abschiedskuss, und wir gingen. Als wir wieder aus dem Haus traten, gingen wir links die Marlborough Street entlang und bogen dann nach links auf die Arlington.

«Kannst du mir kurz was über Leute erzählen, die andere verfolgen», sagte ich.

«Klar», sagte Susan. «Ich nehme an, das meiste weißt du selbst. Es ist der Versuch, über jemanden Macht auszuüben oder zu bekommen. Jemanden zu verfolgen gibt dir zwar nicht wirkliche Macht, aber das Gefühl der Macht. Du hast den anderen im Visier. Du weißt, wohin er geht, was er tut, wen er trifft.»

«Wissen ist Macht», sagte ich.

«Genau.»

«Sind solche Verfolger gefährlich?»

«Nicht unbedingt. Manchmal bringt sie ihr Drang, Macht auszuüben, dazu, jemanden körperlich anzugreifen, manchmal auch nicht. Manchmal versucht es so jemand mit schmutzigen Tricks, manchmal auch nicht.»

«Und der Grund?»

«Angst vor Verlust», erklärte Susan. «Zum Beispiel wegen eines Geliebten, der sich entzogen hat. Du glaubst, dass du ihn verlieren wirst, wenn du keine Macht mehr ausübst. Und dieses Gefühl, Macht zu haben, ist eine Ersatzhandlung.»

Wir waren jetzt an der Ecke zur Commonwealth angelangt und nicht mehr ganz einen Block vom Ritz entfernt, als Susan KC Roth bemerkte. Sie blieb abrupt stehen und starrte sie an. KC merkte, dass Susan sie entdeckt hatte, und versuchte auszusehen, als würde sie zufällig hier entlanggehen und uns gar nicht bemerken.

«Was, zum Teufel, soll das?», fragte Susan.

«Das ist die liebreizende und hartnäckige KC Roth», sagte ich.

«Verfolgt sie dich immer noch?»

«Yep.»

«Du hast es gewusst?»

«Yep.»

«Und nichts davon gesagt?»

«Ich dachte, es wäre dramatischer, wenn du sie selbst entdecken würdest.»

«Allerdings.» Sie schwieg einen Moment, dann drehte sie sich zu KC Roth um und schrie: «KC!»

KC versuchte, überrascht auszusehen.

«Susan?»

«Komm sofort hierher», rief Susan.

KC kam zu uns herüber.

«Susan, was ist denn mit dir …?»

«Halt den Mund», sagte Susan.

Sie deutete auf eine Bank vor dem Einkaufszentrum.

«Setz dich!»

Sie hatte die Zähne zusammengebissen, ihr Gesicht war wie versteinert, ganz weiß, abgesehen von einigen roten Flecken über den Wangenknochen. Ich blieb einige Meter entfernt stehen. Auweia!

KC war nicht mutig, aber sie war dumm. Sie blieb stehen und sah Susan an.

«Wa …?», fragte sie.

Susan packte sie mit beiden Händen an der Bluse, zerrte sie zur Bank und stieß sie darauf.

«Jetzt hör mir mal zu, du blöde, trottelige Kuh», stieß sie zwischen zusammengepressten Zähnen hervor. «Das war jetzt das letzte Mal, dass du ihn belästigt hast, verstanden?»

«Belästigt?»

Susan hielt sie immer noch an der Bluse fest. Sie zog sie zu sich heran und stieß sie wieder auf die Bank.

«Anrufen, verfolgen, ihm was vorjammern, mit ihm reden, anfassen, ansehen, beleidigen, egal was, ist jetzt vorbei – verstanden? Wenn du ihn noch einmal belästigst, werde ich dir deine beschissenen Zähne einzeln aus deinem beschissenen Mund schlagen!»

KC fing an zu weinen. Sie riss sich los und stand auf.

«Ich brauche ihn», schrie sie Susan an. «Du hast kein Recht, ihn mir wegzunehmen. Wenn du nicht wärst …»

Susan verpasste ihr mit geballter Faust einen Kinnhaken, wie ich es ihr mal beigebracht hatte, und legte ihr ganzes Gewicht hinein, sodass die Wucht vom Körper kam, nicht bloß aus dem Arm heraus. KC fiel nach hinten und saß wieder auf der Bank. Sie blutete an der Lippe.

«Ist das jetzt klar?», fragte Susan.

KC befühlte ihren Mund und besah sich dann das Blut an ihrer Hand.

«O Gott, ich blute», sagte sie.

«Ich werde dich zu Fischfutter verarbeiten, du dumme neurotische Ziege, wenn du ihn nicht in Ruhe lässt», sagte Susan.

KC nickte, während sie immer noch das Blut an ihrer Hand anstarrte.

«Los, sag es», verlangte Susan dermaßen aggressiv, dass ich Angst bekam.

«Ich lass ihn in Ruhe.»

«Das will ich dir auch geraten haben», sagte Susan.

Sie wandte sich um, sah mich an und sagte: «Komm jetzt», und lief in ziemlich schnellem Tempo Richtung Ritz. Ich folgte ihr. Wir gingen durch den Eingang an der Commonwealth Avenue und die Eingangshalle hindurch ins Café. Der Oberkellner wies uns einen Fensterplatz zu, an dem wir nur wenige Zentimeter von den Passanten auf der Newbury Street entfernt saßen.

«Meine Hand tut weh», sagte Susan.

Ich nickte.

«Du hast mir nicht erzählt, dass es so wehtut, wenn man jemanden geschlagen hat.»

«Das ist meistens so, wenn man ins Gesicht oder gegen den Kopf schlägt. Deshalb versuche ich immer den Unterarm oder den Ellbogen zu nehmen, wenn's geht.»

«Ich werd's mir merken.»

«Hast du dich von der Theorie von Freud oder Adler leiten lassen, als du KC eins auf den Kussmund gegeben hast?», fragte ich.

«Superfrau, schätze ich. War wohl nicht das, was Analytiker tun sollten.»

«Nein.»

«Hat's dir was ausgemacht?»

«Nein, ich fand's gut. Ich hätte es auch gern getan, konnte es aber nicht.»

«Du wusstest, dass ich ausrasten würde.»

«Ich hab drauf gehofft.»

«Was glaubst du, wird sie jetzt tun?», fragte Susan.

«Sie wird zu der Analytikerin rennen, die du ihr besorgt hast und wo sie länger nicht war.»

«Um mich anzuschwärzen.»

«Yep.»

Susan lächelte.

«Dann habe ich vielleicht doch das Richtige getan.»

«Bestimmt. Wird jetzt dein Ruf unter deinen Analytiker-Kollegen ruiniert sein?»

Susan lächelte noch breiter.

«Nein, meine Kollegen werden mich bewundern.»

«Prima», sagte ich. «Sollen wir ein bisschen Eis für deine Hand bestellen?»

«Nein, die sollen lieber mal ganz schnell einen Martini herschaffen, bevor ich vor Schmerzen zusammenbreche.»

Ich winkte dem Kellner.

«Sofort, Mrs. Silverman, ich möchte Sie keinesfalls verärgern.»

Der Cocktail wurde prompt serviert, ich bekam ein Bier.

«Glaubst du, es funktioniert?», fragte Susan. «Glaubst du, sie lässt dich jetzt in Ruhe?»

«Oh, bestimmt», sagte ich. «Aber du solltest besser meine Qualitäten im Bett geheim halten, sonst musst du jede Woche schöne Frauen vermöbeln.»

Susan hob ihr Glas und stieß damit gegen den Hals meiner Bierflasche.

«Auf dich, Kraftprotz.»

56

Der Personalausschuss der Universität hielt im August eine außerordentliche Sitzung über die Festanstellung von Robinson Nevins ab. Die Sitzung fand am dritten Regentag in Folge im Büro des Uni-Präsidenten statt. Es war das erste Mal, dass ich an so einer Veranstaltung teilnahm. Der Personalausschuss des Fachbereichs für Englische Sprache hatte sich gegen eine nochmalige Behandlung des Falls ausgesprochen, aber der Uni-Ausschuss, der den Fachbereich überstimmen konnte, hatte dennoch eine zweite Anhörung anberaumt. Ich hatte plötzlich mit mehr Ausschüssen zu tun, als ich jemals für gut gehalten hätte, aber jemand musste Robinson entlasten. Sowohl Robinson wie auch Hawk und ich waren der Meinung, dass es besser wäre, Hawk nicht auf die versammelte Akademikerschaft loszulassen.

Die Ausschusssitzung wurde von einem Professor der Juristischen Fakultät namens Tillman geleitet. Ich saß mit dem Rücken zur Wand hinter Tommy Harmon, der am Konferenztisch als Robinsons Fürsprecher aus dem Fachbereich Platz genommen hatte. Bass Maitland und Lillian Temple repräsentierten den Fachbereichsausschuss. Maitland hielt seine Rede mit tiefer, wohl klingender Stimme.

«Trotz der nachträglichen Sachverhalte, die sich hinsichtlich der Festanstellung von Robinson Nevins ergeben haben, ist der Personalausschuss des Fachbereichs der Ansicht, dass er seine Entscheidung nach bestem Wissen und Gewissen getroffen hat und deshalb auch weiterhin dafür einstehen kann. Ein Widerruf wäre ein Präzedenzfall, den wir bei zukünftigen Entscheidungen sicherlich bereuen würden.»

«Obwohl die Ablehnung der Festanstellung von Fehlinformationen ausging, die jeglicher Grundlage entbehrten und das Ergebnis einer kriminellen Verschwörung waren?», warf Harmon ein.

«Bevor diese Behauptung nicht vor Gericht bewiesen wurde, gehe ich davon aus, dass es sich hier um eine mutmaßliche kriminelle Verschwörung handelt», sagte Maitland.

Er lehnte sich zufrieden auf seinem Stuhl zurück. Lillian liebkoste seinen Oberschenkel. Professor Tillman sah etwas müde aus.

«Vielen Dank für die juristische Belehrung, Bass», sagte er. «Tommy, kannst du uns einen Zeugen benennen?»

Tommy Harmon sagte, das könne er, und stellte mich vor.

«Dies ist kein Gerichtssaal», sagte Tillman, «und Sie sprechen nicht unter Eid, Mr. Spenser. Trotzdem kann die Arbeit dieses Ausschusses nicht zu einem guten Ergebnis kommen, wenn Sie nicht die Wahrheit sagen.»

Tillman war hager, trug einen Bürstenhaarschnitt und eine Lesebrille mit halben Gläsern. Sein leichter, heller Sommeranzug sah an ihm etwas klein aus, aber man merkte sofort, dass er kein Trottel war.

«Die Empfehlungen dieses Ausschusses sind, wenn sie denn ausgesprochen werden sollten, nur Empfehlungen», erklärte er. «Sie sind nicht bindend für die Universität.»

Tillman blickte über den Brillenrand hinweg auf Bass Maitland. Sein Gesichtsausdruck änderte sich nicht, aber ich hatte das Gefühl, dass er ungefähr so viel von ihm hielt wie ich auch.

«Aber sie werden auch nicht einfach ignoriert», fuhr Tillman fort. «Hier geht's also um eine wichtige Angelegenheit.»

«Ich werde mich bemühen, nicht zu lügen», sagte ich.

Über Tillmans Gesicht huschte die Andeutung eines Lächelns.

«Danke», sagte er. «Wir haben alle, denke ich, die Zeitungsartikel gelesen, aber ich würde gerne aus Ihrem Mund hören, was Sie wissen, so kurz gefasst wie möglich. Ich denke, als Vorsitzender dieses Ausschusses habe ich ein Recht darauf. Sie dürfen sitzen bleiben, es sei denn, Sie wollen lieber aufstehen.»

Die ganzen Professoren, die sich um den Konferenztisch versammelt hatten, wandten sich mir zu. Einige von ihnen schienen wirklich interessiert zu sein. Lillian

Temple und Bass Maitland blickten drein, als würden sie sich gelangweilt in ihr Schicksal fügen.

«Es gibt ja die Polizeiberichte», sagte ich. «Einen von der Massachusetts State Police, die einige Verhöre durchgeführt hat, nachdem Amir Abdullah und Milo Quant verhaftet worden sind, einen anderen von der Bostoner Mordkommission, in deren Zuständigkeit der Mord an Prentice Lamont fällt und die den Fall von der State Police übernommen hat. Ich nehme an, Sie haben Kopien davon vorliegen.»

Hatten sie.

«Okay, jetzt kommt das, was ich weiß.»

«Entschuldigung», sagte Bass Maitland. «Ich glaube, wir wären alle erleichtert, wenn Sie Ihre Worte genauer abwägen würden. Dies ist, was Sie vermuten.»

Ich sah ihn eine Weile an, ohne ein Wort zu sagen. Dann blickte ich wieder in die Runde.

«Okay», sagte ich. «Jetzt kommt das, was ich weiß.»

Maitland wollte wieder etwas einwerfen, aber Tillman brachte ihn mit einer Handbewegung zum Schweigen.

«Prentice Lamont hat eine Zeitschrift namens *OUTrageous* herausgegeben, deren Hauptzweck, wie der Name schon sagt, war, versteckte Homosexuelle zu outen. Außerdem hatte Prentice eine Affäre mit Amir Abdullah. Prentice begann das Ganze mit ernsthaften Motiven, denn er wollte die Schwulenbewegung unterstützen, indem er prominente Persönlichkeiten dazu brachte, sich öffentlich zu ihrer Homosexualität zu bekennen. Aber nach einer Weile – Amir hat zugegeben, dass es seine Idee war – wurde das Ganze ein Mittel zur Erpressung und brachte beiden, Prentice und Abdullah, einen schönen Gewinn. Amir jedoch, immer auf der Suche nach neuen Abenteuern, verlor das Interesse an Prentice und begann eine Affäre mit Milo Quant, dem Anführer eines Anti-Schwulen-, Anti-Schwarzen- und Anti-sonst-was-Vereins, der sich Last Stand Systems, Inc. nannte. Prentice, der enttäuschte Liebhaber, drohte, sie beide zu outen, wenn Amir nicht zu ihm zurückkehrte. Das wäre eine ziemliche Blamage für Quant gewesen, der ja als heterosexuell und rassistisch galt. Amir hatte Angst, Milo könnte etwas tun, was ihm schaden würde, und beauftragte, ohne Milo zu unterrichten, einige von dessen Sicherheitsleuten, Prentice zu beruhigen. Die Sicherheitsleute behaupten, Amir habe sie beauftragt, Prentice zu töten. Das taten sie dann auch und hinterließen einen ziemlich allgemein gehaltenen Abschiedsbrief.»

Eine dünne, drahtige Frau mit kurzen, sehr lockigen Haaren, die am anderen Ende des Konferenztisches saß, hob die Hand. Ich nickte ihr zu.

«Hat diese Organisation, Last Stand irgendwas, gewusst, dass ihr Anführer und Amir zusammen waren?»

«Nein. Nur der persönliche Leibwächter von Milo Quant. Üblicherweise wurde Amir in ein Motel in der Nähe des Hauptquartiers geschmuggelt, manchmal geschah das auch an anderen Orten, und dort fand dann das Rendezvous statt.»

«Typische faschistische Ambivalenz», sagte ein kleiner Mann mit längeren hellen Haaren und Hornbrille. «Im Privatleben gieren sie nach dem, was sie öffentlich verdammen.»

«So ist es», sagte ich. «Und dann entschied sich Amir,

da er gerade eine Leiche zur Hand hatte, zwei Fliegen mit einer Klappe zu schlagen und Robinson Nevins anzuschwärzen.»

«Entschuldigung?», sagte Bass Maitland.

«Er nutzte die Gunst der Stunde», verbesserte Tillman genervt. «Fahren Sie fort, Mr. Spenser.»

«Ja, aber warum sollte er denn so etwas tun?», fragte Maitland.

«Amir ist ziemlich neurotisch», sagte ich. «Er erträgt keine Konkurrenz neben sich, nicht mal die Konkurrenz eines schwarzen Akademikers, der so angesehen und anständig ist wie Robinson Nevins.»

«Nevins hatte gar keine Affäre mit Prentice Lamont?», fragte die drahtige Frau.

«Nein. Robinson ist nicht mal schwul.»

Ich sah Lillian Temple an. Sie zeigte keine Regung.

«Aber, um Himmels willen, warum hat er es dann nicht gesagt?», fragte Maitland.

«Weil er der Ansicht war, dass seine sexuellen Vorlieben in diesem Zusammenhang keine Rolle spielten, und er sich seinen homosexuellen Freunden gegenüber unredlich verhalten hätte, wenn er in diesem Zusammenhang seine Heterosexualität proklamiert hätte.»

«Das wird Bass bestimmt nie verstehen», sagte Harmon.

«Tommy, bitte», sagte Tillman.

«Ich verbitte mir das», sagte Maitland.

«Bass», sagte Tillman.

«Wenn er seine heterosexuelle Veranlagung proklamiert hätte, wären einige Frauen gezwungen gewesen, sich dazu zu bekennen, mit ihm intim gewesen zu sein», sagte ich. «Für einige von ihnen war es ein Seitensprung. Die wollte er nicht an den Pranger stellen.»

Wieder warf ich einen Blick auf Lillian Temple. Sie sah noch immer völlig teilnahmslos aus.

«Mein Gott», sagte der Kleine mit der großen Brille. «Das klingt ja nach einem wahren Gentleman. Und wir verweigern ihm die Festanstellung?»

«Wissen Sie denn, wer diese Frauen waren?», fragte die drahtige Frau.

«Ja.»

«Können Sie es uns sagen?»

Ich schüttelte den Kopf. Lillian Temples Gesichtsausdruck blieb unverändert. Sie war so ruhig, dass man sie kaum noch wahrnahm.

«Woher sollen wir denn wissen, dass dieser Mann hier die Wahrheit sagt?», fragte Bass Maitland.

«Bass», sagte ich. «Ich möchte ja nicht ungehobelt werden, deshalb lasse ich mal beiseite, dass Sie mich einen Lügner genannt haben. Aber falls Sie dies noch mal außerhalb dieses ehrwürdigen Konferenzraums tun sollten, werde ich Sie aus ihrem Harris-Tweed rausprügeln.»

Tommy Harmon gluckste vor Freude. Maitland lief knallrot an.

«Mr. Spenser.» Tillmans Stimme klang scharf wie ein Messer und kalt wie Eis. «Ob dieser Konferenzraum ehrwürdig ist oder nicht, steht nicht zur Debatte, aber diese Anhörung ist eine ernste Angelegenheit. Bass, alles was Mr. Spenser uns bisher mitgeteilt hat, steht auch im Polizeibericht, meist als Zitat der Aussage von Abdullah.»

«Ich habe noch keine Zeit gehabt, den Bericht zu lesen», sagte Maitland störrisch.

«Die Kopien wurden vor drei Tagen verteilt. Wir alle hatten genug Zeit, sie zu studieren», sagte Tillman. «Ich habe sie genutzt, du nicht. Haben Sie uns noch mehr mitzuteilen, Mr. Spenser?»

«Ich habe noch einige Vermutungen. Zum einen glaube ich, dass Amir sich allmählich mit Milo langweilte. Amir bevorzugt im Allgemeinen jüngere Männer. Vielleicht hatte aber auch Milo genug von Amir. Wie auch immer, Amir schlug Walt und Willie, den jetzigen Inhabern von *OUTrageous*, vor, mit den Erpressungen fortzufahren. Er verzichtete auf seinen Anteil. Wahrscheinlich brauchte er kein zusätzliches Geld, solange er mit Milo zusammen war. Aber falls er genug von Milo hatte oder umgekehrt, vielleicht auch nur, weil er unsicher war, ob die Beziehung weitergehen würde, er dann also wieder auf eigenen Füßen stehen müsste, deshalb wollte er, dass die Sache weiterlief, damit er gegebenenfalls darauf zurückgreifen könnte. Außerdem hat er eine Affäre mit einem der beiden Redakteure begonnen.»

«Sehr vorausschauend», sagte Tillman.

Der Ausschuss stellte mir noch etwa ein Dutzend verschiedene Fragen. Tommy Harmon sprach davon, dass sie ein Unrecht wieder gutmachen könnten. Bass Maitland wies ganz offiziell auf die Problematik hin, dass damit der Fachbereich bei der Entscheidungsfindung übergangen würde. Lillian Temple pflichtete ihm bei.

«Sind wir jetzt bereit für die Abstimmung?», fragte Tillman schließlich.

Waren sie.

«Gut», sagte Tillman. «Mr. Spenser, würden Sie bitte

den Raum verlassen. Die Professoren Temple, Harmon und Maitland möchten ihm bitte folgen.»

Während der ganzen Zeit, die wir draußen standen, sagte niemand etwas. Ich sah Lillian Temple an. Sie stand so dicht, wie es der Anstand gerade noch erlaubte, bei Bass Maitland und schaute irgendwo anders hin. Nirgendwo hin. Ich hoffte beinahe darauf, dass Bass mich noch mal der Lüge bezichtigen würde. Aber er tat es nicht. Vielleicht sollte ich mir einen Radiergummi auf die Schulter legen und ihn herausfordern, ihn wegzuschnippen. Ich dachte darüber nach, wie ich das später Susan erklären sollte, und ließ es dann lieber bleiben.

Nach zwanzig Minuten kamen die Ausschussmitglieder einzeln oder paarweise heraus und verschwanden, ohne mit uns zu sprechen. Tillman erschien als letzter.

«Der Ausschuss hat bestimmt, beim Dekan eine Empfehlung auszusprechen, dass Robinson Nevins die Festanstellung bekommt», sagte er.

Tommy Harmon grinste breit und schüttelte mir die Hand.

«Werden Sie Robinson davon unterrichten?», fragte ich.

«Jetzt sofort», sagte er und ging davon.

Bass Maitland und Lillian Temple waren immer noch da. Er machte sich jetzt ebenfalls auf den Weg. Sie blieb noch stehen.

«Tja», sagte sie. «Sieht so aus, als hätten Sie gewonnen.»

«Ja», sagte ich. «Sieht so aus.»

«Glückwunsch.»

«Danke.»

«Ich …» Sie machte eine lange Pause. Ich wartete. Schließlich schüttelte sie den Kopf, drehte sich um und eilte hinter Maitland her.

«Schlaft gut», sagte ich.

57

Offenbar wollte es nicht mehr aufhören zu regnen. Aber heute donnerte und blitzte es mal zur Abwechslung. Ich stand vor meinem Fenster und sah zu, wie der Regen die Kanalisation volllaufen ließ und das Wasser über die Bürgersteige auf der Berkeley Street schwappte. Ein langer Blitz zuckte über den Himmel, gefolgt von einem heftigen Donnerschlag. Es war noch früh. Passanten waren auf dem Weg zur Arbeit. Unter mir hoben sich die bunten Regenschirme von dem glänzenden, nassen Asphalt ab. Wie Blumen auf einem feuchten, dunklen Feld.

Hinter mir klopfte es an der Bürotür. Ich wandte mich vom Fenster ab und blickte zur Tür.

«Kommen Sie rein», sagte ich.

Ein fetter Kerl mit verkehrt herum aufgesetzter Mütze trat ein.

«Sind Sie Spenser?», fragte er.

«Ja.»

«Ich hab da ein Sofa.»

«Ein Sofa?»

«Ja, wo soll's denn hin?»

«Ich hab kein Sofa gekauft.»

«Tja, irgendjemand hat's getan. Hier steht Ihr Name und diese Adresse.»

«Steht da auch, wer es gekauft hat?»

«Nee. Hab nur eine Telefonnummer.»

Er las sie mir vor. Es war die von Susan.

«Stellen Sie es dort neben die Tür», sagte ich.

Er ging nach draußen und kam kurz darauf mit einem in Plastik verpackten Sofa-Ende wieder herein. Am anderen Ende mühte sich ein dünner Schwarzer ab, wahrscheinlich ein Haitianer. Sie stellten das Sofa hin, und der Haitianer zog die Plastikhülle ab. Der Dicke mit der Mütze holte sich meine Unterschrift ab, und dann gingen sie wieder. Ich schloss die Tür und sah mir das Sofa an. Es machte einen ziemlich männlichen Eindruck. Dunkelgrünes Leder, Messingbeschläge, ziemlich lang. Ich legte mich drauf. Nicht schlecht für ein Nickerchen. Ich stand auf, ging zum Fenster zurück und sah mir das Unwetter an. Noch mehr Blitze zuckten über den Himmel. Hinter mir ging die Tür auf. Es war Susan. Sie trug einen scharlachroten Regenmantel und einen breiten Hut. Sie hatte eine große Tasche bei sich. Kaum war sie drinnen, drehte sie sich um und begutachtete das Sofa.

«Hübsch, hübsch, hübsch, hübsch, hübsch», sagte sie.

«Fünfmal hübsch», sagte ich. «Und du siehst aus wie eine Regengöttin.»

«Ich weiß», sagte sie. «Und wie gefällt uns unser neues Sofa?»

«Hübsch, hübsch, hübsch, hübsch, hübsch», sagte ich.

«Du hast es ganz falsch betont», sagte sie. «Du musst nach dem zweiten Hübsch eine Pause machen und dann die drei letzten ganz schnell hintereinander sprechen.»

«Ich werd's üben», sagte ich. «Was ist denn da in der Tasche?»

«Was zu essen. Für den Fall, dass du noch kein Frühstück gehabt hast.»

«Ich bin immer für ein zweites Frühstück zu haben.»

«Sandwiches mit Eiersalat», sagte sie, als sie die Sachen aus der Tasche holte und auf meinen Schreibtisch stellte. «Leichter Roggentoast, Kaffee und ein paar reizende kleine Limonenkekse.»

«Gute Zusammenstellung», sagte ich. «Wieso habe ich plötzlich ein neues Sofa in meinem Büro?»

«Weil du eins brauchst.»

Sie zog Servietten hervor und wickelte eins von den Sandwiches aus. Es war in vier Teile geteilt.

«Wird Pearl gefallen», sagte ich. «Kann der Hund mit zur Arbeit kommen?»

«Ja, sie hasst es, auf dem Boden schlafen zu müssen.»

«Ich auch», sagte ich. «Wieso arbeitest du heute nicht?»

«Ich hab meine Termine abgesagt. Ich dachte, wir sollten ein bisschen feiern.»

«Hab ich etwa irgendeinen Jahrestag vergessen?»

«Nein. Ich dachte mir einfach, du hast doch eine Menge geleistet in diesen Fällen, die dir deine Freunde immer aufhalsen.»

Der Raum wurde kurz hell erleuchtet, gleich darauf folgte dem Blitz ein Donnerschlag. Ich biss ein Stück von dem Sandwich ab und nahm einen Schluck Kaffee. «Bist du nicht auch eine von diesen Freunden?», fragte ich.

«Hawk ist der andere.»

«Wozu hat man schließlich Freunde?»

«Hat Hawks Freund seine Festanstellung bekommen?»

«Ja.»

«Und Amir Wie-hieß-er-noch-gleich ist im Knast gelandet?»

«So gut wie. Ein paar Cops haben ihn gefunden, als er versuchte, nackt, wie er war, in einer Kanalröhre hockend dem Regen und seinen Verfolgern zu entkommen. Kaum hatten sie ihn in ihren Wagen verfrachtet, begann er schon, Milo für all seine Probleme verantwortlich zu machen, und gestand alles. Was prima funktioniert, denn Milo macht seinerseits Amir für alles verantwortlich.»

«Was ist mit Milo?»

«Er ist richtig scharf drauf, gegen Amir auszusagen. Er will auch die beiden Bodyguards belasten, die Prentice aus dem Fenster geworfen haben.»

«Wird er in den Knast kommen?»

«Ich glaube ihm, dass er von dem Mord an Lamont nichts wusste. Und da es nicht illegal ist, ein homophober Rassist zu sein, gehe ich davon aus, dass er freikommen wird, wenn der Staatsanwalt ihm glaubt. Seine Zukunft als charismatischer Führer allerdings sieht düster aus.»

Wir aßen noch mehr von dem Sandwich, beobachteten die Blitze und horchten auf den Donner.

«Ich kenne die wissenschaftlichen Erklärungen für Blitz und Donner und glaube auch daran», sagte ich zu Susan. «Aber es ist trotzdem gar nicht so einfach, während eines Gewitters nicht an irgendwelche zornigen Götter zu denken.»

«Stimmt», sagte Susan. «Und Robinson war überhaupt nicht schwul?»

«Nein.»

«Aber er wollte es nicht sagen.»

«Nein.»

«Das zeugt entweder von großer Rechtschaffenheit oder großer Dummheit.»

«Der Rechtschaffene ist oft der Dumme.»

Sie lächelte mich an, und ich war wie elektrisiert.

«Natürlich ist er das», stimmte sie zu. «Ich hab übrigens gehört, dass KC Roth wieder zu ihrer Therapeutin in Providence zurückgekehrt ist.»

«Sie musste einfach wieder auf den rechten Weg zurückgebracht werden.»

«Sagtest du nicht, sie hätte dich mal gefragt, ob du jemals Sex in deinem Büro hattest?»

«Ja.»

«Und du sagtest, du wolltest es nicht auf dem Boden treiben und würdest abwarten, bis ein Sofa da wäre.»

«Ja, genau.»

Susan lächelte wieder. Nicht dieses zustimmende Lächeln, das mich elektrisierte, sondern ein Lächeln wie ein Versprechen, das alles Mögliche in Bewegung bringen konnte.

«Ich glaube, ich ahne, worauf du hinauswillst», sagte ich.

«Du bist wirklich sehr einfühlsam», sagte Susan. «Hättest du nicht Lust auf ein bisschen Sex nach dem Frühstück?»

«Danach, davor, während, statt – wann immer es sein soll.»

Susan stand auf, ging zur Tür und schloss sie ab. Dann zog sie ihren Regenmantel aus und hängte ihn an die Garderobe. Sie zog den Hut ab und legte ihn auf meinen Aktenschrank. Sie zog ihr Kleid über den Kopf und hängte es über einen Kleiderbügel, der an einem Regal hing, und nahm sich Zeit, alle Falten fortzustreichen. Sie brachte ihr Haar in Ordnung. Dann drehte sie sich zu mir um, lächelte und zog sich ganz aus. Am Schluss nahm sie den großen Hut und zog ihn wieder auf.

«Wie wär's mit dem Sofa?», fragte sie.

«Mit dem Hut?»

«Special effects.»

«Find ich gut.»

Kurze Zeit später lag der Hut auf dem Boden. Durch das Unwetter war der Raum recht dunkel, nur ab und zu wurde er vom Blitz erhellt. Der Regen prasselte gegen das Fenster. Am Schluss lagen wir auf dem Boden neben dem Hut.

«So viel zu unserem neuen Sofa», sagte ich.

Susan legte ihre Nase in meinen Nacken, als wollte sie sie aufwärmen.

«So viel zu KC Roth», sagte sie.

Dann lagen wir da, eng umschlungen, und lachten, während draußen Blitz und Donner mit dem Regen wetteiferten.